两地随笔

金德祥 著

山西出版传媒集团

山西人民出版社

图书在版编目（CIP）数据

两地随笔 / 金德祥著. --太原：山西人民出版社，
2014.12

ISBN 978-7-203-08846-2

Ⅰ．①两… Ⅱ．①金… Ⅲ．①随笔 — 作品集 — 中国 —
当代 Ⅳ．①I267．1

中国版本图书馆 CIP 数据核字（2014）第 277309 号

两地随笔

著　　者：金德祥
责任编辑：孙　琳
助理编辑：赵晓丽
装帧设计：王子昊　宋枝枝

出 版 者：山西出版传媒集团·山西人民出版社
地　　址：太原市建设南路21号
邮　　编：030012
发行营销：0351-4922220　4955996　4956039
　　　　　0351-4922127（传真）　4956038（邮购）
E-mail ：sxskcb@163.com　发行部
　　　　　sxskcb@126.com　总编室
网　　址：www.sxskcb.com

经 销 者：山西出版传媒集团·山西人民出版社
承 印 厂：晋城市景潮办公用品印制有限公司

开　　本：787mm×1092mm　1 / 16
印　　张：18.25
字　　数：210千字
印　　数：1-1000册
版　　次：2014年12月　第1版
印　　次：2014年12月　第1次印刷
书　　号：ISBN 978-7-203-08846-2
定　　价：56.00元

序

王　宁

　　德祥同志1986年加入中国民主建国会，是我会一位德高望重的老同志。他是民建山西省委第三届、第四届、第五届委员，第六届、第七届常委，第八届监委会副主委，民建中央"八大"代表。由于工作关系，我们彼此早已熟知。这次他的散文集《两地随笔》即将付梓，托我为他作序，我非常高兴。

　　德祥同志是天津人，是喝海河水长大的。他对故乡的一草一木、街巷琐事、风俗人情都十分熟悉。18岁那年，他响应政府号召来山西插队，在充满浓郁黄土高原风情的太行山上，一干就是大半辈子，先在高平河西的一个农村里插队落户，以"知青"的身份体验着农民生活的酸甜苦辣，获得广大农民群众的认可后，又被推荐到山西大学上学；大学毕业后，在高平县蔬菜公司门市部任经理；晋城实行市管县体制改革后，又被组织安排到市工商联担任秘书长；之后又提拔到陵川县任副县长；现在是民建晋城市委主委，晋城市政协副主席。几十年来，无论岗位如何变动，德祥同志都始终如一、兢兢业业地工作,坚持原则、联系群众、团结同志、顾全大局,样样都很出色,受到了上上下下的一致好评。

从大都市天津到黄土高坡上的乡村,两地生活的反差可以说是天壤之别。意志稍有不坚定,都很难久留在太行山上的。而德祥同志却坚持了下来,而且在太行山区的晋城生儿育女、永久安家,还常和天津的老乡、山西的朋友夸晋城山好水好人好气候好。可见,他已把太行山区的晋城作为自己的"第二故乡"。

他爱海河边上的天津,更爱太行山区的晋城。丰富的经历成就了他,使他兴趣广泛,对美好的生活充满着热爱。工作之余,他不仅善读书、爱书画、下围棋,还游泳、钓鱼、打球、唱歌、跳舞,可谓兴趣广泛。

生活是创作的源泉,如此丰富的生活,激发着他对写作的灵感。把他熟悉的天津和山西两地的生活用笔记录下来,成了他晚年的一个心愿。于是乎,德祥同志宁可少睡觉,少休闲,也要把他认为该记录的人和事回忆着记录下来。写作很辛苦,也很艰难,但他还是靠着毅力把这件事情完成了。

即将付梓的这个集子叫《两地随笔》,书名很贴切。里边按文章的内容,分为"天津往事"、"知青岁月"、"校园生活"、"合作共事"和"闲情逸致"等几大类型。这些文章,给我的第一感觉是真实流畅。文如其人,德祥同志的文章与他的人品一样,朴实无华、真切感人,有不少篇章甚至能催人泪下。它的"催人泪下"不是悲伤,而是真实,是用还显笨拙的笔写出了童年、少年、青年时的真切情感,实在是难能可贵,值得一读。

当然,不足之处还是有的,因为他毕竟不是从事文学事业的作家。某些篇章还是力不从心、言不达意,生硬的句子时有出现。但我相信,只要德祥同志能一如既往,笔耕不辍,今后肯定还会有更多更好的作品问世!

希望德祥同志永葆青春、志在千里!

是为序。

(王宁:全国政协委员、山西省政协副主席、民建山西省委主委)

飲海甘水沐
太行風系
津吾情

各滤祥主席西地随
筆題 光善

（焦光善：中共晋城市委常委、统战部部长）

目录

contents

天津往事
Tianjin Wangshi

1

大 国 立

　　离我家不远的地方，有一个马掌铺。这一家人姓赵，老少三辈，赵大爷、赵大哥还有我下面要讲的大国立。他是赵家孙子辈的老大，也是马掌铺钉马掌这门手艺的第三代传人。

　　大国立大名叫赵国立，一听便知他是新中国成立后出生的。他比我大一岁，也算是小时候的伙伴。他们家共有两处房子，爷爷和奶奶住在南门外大街靠近海光寺那边，父母和他住在同一条街上靠近莲宗寺这边，两边都是两间房子。爷爷那边只住人，他们这边一间住人、一间就是马掌铺。20世纪五六十年代，天津的大马车是主要的交通工具，大街上拉着各种货物的马车比汽车还多，马掌铺主要就是给西南边兴业里、八里台和李七庄子这一片的牲口钉掌。因是独家经营，所以马掌铺的生意还算兴旺。马掌铺一是自己打马掌；二是要给骡、马、驴等牲口钉掌。这两种活看似简单，真要干好靠的全是手艺。大国立从小就是站在马掌铺的火炉边、马桩前看着钉马掌一天天长大的。

"文革"前天津市小学教育方式比较单一,那种死记硬背的方法有的学生适应,有的学生不适应。因为学习不上进,我俩经常受到老师和父母的批评。其实我们都是很想努力的,但不知怎的,学习兴趣始终没有培养起来。大国立虽然不爱学习,但人很老实,从来也不和同学打架。我不爱学习,非常淘气,没有不爬的树,没有不上的房。我们曾在一个学习小组学习,小组写作业的地方就在一个姓张的女孩儿家里,她的小名叫小妮妮。因都住在一个门口,我们也都这样叫她。小妮妮是组长,她学习好,人也厉害,我们一旦完不成作业,她轻则是训斥,重则拿起书本就打。有一次大国立没写完作业,她上去就是两巴掌。大国立面对小妮妮只是眨了眨眼睛,而后就像一只温顺的绵羊,马上拿起笔去写作业了。

大国立经常叫我到他爷爷家中去玩。他爷爷家住的是里外间通长的两间房子,屋里养着好几缸热带鱼。鱼缸有大有小,是三角铁做缸架四周镶玻璃的那种长方形鱼缸,这种鱼缸在20世纪60年代初的天津,差不多家家户户都有一两个。大国立爷爷屋里摆的鱼缸不但缸个儿大,而且质量好。一个最大的鱼缸放在外间屋靠墙中央的桌子上,鱼缸底部铺着金黄色的沙粒和白色的小鹅卵石,上面还种着几株水草,在灯泡的照射下,鱼儿在鱼缸里成群的游来游去。鱼的品种很多,里面不仅有拖着两条长须的燕鱼,也有尾巴色彩斑斓的孔雀;还有全身朱红色的朱砂剑和全身黑色的黑玛丽;还有一种全身透明的我也叫不出名的小鱼。大国立经常叫门口的小孩到他家里去看鱼,我们一到他家,都先夸他养的鱼好,因为小伙伴们都知道一说他养的鱼好,大国立就非常高兴,他一高兴就说："快,赶紧回家拿瓶子去,我给你们捞几条小鱼"。那时,我家养的鱼差不多全是他给我的。他爷爷家里屋靠墙有个梯子,顺着梯子可以从屋里的天窗爬到屋顶,屋顶上养着几十盆仙人掌、仙人球之类的花卉。这些花都是嫁接过的,带刺的花茎上都嫁接了红色和黄色的小绒球,好看极了。

大国立小学没上完就跟着爷爷、爸爸学钉马掌了。当时他只有十二三岁,一边学手艺,一边做家务,每天忙得不可开交。他除了学习钉马掌外,还要做一些别的事情。他父母都是京戏的票友,受父母的影响,他从小拜师学拉京胡。家里还养着一只小猴和一只海狸鼠,每天也需要他来打理,他实在太忙了。

后来,他家又养了几大缸金鱼,金鱼有好几个品种:一只缸里养着一对全身白色、拖着大长尾巴、头顶大红帽子的大金鱼;一只缸里养着十来条头尖、大肚、小尾巴的五彩珍珠;还有一只缸里养着六条橘黄色的水泡眼儿,鱼头两侧像果冻似的水泡在缸里来回摆动,吸引着观看的人久久不愿离去。由于养得鱼多,大国立每天都要去郊区捞鱼虫喂鱼。这时的大国立已经长成半大小伙子了,通鼻梁、大眼睛、五官端正,身体强壮。他的穿戴也与众不同,他脚上穿的是一种轮带底、黑布面、手工做的靸鞋,下身穿一条又宽又肥的灯笼裤,一年四季总是穿着带圪搭袢的中式上衣,甚至连骑的自行车也是攒的。这种车叫"大水管",车的大梁及所用铁管等全部用粗细不同的水管来代替。这种车看上去很笨重,但非常结实、耐用。那时,天津郊区的农民全骑这种车。

又过了一两年,大国立就能给一些温顺牲口钉掌了。给牲口钉掌的马桩就在离马掌铺很近的陆安街49号大院门前,一拐弯就到。有一次,我遇到了他们老少三辈给一头高大强壮的骡子钉掌,这头骡子又犟又烈,一开始用正常的手段根本就制服不了它。赵大爷就站在那里一边指挥,一边叫大国立再回去取一根粗绳子来。此时,赵大哥叫车把式用一块黑布把牲口的眼罩住,然后用拿来的粗绳子一前一后往马桩里围它,但一连几次都没围住。这时候,看热闹的人越来越多,人群中有人还小声说:这头骡子真够厉害,今天可有好戏看了。那时,天津没有什么娱乐活动,所以平时看钉马掌也是寻求一种刺激,类似像现在我们在电视里常看到的美国牛仔的骑牛大赛。最后,四五个人费了九牛二虎之力才把骡子捆绑在马桩上,可正准备给它修蹄时,惊险的一幕又发生了。刚才在捆绑它的时候,它曾几次撞击马桩。马桩的日子久了,横梁可能有点腐朽,没引起人的注意。所以,这一次它又猛烈地一撞,只听咔嚓一声,横梁断为两节。围观的人群顿时一个个看得目瞪口呆。马掌铺的老少三辈和车把式此时只好无奈地摇了摇头,就此罢手。这一幕惊险场面当时还被一位邻居王伯伯写了一篇短文,刊登在《天津晚报》"葵花灯下"的栏目里。我还记得当时的题目叫《烈马惊魂》。打那以后,马掌铺马桩的木横梁就换成了粗细一样的铁管横梁了。

"文革"开始后,有不少邻居因家庭出身问题,受到了不同程度的打击,轻的被贴大字报、抄家,重的就批斗、游街,有的还被遣送回原籍。大国立一家人虽然没有受到政治上的迫害,但往日的生活方式却完全改变。家里养的热带鱼全部倒在海河里,鱼缸也都砸了,金鱼和养金鱼的大鱼缸也都送回了兴业里金鱼养殖场。那只可爱的小猴子,也送给了动物园。从此,大国立的生活就变得十分单调了。

1970年,我离开天津到山西插队,每年回家探亲时都要问问母亲街坊四邻的一些情况。当我问到大国立时,母亲说,大国立虽然学没上完,就到马掌铺里帮忙了,但还算不错,没赶上插队留在了天津,现在就在马掌铺钉马掌,也算是正式职工。母亲还说,大国立一家人在"文革"期间和街坊四邻和睦相处,从来没有做过一件对不起别人的事情。我听了以后,心里很敬佩大国立。在"文革"的十年中,许多往事不堪回首。大国立虽然没有受过高等教育,也没有做过惊天动地的事情,他只是一个普普通通的城市公民,但他是一个老实人,与人为善的人,自食其力的人。就凭这点,他永远值得我尊重。

老 街 坊

小时候，常听大人们念叨"远亲不如近邻"。但从没感觉到有什么特殊的意义。随着岁月的流逝，我对这话的感悟却越来越深了。

1

我家曾经搬迁过很多次，相处过不少邻居，要说时间最长，走的最近的，就是天津张大爷一家。张大爷是与我家相邻而居的老街坊，从父辈开始，我们两家已和睦相处了六七十年。如今，这家老街坊现在还住在房屋改造后的老地方。记得父亲曾经说过，他们家在新中国成立前是干化工燃料行的，燃料铺的字号叫"德康泰"。至于这字号蕴含的具体意思，我就不得而知了，但做买卖求兴隆平安,肯定是错不了。无论是过去还是现在,商家在店铺开张之日,都想给自己的店铺起个冠冕堂皇的名字,亦称字号、商号,希望店铺兴旺发达,财源广进,越办越红火。

一般来说,旧时民间店铺字号的选词用字,多数是在仁、信、义、德、兴、隆、盛、聚、顺、升、恒等吉祥的字眼上打圈子,表明商家倡导"信义坦诚"和希望永远集财、聚财、发财的美好愿望。

如今,一般人们对经商的多数称呼为经理、老板、总裁,但旧时商铺老板大多被称呼为掌柜的。"德康泰"一家人的人品好、为人处世深得邻里街坊的敬佩。我的父母与张家关系处的非常好,我们两家大人小孩都常来往,所以,我管老掌柜的叫张大爷,管少掌柜的叫张大哥。1956年初,全国范围出现社会主义改造高潮,资本主义工商业实现了全行业公私合营。生产资料由国家统一调配使用,资本家除定息外,不再以资本家身份行使职权,并在劳动中逐步改造为自食其力的劳动者。由于我家和"德康泰"都属于民族资产阶级,对于公私合营前后的一些事我至今还能记得。

"德康泰"公私合营前,共有店铺和住房八九间,在我们那一片做生意的群体中也算是大户。店铺在南门外大街和陆安大街把角处,两层椭圆的楼体上用楷书写着"德康泰"三个醒目大字。牌匾是用水泥制作的,"文革"时被红卫兵砸了。张大爷老家是河北省冀县,我母亲和我讲,当年她和我父亲刚搬这里时,张大爷的儿子张大哥才十来岁。那时候的人大多结婚早,在张大哥到十七八岁时,就从河北老家把媳妇迎娶到天津,大嫂子刚过门时,也才十六七岁。

张大哥年轻时不但五官端正,身体也非常健壮,又受过教会学校的教育,应该算是那个时代有知识的"帅哥"。大嫂子虽说是农村姑娘,但相貌出众,待人礼貌,做事勤快且聪明过人,是持家过日子的一把好手。在我眼里,这一对夫妻的结合是很完美的。

1956年公私合营后,张大爷没有参加工作,平时只是自己做一些小本生意。后来,张大哥去了三轮六社,当了一名三轮工人,大嫂子则去了和平路上一家化工商店当了一名营业员。从1956年到1966年,张家的房子从公私合营的九间减少到五间,另外那四间由公家另行安排了。这时期,他们全家人的生活主要靠张大哥和大嫂子的工资,相对简朴了许多。尽管当时张大爷还尽力做些小本生意,但仍有捉襟见肘的时候。不过,尽管生活状况不如以前,但他们一直保持着平和的心态,一家三代人不仅始终相处得非常和睦,与邻里的关系也非常和谐。

2

张家当时有六口人,张大爷、张大娘、张大哥、张大嫂以及他们的两个孩子。大的是女孩儿,邻里都叫她小妮妮,小的是男孩儿,乳名叫小蛋。后来,大嫂子又添了一个女孩儿,也就叫她小三了。我和小妮妮都是1952年出生的,别看她只比我大29天,但我们可不是一个属相。由于出生时一个年尾——腊月、一个年头——正月,她属小兔,我属大龙。

在我刚刚记事时,母亲就是个十分忙碌的人,她每天除了早晚得按时给全家人和几个徒弟做饭外,还起早贪黑,缝缝补补,洗洗涮涮,几乎没有休息时间,更别说悠闲地坐在家里照看我了。看到母亲实在顾不过来时,张大娘总会主动要求母亲把我送到

"德康泰"。玩困了,我就直接睡在张大娘家,饿了,就在张大娘家吃。听母亲说,我出生后还吃过大嫂子的奶呢!张大娘很热心,经常把她的孙女小妮妮、孙子小蛋和我一起放在一辆自制的小推车上,推着我们四处走动,很好玩儿。

我们经常去玩的地方是炮台庄。那时小,不清楚为什么总去炮台庄,后来大点了才知道,炮台庄很有名气。"天津卫,三宗宝,鼓楼、炮台、铃铛阁。"据记载,炮台庄位于南开区中部,泛指南开二马路与南开四纬路交叉口一带。清道光年间在城南炮台遗址(就在海光寺附近)上建村,遂称"炮台庄"。我记得那辆小推车又大又结实,里面能站四五个小孩,是用铁棍焊接的,下面装着四个轮子,长方形的车厢,车厢的底部铺有一层木板,看上去很笨重,推起来却很平稳,只是在遇到不平的路段时,会有些颠簸。

张大娘特别爱抽烟,不过好像她抽的香烟牌子比较固定,不是大罂孩的,就是绿叶的。张大娘常年穿中式衣服,夏天时总是爱穿带大襟的、浅色的长袖上衣。一遇到卖雪花酪的,她总是立马撩起衣襟,从衣服里边的小兜里掏钱,对卖雪花酪地说:"来三个。"

然后,给我们每人发一个。其实,那时的我们,一看到卖又酸又甜又冰凉的雪花酪,就已经口水直流开心得不行了。雪花酪实际上是"土法冰激凌",传说是以前皇宫里的秘制冷食,皇上食后龙颜大悦,赐名后流传至民间。由于它好吃不贵,也是旧社会穷人孩子能买得起、吃得上的零嘴(零食)。往往是孩子哭着闹着要,大人争不过,买一碗雪花酪,全家好几个孩子分着吃。记得那时吃的雪花酪,是用天然冰块放在一个细长的木桶里,再用一根比扁担短些的竹片在木桶里来回搅拌,把冰弄成粥状,然后盛到碗里,再放白糖和酸梅汤,就成了雪花酪。后来,制出了更简便的冰棍,才慢慢取代了它。

3

每到夏季的夜晚,街坊四邻吃完晚饭后都会坐在门前纳凉、聊天。大多是拿出自制小板凳、马扎,三五人一坐下,就开聊了,天南地北、国际国内、张三李四王麻子什么都聊。我们小孩子则喜欢坐在张大哥院前两边的门墩上凑热闹,如果有大人们给我们小孩讲一些他们的所见所闻和以前经历的故事的话,那就最开心了。那时候,我们最喜欢听张大哥讲故事。他不仅讲得认真实在,还会给我们看以前的东西,比如让我们看过他在新中国成立前上学时当童子军的服装,还有腰带以及帽子和类似警察用的指挥棒。

在20世纪60年代,我们这一片的居民家里是没有安装自来水的,都是几户或十几户用一个自来水。当时我家使用的自来水就在张大哥的后院,家里每天用的水都得我去一趟一趟的挑回家。张家后院的周围都是两层高的楼房,在安静的时候,房檐上经常会落有几只麻雀,叽叽喳喳地叫个不停。张大哥闲暇时分,就会悄悄地把他住的二楼的后窗打开,然后用气枪瞄准麻雀射击。别看张大哥是左撇子,但射击动作非常潇洒,不管射中射不中,我们站在院里观看的大人小孩和守在张大哥身旁的大嫂子都会为他大声叫好。

张大哥所使用的那支气枪是捷克产的,很吸引人。他非常爱惜这把气枪,一有时间就会精心擦拭,枪管总是保持锃光瓦亮的。张大哥后来虽然当了三轮工人,但他有知识有文化,人又很努力勤奋,兢兢业业的,很受大家尊敬。他的三轮车被收拾得非常干净,车轮车身也都擦得铮亮,加之精心保养,不仅耐用而且还好蹬。你别小看这三轮车,它可为街坊四邻帮了许多忙,出了不少力。20世纪60年代初,因为遇到连续三年的自然灾害,中国的老百姓绝大多数都处于饥饿状态,粮食的供给是定量的,副食品也极缺。为了少挨饿,大家想了很多办法,比如,经常到市郊集市买一些山芋或红萝卜来充当粮食。这就需要三轮车。

那是进入腊月的一天,天气特别冷,寒风嗖嗖的直往脖子里钻。张大哥蹬着三轮车,和我去了一趟郊区的韩家墅。我们一路摸黑骑行,等拉着山芋和胡萝卜等充饥的食物满载而归时,天还没有大亮。1967年秋季,我二姨从老家武清县来天津治疗青光眼,一连两个月来往于我家和医院,一直用的是张大哥的三轮。尽管每隔一天就要借一次张大哥的三轮车,但张大哥和大嫂子从来没有一句怨言或找一个借口拒绝。特别是大嫂子心地十分善良,在我家最困难时经常接济我们,帮助我们渡过难关。我哥哥的工资很少,加上母亲帮人看小孩得到的极少收入,一般只能负担全家五口人20天左右的生活费用。要知道,在天津这样的城市,时时处处都需要钱,没有钱一天也生活不下去。每月下旬,母亲都得到大嫂子那里去接济,这样的状况直到姐姐参加工作有了收入为止。1970年我插队去了山西后,每次回津探亲,家人都要和我提起张大哥、大嫂子及他们全家人对我们的帮助。我对他们全家也很关心,就连他们家下一代的子女我都要过问一遍。从家人那里得知,张大哥一家对我也是十分关心的,他们也经常会提起我,关心我的现状。

1989年的元月初,母亲突发心脏病,在这万分紧急的情况下,又是张大哥把我母亲从家里一直背到二七二医院。尽管母亲住院后一周就去世了,但如果不是张大哥及时把母亲送往医院,恐怕远在山西的我连见母亲最后一面的机会都没有了。母亲去世后,张大哥和大嫂子怕我哥哥一个人孤单、悲伤,张大哥还主动到我家和我哥哥做伴,一直待了半年。特别是2010年,哥哥患了胰腺癌,发现时已经到了晚期。在哥哥最后的那段日子,也是病人最需要亲人照顾和安慰的时候,70多岁的张大哥和大嫂子还多次迈着蹒跚的脚步,上到六楼来看望我哥哥。一般的老人是忌讳看望病人的,特别是看望患了绝症的病人,但他们从来没有这些顾虑。

2011年夏季,我专门把张大哥和大嫂子、他们的大女儿及外孙女接到了晋城,带他们去了皇城相府、龙门石窟、白马寺游玩,又带他们去品尝了山西特色的地方小吃。他们一家对我们这座宜居城市赞不绝口,对品尝到的山西特色面食小吃也大加称赞。张大哥临回天津时说:"真没想到你们一家人学习、工作、生活在这种环境里,简直太好了。以前只听你说过山西如何,山西怎样,我们如果不是亲自来看一看,真是做梦也想不到。"

能够与张大哥这样心地善良、品德高尚的一家人做邻居,既是缘分,又是福气。我们之间相处得可以说不是亲人胜似亲人。特别是张大哥和大嫂子几十年始终如一给予我们的无私帮助,常让我没齿难忘,永记在心!

徐　大　夫

　　小时候,我家住的房子是临街房,在天津市和平区南门外大街311号,通常管它叫门脸房。这种房子除住人外,主要的用途就是做生意和耍手艺。我家临街北侧有两套大院,在我们那一片儿算是最讲究的了。一套的门牌号是305,另一套门牌号是307。两套院子盖的一模一样,据说是民国时期一个军阀所建。新中国成立后,305号院成了天津市二轻局局长刘学田、公安局六处处长杜庭芳及几个叫不出名字干部的家属院,里面共住着五六户人家。307号大院两扇紫红色大门一直紧闭着,门上边一左一右两个大铜环,显现了该院主人的地位和身份。主人姓徐,是一个医术高超的外科大夫,我们就叫这个大院为"徐家大院"。

　　据说,当年山东官派留学的名额只有两个。徐大夫是山东人,叫徐伦一。学生时代他聪明好学,勤奋刻苦,成绩突出,考试中往往名列前茅,被顺利录取了。19世纪初,一批留学华人医师陆续回国,在境内开设私人诊所和医院,徐大夫就是这时回国的。徐大夫留学德国,学的是医学外科专业,学成回国后在天津开了一家医院,叫山东医院。医院的院址就在我前面说的南门外大街307号,也就是徐家大院。

徐大夫医术高明,在天津医术界名气很大,是技术权威,号称"徐一刀"。听说他做阑尾炎手术只需几分钟,就全部搞定。现在去医院做一个阑尾炎手术很简单,被认为是个小手术,但当时能够做阑尾炎手术的医院并不多。特别是天津那时比较盛行中医,西医很少。

别看徐大夫是专家,人可很随和,和邻居相处的也不错,他常主动和邻居们打招呼,但由于是权威,无形中给人一种距离感。现在回忆起来,徐大夫的形象还是很清晰的。那时的徐大夫大约50岁,脑门突出,个子很高,身体很棒,在1米80以上,外形有点像白求恩大夫。徐大夫穿戴也非常讲究,记得冬天里他总穿着水獭皮领子的大衣,头戴很讲究的帽子,常年戴一副金丝边眼镜,给人的印象是器宇轩昂、玉树临风的感觉。也许是因为徐大夫医术高明,又是国外学成归来的,所以到他医院看病的患者络绎不绝,加上护送患者的家属,徐家大院整日里总是熙熙攘攘的,很热闹。按说像徐大夫这样的技术权威、高级知识分子,本应住在下边。我讲的下边就是指的五大道那一片,那里住的人绝大部分是中上层人士,就是创办医院在那里开也比在南市这一片开要好得多。为什么徐大夫偏要把医院开在这里呢?后来听我母亲讲过,主要有两个原因:一是这里的院子大、房子多,不论是看病还是住人都够用了;二是徐大夫把他父亲从老家接来,因这里离"三不管"很近。

天津曾有一块地方与北京的"天桥"、南京的"夫子庙"齐名，就是当年南市的"三不管"。早年天津的商业中心在北门外"侯家后"一带，后来毁于八国联军的兵祸。当时日本租界正在兴建街肆，有些商贩便来到靠近日租界边缘的地方，摆摊售货，卖一些食品和零星百货。后来摊贩占地逐渐扩大，日本人原想把这块地方纳入它在天津的租界内，但因各帝国主义之间的矛盾，其企图并未得逞。而昏庸的天津官府又不敢在那里行使主权，致使那里成了乱埋乱葬死人尸骨没人管，坑蒙拐骗没人管，打架斗殴没人管的地方，老百姓就叫这地方"三不管"了。后来，天津警察厅虽在这里设立了警察署，纵横开辟了几条街，兴建了商店和住宅，但"三不管"的地名却一直沿袭下来。民国后期，是"三不管"的鼎盛时期。原在"侯家后"的大饭店和妓院，多迁到那里去了；又新开设了"华林"、"群英"、"权乐"几处小戏馆。"三不管"从而畸形繁华，先后有许多说书的、说相声的、卖唱的、变戏法的、拉洋片的、算命相面的，耍把式卖艺的等"三教九流"在此"混饭"，很是热闹。徐大夫的父亲爱热闹，喜欢看戏、听书、看杂耍，当然住在这里很方便。徐大夫把医院建在这里，其孝敬父亲可见一斑。

我是1952年出生的，新中国成立前的一些事，都是听我父亲和母亲讲的。打我记事起，我知道的和我见到的徐家大院，又是另外一种情景了。我家和徐家只有一墙之隔，我家住的是临街房，出入很方便，站在屋里就能看到外边的马路。可徐家就大不一样了，徐家住的可以说是闹市里的深宅大院。说实话，在"文革"前，很少有小孩子能跑进徐家院里玩的，尽管那时私立医院早已停办，徐大夫也到了天津市红十字医院当了院长。印象里，只记得徐家院里养着一条黄色的黑背的大狼狗，平时用一条很粗的铁链子拴着,一到夜深人静总爱汪汪叫两声,声音很大,能传好远。

徐家的院子大,人口也多,共有5男3女,八个子女。徐太太是北京人,有文化,是个大家闺秀。她和人说话时总爱笑,显得非常和蔼可亲。她的穿戴也很讲究得体,手上经常戴一枚有小指甲盖大小的钻石戒指,很耀眼。她因病,在"文革"前一年就去世了。徐家老五叫徐家骏,他是徐家最小的一个,属马,比我小两岁,是我从小到大最要好的伙伴和朋友。他们全家上下都叫他小弟弟,我们也跟着叫他小弟弟。家骏身高虽没有他爸爸那么高,但也有1米8了,身材也很好,他后来没有赶上下乡,直接参加了工作。家骏很聪明,人也很能干,1996年的时候,他带着爱人和女儿一起去了美国,现已在那里定居。

我和家骏玩到一起的时候,大约我上五六年级,他上三四年级。自从和他成了朋友和小伙伴,徐家大院也成了我常去玩耍的地方了。徐家大院和别的大院不同,它有前后两个院,从设计到建筑是中西合璧的风格。整个院子除了大部分用的是青砖灰瓦以外,还有部分进口材料。青砖灰瓦我们见得多了,可在当时前后院所用的那种正方形棋子格水泥地砖是不多见的,它把两个院子衬托得格外别致。更特别的是,每间屋里铺有正方形印有花色图案的地砖,还有一种大约20厘米见方橘红色薄墙砖,类似现在的瓷砖。它的背面上有凹凸的两条鱼,我想那两条鱼的标记,应该是墙砖的商标,地砖和墙砖肯定是进口的。一进大院,靠左手是一间门房,顺着门房朝北还有三四间临街房。这几间房子靠南门外大街,当时在街上没有开门,只能从院里进去,主要是徐家放杂物的地方。一进门的正对面,是外院南房的西墙,这面墙看上去更像一个影壁,往左一拐进到了前院。前院也叫跨院,跨院是长方形的,有南房五间,靠东北角还有一个独间是厨房,在厨房与南房之间向东五六米处有一个厕所。

前院正中央北面就是里院的大门,一进大门是一个木结构的门厅,门厅左手和右手各有一个进出口。里院是正方形的,要比前院面积大很多,有北房五间、东房西房各三间,五间北屋带有一米多宽的重檐。这种重檐探在房沿外,不但美观而且还能遮光防雨。北屋靠西边两间,下面有可以容二三个人的地下室,用来藏身和防空。里院正中央两侧架有葡萄树,还有无花果及仙人掌类的花卉。西屋靠南墙根有一株高大的海棠树,树冠早已高出房沿。一到秋季,一颗颗粉红色略带黄色的海棠果挂满枝头,硕果累累的海棠树把整个院子装扮得像一幅美丽多彩的油画。

前院北墙边厨房门前种有爬山虎和凌霄,爬山虎和凌霄的叶子爬满半院子墙。凌霄花的形状类似牵牛花,开的是橘红色花朵,待到晚秋一场秋雨过后,初霜把爬山虎的叶子打成红黄色,几朵橘红色的凌霄花屹然俏立墙头,煞是好看。让我记忆最深的是,前院靠北墙西边,种了一棵很大的紫藤,紫藤的藤条爬满差不多整个院子,支撑藤条的是刷着绿漆的用圆木和粗细竹竿搭的架子。每到春季紫藤盛开的时候,一串串紫藤花,把院子打扮的充满生机。到了夏季,紫藤枝叶繁茂,几乎遮住了整个院子,只有星星点点的光线漏到地面,仿佛整个院落都笼罩在了清凉世界里;秋季时,紫藤树上挂满了数也数不清的紫藤豆,更加让孩子们穿梭期间流连忘返。

徐家大院还有一件事,值得叙述一下。"文革"期间,徐家同样也受到了很大的冲击,损失相当惨重。在已被抄走的好几卡车东西中，有一只红木的罗汉床被当场砸坏，因为太重当时没有被拉走。按如今收藏界的认定，应属于等级较高的珍贵物品。后来，这支床一直就放在临街的一间空屋里。那次搬家有徐家的人，还有家骏的几个同学和邻居，我当然也在其中。东西搬的差不多的时候，徐家四哥一边叹气一边和我说："德祥，你看这回真的要把我们家扫地出门了。"但那时候家家户户的大人们都小心翼翼、战战兢兢地活着，平时谁也不敢多说一句话。我们小孩子就更不敢轻易说什么了，生怕给家人带来什么不好的结果，所以当时我连一句安慰的话都没说。最后，徐家四哥让我把砸坏的罗汉床的两个床帮拿上，我们俩人一起去了南开早市。那时候，早市上有收购红木旧家具的，在一个摊上，摊主大爷看了看这两个床帮，随手掂了掂，仿佛称重一样，面无表情地说："十块。"

徐家四哥没吱声，摊主大爷就顺手给了十块钱。

徐家四哥依旧面无表情，拿起十块钱就走了。我在旁边看着，也没吱声，一个是不清楚这两个床帮到底值多少钱，另一个是那时候也不会讨价还价。

"文革"前，一个处级干部大约一个月的工资是136元，可徐大夫是专家，月收入240元，相当于6个二级工人的收入。多年以后，我和家骏闲聊时，总会谈起"文革"时期的一些往事。当谈到他家那支罗汉床时，他给我叙述了当时买那支罗汉床的往事。他说，那支床是老爷子（家中的小辈都称徐大夫为老爷子）在20世纪五六十年代花了600元人民币从一个落魄的大户人家买的，为此事持家过日的徐太太和徐大夫还有过不同的意见。如今，如果买一支床花600、6000甚至6万，也没什么稀奇的，但在20世纪五六十年代，花600元买一支床，可以说是天文数字了。

　　我曾多次进过北京的四合院,对天津的小洋楼了解的就更多了,徐家大院的建筑风格,既不像北京的四合院,更不像天津的小洋楼,但它独特的建筑风格及院内所种的树木花卉,深深地印在我的脑海里,徐家大院永远是温馨而美丽的。

安家大院的记忆

我出生在天津，在那里度过了我从童年到成人的18载美好时光。特别是儿童少年时代的一些往事至今记忆犹新。

我家住在和平区南门外大街311号，正好是陞安大街和陆安大街中间这一段，是属南市这一片的边上。这一带住的居民成分比较复杂，有工人、手工业者、民族资本家，还有知识分子、专家学者、革命干部。

在当时，这一片的住户还不是太多，邻居间互相串门的也只是少数。打我记事起，我去得最多的邻居家就是陆安街28号院的安家。安家离我家很近，顺着南门外大街向南走五六十米，一拐弯就是陆安街，往里再走三四十米就到了。这是个独门独院，院子坐北朝南，呈长方形，东西长，南北窄。院子北侧是两层楼房，一层有一半在地下，一半在地上。我们管这种房子叫地窨子。二层是正式的房间，安家一大家子人都住在这里。院子的东边有一间门房,西边有一个厕所。从院里上二楼,是一个半圆形两边都能上人的旋转楼梯,春夏秋三季楼梯两侧总是摆满了各种花卉,主要有柳叶桃、无花果和盆栽的石榴花。住人的房间都很大,有东房两间,西房两间,中间是一个非常大的客厅。客厅北面还设了一个佛堂,佛堂平时是不开的,只有过年过节时才打开。

安家共有11口人,安奶奶,安伯伯,安婶婶,还有兄弟姐妹8人,其中男孩5人,女孩3人。我和男孩中的老四是同龄,他叫安家铭,是我的小伙伴,也是小学、中学的同学,后来又是一起来山西在一个村子插队的青友。去安家玩的多了所以对他家情况也知晓一些。安家老家是津西杨柳青,安家爷爷一辈在晚清是做跑大营生意的。这种生意只有杨柳青这一带人做,主要是用内陆的日用品,赶着牲口跟随清朝军队进行长途贩运,军队走到哪里他们就做到哪里。去的地方主要是西北,因当时西北的边境不大安定。他们带的东西主要是供给清军必需的日用品,还有一些商品也可以与当地商贩交换或购买一些货物,如皮毛和中药材等,再带回内地。这种生意很辛苦,十几个人为一队,一走就是一两年,有少数人就病死他乡了。但做这种生意发财的也不少,安爷爷就是其中之一。安伯伯成家立业时已到了民国,他在新中国成立前主要做的是古玩、文物的生意。民国时期,天津这个地方聚集了一大批清朝的遗老遗少,还有一些军阀、买办资本家。他们之间有没落的,也有发迹的。没落的因生活所迫就要出让东西,发迹的就要收购一些东西,这一买一卖中间的说合人,类似当今的中介,要收一笔钱。安伯伯发了后,还开了一个小型的轧钢厂,厂房就在楼下的地下室。他的身分应该是商人加民族资产阶级。

打我记事起一直到“文革”时期,安家是我经常去玩的地方。

安家人多热闹，房子也大，能玩耍得开。下面我讲一些至今还让我记忆犹新的往事。安奶奶是个能说会道、干净利索的老太太，她住在客厅东边的南屋。我印象较深的是，一到逢年过节，一件黑色通长大漆条案上摆满供品。条案上边墙上挂着两幅画：左手边那幅画非常鲜艳，画面有楼台、假山、怪石、长廊、花墙，还有花草，我那时小，不懂上边画得什么，曾经好奇地问过安奶奶，她说这幅画画得是家谱；右边一幅是安爷爷的画像，画像里安爷爷穿着清朝的官服，头上戴着官帽，坐在虎皮的太师椅上，微瘦的脸型，左侧下巴上有一颗明显的黑痣，人显得非常精神。安伯和安婶住在客厅西边的南屋，安伯伯的屋里除了一张睡觉的大炕以外，还有从上到下两排摞在一起的紫红色大漆樟木箱子，每只箱子上都镶有铜活（饰件）。每到过春节，我都要帮助安家擦箱子上的铜活，先用一块布，布里面装上炉灰渣子，再蘸上醋，用力在铜活上擦，直到把每一件铜活都擦得锃光瓦亮。西屋靠北的那间主要是住人，东屋靠北的那间是堆放杂物的，里面放了许多东西，屋里显得很乱，在一个大八仙桌上，放着用硬木做框子的玻璃罩子，罩子里面放着两件用红木镶着青白色玉石的如意。安家的人口多，吃饭时用的碗筷也多，当时用的碗我没有印象了，但使用的筷子，至今还清楚记得。那种筷子比一般家庭用的讲究多了，黑硬木的筷杆，两头都用银包着，筷身比普通筷子长一大块，大约十来副一盒。放筷子的盒也十分讲究，是一个长方形，能抽拉盖子的硬木盒。安家的客厅很大，客厅里放着一张长方形暗红色大漆桌，我和家铭少年时代经常用这张桌子打乒乓球。有时也骑着自行车在客厅里转。

安家每年有三件事给我的印象最深：一是晒皮货。每到三伏天,安家都要把家中的皮货晒一遍,数量有多少真是数不清。我只是帮着从屋里抱到院里,然后再挂满整个院子。那些皮货有大块的也有小块的;有带袖的也有不带袖的;有白色的也有黑色的;但以白色的为主;有长毛的也有短毛的;还有一种像麦穗的,还有一些我就形容不上来了,总之,皮货很多很多。像晒皮货这种事,我在安家遇到过多次,早上抱出来,晚上再抱回去,整整要折腾一天。二是做月饼。每到中秋节,安家都要做月饼。其实20世纪五六十年代,天津人过中秋节,家家都要自己做月饼。当时正是国家的困难时期,供给每人的月饼只有半斤,也就是普通月饼的两个,根本不够吃。一般的家庭中,有一两个或三五个月饼模子,但安家就不一样了,安家少说也有几十个月饼模子,而且样式多,大的小的都有。模子全是用桃木做的,有福字、禄字、寿字,有桃型的、双喜字形的,还有嫦娥奔月型的。安家做月饼的种类、数量、质量都给我留下很深印象。做法大体是相仿的:用面粉做皮,用红小豆、红果、青丝、玫瑰、芝麻、白糖、红糖做馅,根据模子的大小,先用皮包上陷放在模子里,成型后在扣出来,把它放在蒸锅里蒸,三十分钟后,这种自制的月饼就能食用了,既好吃又实惠。三是过春节。安家过春节比普通人家热闹红火,也很好玩。腊月二十三过完小年,屋子里打扫得干干净净。这时,靠客厅北面的佛堂门就全部打开了。佛堂的下面摆放好可以移动的木制二层台阶,供人上香祭祖;客厅的西边墙上,挂着两幅用红绸缎书写的篆字百寿图和百福图;客厅中央放一张我和家铭平常打乒乓球的长方形大桌子。桌子的周围摆放着两套瓷器:一套是福禄寿三件;另一套是八仙过海八件。这两套瓷器,特别是里面栩栩如生的十一个瓷人给我的印象特别深。打我记事起,一到过年,我和家铭就天天围着这十几个瓷人转,从瓷人比我们高,转到一样高,又转到我们比瓷人高了,一转就是十几年。可以说,我们从童年到少年就是围着这十几个瓷人一年年长大的。

瓷器是中国的代名词,受到历朝历代统治者的推崇和喜爱,也是每一个中国老百姓家中的必需品。当今我们国家大力提倡文化事业的大发展、大繁荣,全国各地的大中城市,都有古玩市场。在众多的古玩中,瓷器是非常重要的一项。远的不说,明清时期的一件青花或粉彩官窑瓷器,就要拍几百万或上千万。由于安家的缘故,我从小就喜欢瓷器,在各地古玩市场、博物馆中也看过不少实物,在电视鉴宝栏目中,也欣赏过不少类型的瓷器。这些精美的瓷器中,有国宝,也有市宝,但从未见过像安家那两套类似的瓷器。那两套瓷器一是器型大,二是品相好,三是完整。如果没有"文化大革命"的破"四旧",那两套瓷器就可以走进"国宝档案"了。现在东西不在了,只能凭我的记忆和我了解的瓷器知识,给这两套瓷器鉴定一下了:这两套瓷器都是人物造型,共十一件;两套器型大小差不多,大约在一米二至一米三高,都是粉彩,烧制得非常精致,人物刻画十分逼真,烧制的时间应在清晚期或民国时期,很可能是出自景德镇的人物粉彩瓷。

莲宗寺轶事

　　每每外出游览,在脑海里留下深刻印象的,总是各地风格各异的,处处透露出厚重、宁静的寺庙、道观,甚或是尼姑庵。在这诸多的记忆中,天津莲宗寺最为深刻。也许是幼时的记忆,一切都很清晰。有些画面虽年代久远,依旧鲜活,慈祥虔诚的母亲、端庄文静的际智师傅,以及来往于寺院内的香客,似乎随时都呼之欲出……

1

　　天津莲宗寺,坐落在和平区南门外大街与保安大街的结合部。整座寺院是苏州园林式的,严整而古朴,显示出尼寺精致的韵味。该寺始建于1936年,是新中国成立前津城唯一的尼众十方丛林,是由北京紫竹院出家的际然、际智两位师傅出资修建的。

我的出生地,就在离莲宗寺不远的地方。记得最早的一件事是五十年代末一个深秋的下午。那时的天已有些凉意了,我和几个小伙伴正在门口玩耍,忽然看到几个大人冲着莲宗寺的方向边指点比画边议论着什么,渐渐地便聚集了不少人。我们几个小伙伴好奇不已,也跑到离寺院不远的地方跟着凑热闹。不一会儿,就见从南门外方向开来一辆紫红色汽车。车体比现在的中巴略小些,外观很像老爷车。两个探出来的大车灯,一左一右很是显眼。这车装饰得也很特别,车厢顶上交叉着黄丝带,丝带中间又系了一个黄色的大花结。车一停,依次从车上下来五六个喇嘛僧人,个个身着褐色或黄色僧袍,半个肩膀和一条胳膊裸露在外边。他们举止稳重,表情端庄,依次整齐地从寺院的正门进入莲宗寺。这些僧人的一举一动使我们感觉出了他们的不同寻常。

当时,我们还小,并不知道这些人是什么人,更不知他们是什么身份,只是心中好奇而已。后来才听母亲说:"那天到莲宗寺来的几位喇嘛中,有西藏的活佛。"再后来,才从官方的报道中知道几位喇嘛簇拥着走在最前边的两位,正是西藏的佛教领袖——达赖和班禅。

2

但凡见过莲宗寺的际智师傅一面的,大多会对际智师傅的容貌留下深刻印象。尽管尼姑的服装能够把任何婀娜的身姿及美貌包裹起来,但她的端庄与美丽仍旧能显现给众人。际智师傅为人忠厚,心地善良,特别是与我母亲很谈得来,感情颇深。听母亲说,她的老家是河南的。十几岁时,家乡闹灾荒,她在地里拾野菜的时候,被军阀曹锟的部队抢走。那时,际智师傅因相貌出众,被曹锟手下人挑出来送给曹锟做了二姨太。

由于际智师傅和母亲的关系,幼小的我在心灵中也留下一些"佛"的记忆。记得母亲很勤快,平日里不管有多么忙碌,房间的里里外外都要收拾得干干净净,家里的人出门时,都要穿得整整齐齐。母亲爱干净在左邻右舍是出了名的。我家当时的住房比较宽裕,最多时楼上楼下共有七间。我父母和我们兄妹四人都住在楼下。因母亲是虔诚的佛教徒,每天除了给一家人买菜做饭外,烧香拜佛是不可少的。所以,她在家中专门腾出一间房子做了佛堂。

除此之外,楼上还剩两间空房。母亲为了和际智师傅往来,自然用它做了寺院尼姑们的临时客栈。每逢际智师傅来家,母亲和我都很开心。因为她每次来家时,总会记着给我带一些供品让我吃。际智师傅和母亲在一起时,仿佛总有说不完的话。她们大多谈的是寺院里的事情。记得最清楚的是,每到八月十五中秋节,际智师傅总会用一块蓝布包着几个大石榴带给我,这些石榴都是寺内石榴树结的,个大,很甜。际智师傅和她的弟弟相处很好,每年她的弟弟都会专程从河南老家来天津看姐姐,而且每次来都住在我家。际智师傅的弟弟也不简单,当过八路军,打过日军,新中国成立后在县城里当了个小干部。他每次来我家时,都要给我们带一些家乡特产,如花生、红枣、豆子之类的土特产品。由于有这个客栈,除了经常接触的际智师傅外,还有两位宝坻县的尼姑也经常住我家,一个叫清海,一个叫广慧。这两个尼姑都是际智师傅介绍来的。清海师傅和广慧师傅很喜欢我们兄妹，还邀请我们到宝坻玩。记得有一年放暑假，哥哥带着我从官银号——也就是老城厢东北角处，坐长途汽车到宝坻县，我们就住在她们的庙里。清海的庙离县城不远，广慧的庙就在潮白河边。

母亲除了自己按时烧香拜佛，每到初一十五，必带着我去大悲禅院参加佛事活动。母亲和我认的是同一个师傅，就是后来当过大悲禅院住持的森山和尚。

3

"文革"前那段，莲宗寺烧香拜佛的人不是太多，寺院的大门总是关着的。偶尔有佛事活动，也是请大悲禅院和尚到寺院来念经。逢有佛事活动的时候，寺院正门大开，香客可以随便进出。记得母亲和我讲过，莲宗寺的尼姑也念经，普通人遇事请姑子念经比请和尚念经还贵。

莲宗寺虽然不大，但建筑考究。它坐北朝南，有前殿、中殿、藏经楼。寺院设有一个正门和一个偏门；进了偏门，右手边就是寺内的院子和中殿；直对偏门的是一个狭长的过道，右边是一排房子；过道北侧是个小院，分上下两层，作为藏经楼；临街的前殿正中塑有关羽像，殿两边塑有四大金刚；前殿背面正中有一个镶玻璃的木房子，里面有一尊手持宝剑的韦驮像；中殿大雄宝殿是该寺院最高大的建筑，它就坐落在正方形院落的北侧；东西两边是配殿，院内大雄宝殿左右两侧的台阶下有两棵大石榴树。小小的寺院里倒也有几样珍贵文物。"大雄宝殿"匾额上四个大字的落款是"弟子吴佩孚",民国时期皖系军阀的头子。大雄宝殿正中间大佛的前面摆放着达赖、班禅赠送的一尊汉白玉的小立佛,惟妙惟肖地刻画了释迦牟尼出生时指天指地唯我独尊的神态。20世纪90年代初期,我回家探亲,哥哥说:"莲宗寺正在维修,还从五台山请回了三尊鎏金铜佛。"他带我去寺里看了看,三尊佛像暂时就放在大雄宝殿的西墙边。

世事沧桑,一切都在变化着,轮回着。也许是因为受到母亲一生都虔诚信佛潜移默化的影响,我一直关注着莲宗寺的发展动向,每次回天津,总会抽时间专门去看看,如遇到同乡旧友,也会去打听打听相关信息。

老邻居们和我说,莲宗寺新来了一位佛学院毕业的年轻尼姑当住持。由于好奇,我打开了互联网,输入"天津莲宗寺",竟然搜到了关于天津莲宗寺的很多词条,而且发现天津莲宗寺在新浪、网易等大的网站还开设博客和微博,利用最现代快捷的信息平台传递着新时期寺院的善举、最新动态、最新信息。打开在新浪的博客,里面竟然有"喜闻佛理"、"走入佛门"、"语意深邃"、"莲宗寺的前世今生"、"活动报道"、"法讯报道"、"天津莲宗寺公告"等七个栏目,共发表了71篇博文。

旧时的尼姑庵一般选择幽静偏僻之处,生怕被世人打扰,希望被世俗忘记。然而,今日却不同了,庵和尼姑们都在"与时俱进",希望更多人了解她们、理解她们、走向她们。我虔诚地祈求佛祖,永赐闹市中的这片净土福祉吧,保佑这里的百姓安康幸福!

深水合格证

1965年6月1日,是我深水测试领取合格证的日子。那天,位于南京路哈密道之间的第三游泳池头一天开放,我和几个同学拿着游泳证,在游泳池售票窗口买上泳票,按规定的场次进场。泳池的左侧是更衣室,我们存放了衣服,领了泳帽,来到了游泳池旁。游泳池不大,长约50米,宽约12.5米。泳池中间用护网隔开,分成深水区和浅水区,一般初学者在浅区练习,有深水合格证的才能到深水区游泳。

深水区两边太阳伞下的高椅上,坐着年轻的救护队员。他们形体匀称,肌肉发达,皮肤黝黑发亮,戴着太阳镜,脚上穿着人字拖鞋。为了分清哪些人能到深水区游泳,在更衣室存放衣物领取泳帽时,有深水合格证的人才能领到印有红道的泳帽,只有戴这种泳帽的才有资格到深水区游泳。那时,每一位喜爱游泳的少年,都很羡慕能到深水区游泳的同学。

我是利用上一学年暑假学会游泳的,在我们几个小伙伴中,自我感觉还可以,但能否通过深水测试,还是未知数。在小伙伴的督促下,我抱着试试看的心情,把《游泳证》交给救护员,就伸胳膊蹬腿的做准备活动了。测试共分两项内容,第一项是踩水,需要踩40秒;第二项是游100米距离。那天参加进行测试的有十几个同学,大部分是初、高中学生,小学生只有我一个。我们十几个人共分成三组,我年龄最小,被分到第三组。第一组5个人,下水后先踩水40秒钟,然后都用蛙泳的姿势在池中横向游了四个来回,正好是100米。第一组很顺利,全部通过了测试。说实话,看着他们的测试,自己心里也是七上八下的,很担心自己完不成测试。紧跟着,第二组的5个同学也下水了。有一位同学在池中只完成了踩水,就感觉体力不支,游不动了。其余4位同学与第一组一样,顺利地通过了测试。

随着测试口令,我们第三组4个人一起跳进了游泳池。踩水的规定动作有严格要求的,身体在水中直立,双手必须露出水面,完全靠脚蹬加动作来完成。别看我年龄最小,但心理素质不错,一边按规定动作踩水,一边在心里默默地数着,一、二、三、四……数到二十几下的时候,突然感觉双腿困乏得要命,力气似乎马上要用尽了。就在这时,我身边的一位同学大声喊起来:"我不行了!我没劲了!"他一边喊着,一边向泳池边游去,直接放弃了测试。在这种时候,我选择了坚持,用全力完成了踩水测试,其余的两个同学也通过了踩水测试。

第二项测试开始了。要求在游泳池游8趟4个来回,完成100米。我们3人一字排开,都采用了蛙泳的姿势,进行100米测试。当我游了两圈时,看到一位大一点的同学已经快游完三圈了,感觉他完成测试没什么问题。虽然测试没有明确的时间要求,但看到自己差那么多,心里还是不免有些着急了。就在这时,一同测试的另外一个同学直接用双手扒住池边,大口大口喘气,使劲喘息着,一看就知他也没有力气了。站在池边的救护员大声喊着,督促他快点游,要求他不要停下来,但是任凭救护员怎样喊他,他就是不动,看来他选择放弃测试了。其实,这时候我的力气也几乎用光了,游速明显慢慢降了下来,手脚感觉都不听使唤了,有些酸酸木木的。和我一起来的几个小伙伴站在池边大声喊着我的名字:德祥加油!德祥加油!为我打气助威。我紧咬牙关,用已酸透了的四肢一下一下游着,尽管速度慢了很多,但一直在向前游。眼看三个来回游完了,还剩最后一个来回时,我的游速更慢了,但双手双脚依旧在拼命划着、蹬着,但动作却明显的迟缓,仅仅能维持身体在水中浮起,似乎一点也前进不了。当时,测试100米是没有时间要求的,救护员一边挥手,一边喊着让我快点游。我咬牙坚持着,心里默默鼓励自己,要坚持、坚持、再坚持,只要再游一个来回,测试就能通过了。就这样,顽强地坚持着,在似乎用完了全身力气之后,我终于到达胜利的彼岸。我双手扒在池边,大口大口喘着气,以前两手一撑、抬腿就上岸的动作没有出现,因用手撑和抬腿的力气都没有了。这时,救护员用有力的大手,一把把我从泳池中拎到岸上。我想马上站起来,但两条腿仿佛不是自己的,怎么也不听使唤,大腿小腿剧烈抖动,大约5分钟后,才慢慢缓过来,恢复了正常。我走到坐在高椅上的救护员身边,他手里拿着我的游泳证,仔细看了看上面的照片,又看了看我,在《游泳证》上盖了一个长方形刻有"合格"字样的红色印章。

那年暑假,学校组织同学上游泳课,当时五六十个男女同学,没有一个会游泳的，只有我是通过了深水测试，取得了合格证的。教体育课的李老师在辅导同学游泳时，专门把我叫到他身边，向同学们宣布：

金德祥同学已通过深水测试，现在是我们学校唯一的红道。

后来，李老师还让我为同学们进行了一次表演。我熟练的蛙泳姿势，令同学们投来束束羡慕的目光。

当时，我心里非常高兴，好像文化课考了全班第一。

少年时的这次深水测试经历，锻炼了我的毅力，也使我养成了终身游泳的习惯。如今，我已经跨入60岁的门槛，但仍不分寒暑，常年坚持游泳，每隔一天游一次，用4种姿势蛙泳、自由泳、仰泳、蝶泳完成1000米。分配的泳姿是蛙泳500米，自由泳200米、仰泳200米、蝶泳100米。最后，为了增加肺活量，我还要再分三组游100米的潜泳。

常年的游泳，使我的身体很棒，皮肤光洁，吃得香，睡得好，工作起来精力旺盛，为幸福的人生奠定了很重要的身体基础。每每想起，我真感谢少年时那次刻骨铭心的"深水测试"啊！

起士林西餐厅

20世纪六七十年代，在全国的西餐厅屈指可数。在天津这样的几百万人口的大城市，也只有两家西餐厅：一家是"起士林"，另一家是和平餐厅。

老字号"起士林"是我国第一家具有一定规模的西餐厅。它创建于1901年，创始人是德国人威廉·起士林，至今已有百年历史，不仅成为天津历史名店，也驰名中外，声名显赫。起士林大饭店主要经营德、俄、英、法、意五国风味西餐，及西点、面包、糖果、饼干、咖啡、冷食等共计7大系列千余种。它多次接待过党和国家的领导人及外国政要和100多个国家的外交使节、政府官员和国际友人，也是国内外达官贵人，各行各业顶级人物经常光顾的场所。

我第一次去起士林吃西餐，还是40多年以前的事。1972年春节，我回津探亲。几个要好的朋友相聚在一起后，就商量着去什么地方吃一次西餐,最后一致同意到"起士林"。那次聚会我们一共去了6个人,时间过去太久了,有几个人的名字已想不起来了,只记得有徐家骏。当时,还有人提议我们集体步行到"起士林",说这样走到那里就饿了,可以多吃点。于是,我们下午4点多出发,从海光寺沿着多伦道先向百货大楼,再从和平路到劝业场,顺着建设路往下走,就到了"起士林"。

"起士林"西餐厅是一座二层小楼,原来这一片德租界,是当时天津比较时尚的区域"小白楼"。"起士林"就在天津音乐厅的对面,餐厅的一楼是卖"起士林糕点"和喝红茶的地方,西餐厅设在二楼,呈椭圆形,里面摆放着多人用餐的大餐桌,还有围着椭圆形栏杆摆放着一圈的两人用小餐桌。这些大小餐桌和椅子都是欧式的,精雕细刻,异常精美。大小餐桌上铺着的台布,非常讲究,是白色镂空绣花的,上边摆放有刀、叉、勺及调味品。餐厅环境非常优雅,播放的轻音乐声音很低,幽幽的,很惬意。客人们坐在围栏边的餐桌上,一边喝着醇正的白葡萄酒或威士忌,一边品尝着正宗的法式西餐。整个餐厅很安静,没有人大声喧哗,即使聊天,也大多低语,显得很绅士。起士林餐厅面对的人群不一样,来这里吃西餐的大部分是专家、学者、文艺界和体育界的明星。以后的几次,我在这里曾多次见过几位中学老师,还有天津歌舞团的演员和天津足球队的球星。

我们几个选了一个大餐桌坐下,看着满桌的刀叉,不知如何使用,点西菜更是一窍不通了。徐家骏的父亲是天津名望很高的外科大夫,家庭条件优越。可以说,徐家骏是吃着西餐长大的,所以,我们一切都听他的。他一边招呼服务员过来点菜,一边熟练地给我们介绍吃西餐的常识和如何使用吃西餐的刀叉。见我们都很认真地听,他就说:"使用的方法我一说你们就会了。会不会吃西餐其实主要是看你会不会点菜。会点的花钱少吃得还好,不会点的花钱多还吃不好。"

点菜时,我们几个都把目光投向衣着很有品位、穿戴干净整洁的服务员。她们穿白上衣,蓝裤子,举止彬彬有礼,点菜很规范,低声细语的,和外面的中餐厅简直是两个氛围。

记得那天点的菜是这样的:大拼盘一份、奶油沙拉两份、奶油烤杂拌儿一份、罐焖牛肉一份、法式炸猪排三份,红菜汤和奶油什锦汤各三份、每人二两黑面包、白葡萄酒一瓶、小香槟酒六瓶。

上菜很快。我们一边吃、一边喝、一边低声地聊着。聊天南地北,聊同学朋友。因为我们几个都是头一次吃西餐,吃得非常过瘾,也了解了不少吃西餐的常识。前前后后大约吃了两个多小时,一结账,这顿西餐才花了20多块钱。20世纪五六十年代的20多元,相当于如今的2000多元钱,但相对西餐而言,已经很少了。所以,在那样的年代,吃西餐是一种非常奢侈的享受。

从那以后,只要是回天津,哪怕只住三五天,我都要去一趟"起士林",就是想感受里面宁静唯美的氛围。我喜欢吃那里的西餐,更喜欢那里的环境。

改革开放以后,各类饭店如雨后春笋般发展起来。由于工作忙,回天津也少了,即便回一趟,也是来匆匆,去匆匆。就吃饭,也觉得各家的口味各异,尝都尝不过来。故去"起士林"的次数也是很有限的。但毋庸讳言,"起士林"留给我们美好记忆,却一直珍藏在我这个游子心中。

水 晶 钟

20世纪80年代初冬,我回天津办事。哥哥知道我和家骏是从小到大一直都很要好的朋友,所以一见到我,就说:"徐家骏从美国探亲回来了,前些天还问你什么时候从山西回来。"知道家骏的信息后,一吃过晚饭我就直接去了他家里。

家骏去美国时是夏天。知道他要去美国探亲,我还专门从山西回了天津一趟,为他送行。一晃半年多了,真想见见他,更想听听他赴美探亲的收获及所见所闻。说实话,20世纪80年代是改革开放的初期,能有一家美国亲戚是令人非常羡慕的,更别说还能到美国探亲。这次家骏和我聊了三个多小时。他们坐的飞机是日航的班机,先到日本的东京,然后再飞美国旧金山。他给我讲了很多我没听过更是没见过的新鲜事,如东京的绿化和卫生环境、芝加哥的超市、拉斯维加斯的赌城等等。临走时,家骏还送了我一件浅色条纹的长袖衬衫。别看只是一件长袖衬衫,却让我在津晋两地时尚了好几年。家骏知道我特别喜爱钟表之类,那次临出门时,还约我第二天下午一起到华侨商店看看,说华侨商店新进了一批很精美的水晶钟。听了这消息,我心里很高兴,便急切地期盼着第二天的华侨商店之行。

第二天下午,家骏就骑上他崭新的天蓝色日本铃木50摩托车,驮上我一起去了华侨商店。华侨商店在解放路市政府第一招待所的对面。这家商店不同于其他商店,一是卖的商品都是进口的,二是所购商品必须要用侨汇券,也就像当时我们买粮要粮票、买油要油票、买肉要肉票一样。一进商店,琳琅满目的商品就吸引了我。里面的商品在外面普通商店都是很难见到的,做工精致、款式新颖,绝大部分是日本产的,像日立彩电、三洋洗衣机、松下电冰箱、理光照相机、小铃木摩托车,令人目不暇接。

家骏用手指了指柜台后货架上的水晶钟,说:"这种牌子的水晶钟喜欢的人不少,前一段在北京也卖过,据说没卖几天就被一抢而空了。你要是想要,就赶快买一个。"

我仔细看了看几款大小、式样均不同的水晶钟。这类水晶钟的牌子是"三叶",产地是日本,有大、中、小三种款式。大号的水晶钟售价约300元左右,需要30张侨券;中号的售价200元左右,需要20张侨券;小号的售价100元左右,需要10张侨券。大号的和中号的还能放音乐,小号的那种虽然不带音乐,但上面有三个吊着的小圆球,左右摆动,也非常别致。

以我当时的财力,只能选购价位最低的,就是95元、10张侨券的那种小号的。钱带够了,但侨券却没有。那时候只有华侨才可能拥有侨券,也叫侨汇券。为了争取更多的外汇收入,国务院于1957年7月30日批准了"关于争取侨汇问题"的指示,根据侨汇额核发一定比例的物资购销凭证(俗称侨汇券)给国内收汇人。侨汇券持有者,在专门商店或柜台购买紧俏商品或生产物资。这一制度实行了40余年,到20世纪90年代初废止。侨汇券汇聚了粮票、布票、棉花票、副食品购买券、工业品购买券等各种票证。

商品再好,没有侨券也买不到。我和家骏不甘心,就决定到了商店门口找找倒卖侨券的。当时,靠近华侨商店的路边总有几个捣卖侨券的。经过和小贩讨价还价,最终以每张两元谈妥,共花了20元买了10张侨券。于是,我俩快速进到店里,用10张侨券和95元人民币,买了一座最小号的水晶钟。

如今,这座水晶钟已伴随我30多年了。通体镀金的表体,椭圆形的玻璃罩,黑色的罗马点和时针、分针、秒针十分醒目;悬挂着的三个金色小圆球左右摆动,给我的感觉既古朴又时尚。每当擦拭,欣赏它的同时,想起30年前在侨汇商店购买它的往事。那既是一次购物,也是一次友情。30年来,我把它从老家天津带到山西高平,随着工作的变动,我又从高平把它带到晋城。其间虽然经搬过几次家,但每次我都会细心地呵护它,生怕不小心把它碰坏了。因为秒针一下一下走动所发出的滴答滴答的声音,总能不断敲打着我对往事的记忆。真希望它一直不停地滴答下去,伴我一生啊!

水 上 学 府

　　天津大学、南开大学是天津两所最著名的高等院校,尤其是南开大学,在全国的大学中也享有较高声誉。据说,南开大学是1919年由近代著名爱国教育家严修、张伯苓创立的私立大学,成立之时设文、理、商三科,后发展为综合性大学。在日本侵华期间,南开大学校舍毁于战火,后与清华大学、北京大学共同南迁昆明,组成了国立西南联合大学,直至战后才回到天津八里台原址复校。1950年,南开大学学生会的同学们给毛泽东写信,期盼他能为在新中国不断发展的南开大学题写校名。毛泽东收到信后欣然同意,特地题写了好几幅"南开大学",并从中挑选了最满意的一幅寄给南开师生。领袖的关怀让南开师生备受鼓舞,"我们的校名是毛主席题写的",南开人充满了骄傲与自豪。而周恩来总理也于1951年、1957年和1959年三次回母校视察。

　　至于天津大学,也颇负盛名,天津大学是教育部直属国家重点大学,其前身为北洋大学,始建于1895年10月2日,是中国第一所现代大学,素以"实事求是"的校训和"严谨治学,严格教学要求"的治学方针享誉海内外。1951年经国家调整定名为天津大学,是1959年中央首批确定的16所国家重点大学之一。毛主席虽没有为天津大学题字,但天津大学的校名也是用毛体字集成的。

这两所院校是我青少年时代去的最多的地方。自从到山西插队后,我已有40多年没进过这两所院校了。但到了耳顺之年的我,还经常会想起发生在那里的许多往事,特别是校园的优美环境,形状各异的人工湖,更是深深地印在我的脑海里。不论时光怎样逝去,那种美好、温馨的记忆仍然清晰可见,某些过往经历也常常会浮现在我的眼前。

我家住的地方向南大约800米处就是海光寺桥,一过桥向南再走一小段路,就到了河北大学中院,与河北大学中院只有一湖之隔的就是天津大学,再往南就到了南开大学。在我上小学的时候,学校经常组织很多户外活动,去的最多的地方就是水上公园。天津水上公园原称"青龙潭",位于天津市区西南的南开区。作为风景游览区,据说其历史可追溯至20世纪初。由于这里"芦苇茂盛、水禽栖息、自然天成、野趣横生",天津人大多喜欢沿卫津河至青龙潭附近游弋纳凉。我们学校也经常组织学生前往游玩。春季里,到那里踏青;进入酷暑,到那里游泳;等到了秋高气爽的时分,我们又前往那里观花赏菊;至于冬季呢,当然是到那里看雪景打雪仗啦。而每次去水上公园,都必须经过天大和南开的校园。那时的校园管理都很严格,有门卫把守,一般外人是不能随意进出的。也许是越神秘就会越好奇吧,同学们每每路过天大和南开,都会留步,一个个不是紧贴大门就是趴靠在围墙边向里观望,看着想:这个安静又神秘的校园里面到底是什么样呢? 什么时候我们才能够进去看看呢?

突然有一天,天津大学的大门向外人打开了。那天,校园里的高音喇叭一直在响着震耳的怒吼声,我们几个年龄相近的小伙伴正路过这里,都一下愣住了。今天是什么日子? 一向安静神秘的校园到底怎么了? 为什么许多人都涌向了天大校门口呢? 我们二话不说,赶紧跑去观看。天大门口的门卫没有了,只见出出进进的人很多,又听到一片嘈杂声,口号声此起彼伏。再仔细一打听,才知道里面正在开几千人的批斗大会,造反派高呼着口号,台上站着几个头发已经发白了的老人。老人胸前挂着的牌子上写有"走资派"、"黑帮分子"、"反动学术权威"等。我记得,那是1966年的夏天。1966年至1976年,不仅学校原有的教学、科研工作受到了极大冲击,整个国家的运转也在无边的动荡之中。整整五年不招生上课。天大、南开当然可以随便进去了。

这两所校园完全称得上"水上学府"。其东边有卫津河,南边有复康河,西边和北边还有西湖村的几处水塘,这两条河和若干个湖塘把两所校园紧紧围在当中。湖水碧波荡漾,湖边岸柳依依,漫步湖边的人们总是显得那么悠闲自在,即使谈天说地、读书看报,也总是优雅宁静、不慌不忙的样子,仿佛一切都是在慢节奏中享受着生活。只是我们小伙伴们进去的时候不对,尽管柳树依旧随风依依,湖水依旧清澈荡漾,但由于特殊的环境氛围,校园里走动的师生大多表情严肃、步履匆匆,仿佛进入寂寥的深秋般,缺少了往日的生机和活力。只是那时我们小伙伴们还不知愁闷,在如此优美的环境中自顾自地玩耍着……

两所校园布局真的很美。一进天大的六里台大门,右手边是和平湖,顺着小路从东往西再走五六百米,就到了青年湖。青年湖是两所校园最大的湖,东西长300多米,南北宽也有近200米。青年湖西岸的西南方,还有一个正方形的湖,紧挨着只有一路之隔又有一个刀把形的湖,这两个湖的大小差不多。刀把湖南边是一条宽一点的马路,马路南侧又是一个正方形的大湖,它把两校从中分开,北侧是天大、南侧是南大。它的水面比青年湖小些,比其他湖都大,算是校园里的第二大湖了,这个湖的名字叫水族馆。水族馆的南边还有一个正方形的湖,湖的西南方大约有四五百米,由东南向西北还有一条五六米宽的小河。我这样叙述着,你兴许能感觉出园在湖中、湖在园中的味道。

南开的图书馆坐落在校园的中心位置,门前南侧有一个正方形湖,都叫它图书馆湖。湖的正南路边有一条由东向西的小河,小河的东边,是一个马蹄形的湖。因湖的形状像马蹄,所以,都叫它马蹄湖。马蹄湖的北面有一个占地很大的花圃,花圃的北侧,还有一个长方形的湖。

天大的中心是9楼,9楼西南侧还有两个大小一样长方形的湖。从一进天大经过的和平湖,到最后9楼前的湖,在两个校园里,围着所有的湖,整整转了一个圈,使我们更直观了解到两所高校拥有的人工湖。要是把整个水的面积加在一起,应当占到两所校园很大的面积,说是北方的水上学府当之无愧。

1974年的夏天,我正在山西大学读书。放暑假回天津的时候,和我的女朋友又专程去过一次天津大学,是看望她们知青点一位插队干部的母亲。记得当时校园里的变化不大,基本上保持着原貌。打那以后我就再也没有进过天大和南开,这一晃,已经很多很多年了。这几十年里，我也记不清回了多少次天津，每次回天津我都要经过天大、南开的校园，一路过那里，我就会触景生情，联想起许多青少年时的往事，不管是步行、骑自行车或坐汽车，我都会沿着卫津路的卫津河，复康路的复康河，隔河相望，用心去体会里边的"景致"。

如今，两所高校的校园东、南两侧还保持着原样，西、北侧原来的水域早已被高楼替代，天津大学与河北大学中院中间的和平湖也已消失，取而代之的是一条鞍山西道，它就像一道伤疤永远留在了那里。听说，两所校园里以前有水的地方，现在也盖起了一座座高楼。许是不想修改以前的美好回忆，反正我是再也不愿进去了。说心里话，我真希望脑海里的水上学府永远是我儿时的记忆，保留那曾经十分宁静美好的时刻……

手 足 情

　　哥哥属狗,1946年出生,长我6岁。听街坊四邻讲,新中国成立前父母婚后两三年无子女。母亲为了要孩子,年年都要去娘娘宫抱娃娃哥哥,后经人指点,说先要一个小孩抚养着,就会很快有小孩。于是,我母亲便抱回姨家的一个小姑娘。说也奇怪,自打我姨家姑娘过继到我家后,父母就有了我哥、我姐、我和我妹。新中国成立前父亲靠耍手艺养活全家人,对老家的奶奶和两个伯伯也有帮助,后来又把二伯接到天津。新中国成立前后那段时期,父亲靠氧气焊挣了不少钱,在天津和河北老家又买房子又置地。当时家庭生活比较富裕,哥哥是家里的头一个男孩,父母对他十分疼爱。哥哥八个月时,在天津鼎章照相馆拍了一张照片,后来被照相馆的经理放大后摆在橱窗里,一直展了许多年。照片里哥哥穿了一身漂亮的绸缎衣服,脚上穿了一双样子非常好看的皮凉鞋,十分可爱,人人喜欢。

　　1963年父亲因病去世，正在上初中的哥哥，顶替父亲参加了工作，那年他只有17岁，就挑起了全家生活的大梁。母亲在万分悲痛中，十分坚强地帮助家中渡过难关。她要给附近工厂女工当保姆，那时的保姆是把小孩接到家里照看，一般是看两个，有时候也看过三个，9岁的妹妹在课余时间也帮着一起照看。14岁的姐姐在上技校，我在上小学。那年冬季，天气特别寒冷，为了给家中取暖，我和妹妹一起去马路对面一家橡胶厂，在烧锅炉的煤渣堆上拾煤核，就这样我们全家人坚强地度过了最艰苦的岁月。哥哥作为兄弟姐妹中的老大，确实为我们全家付出了很多，特别是对我的养育之恩，这使我终生难忘。从我11岁到18岁，整整7年时间是靠哥哥的工资和母亲当保姆挣的钱把我抚养成人。

　　1970年，我18岁那年离家到山西插队，后又被推荐上了大学。从1973年上学到1976年毕业参加工作，这一段又有6年的时间。不管插队还是上学，这6年里，我在农村挣的是工分，在学校每月有五元的助学金。这些远远不够我的支出，平均每月家里还要给我寄五元零花钱。1976年，我大学毕业，参加了工作，这时我才完全自食其力了。

　　哥哥先后有过两次婚姻，第一次因感情不和，于1988年离婚，在1989年又娶了现在的这个嫂子。两次婚姻我们都给了他很大的帮助，父母留下的四间房子他就使用了三间，我们姐弟妹三人始终如一地帮助他，从未有过怨言。

　　哥哥十分关心我，疼爱我。从小到大，哥哥在诸多方面都给了我很大的帮助。我们在一起时，经常谈政治、文学、历史、地理、经济……我每次回天津最主要做的两件事：一是和他聊天，二是陪他上街购物。我们俩在一起时总有说不完的话，聊不完的天。

我们一起去滨江道、吉利大厦、古文化街，不论我买什么东西，花钱多少，他都会说好，好，好，不错，不错，不错。哥哥近十多年来似乎年年都来山西看我，他不是带家人或亲戚来，就是带同事和邻居来。每次我都要抽出时间陪他玩几天，临走时还要按他的意思，把山西的酒和醋及土特产给他准备一些带走。听天津的邻居们讲，哥哥每次回去都要向他们讲我在山西的一些情况，向他们说，我弟弟在那里如何如何，我弟弟在那里怎样怎样，我成了他心中的希望和依托。

哥哥一生中花费的最大心血就是培养他的儿子。侄子是"90后"，心灵手巧，从小哥哥就有意识地培养他学美术。哥哥送他去过好几个美术班学习，还专门把美术班的两位老师请到山西来采风，主要的目的就是想尽一切办法，尽自己最大的力量让儿子成才。

按照以往的习惯，我和哥哥每周至少通一次电话。不知什么原因，近半年的时间里我和哥哥通话比以前少了。7月下旬我参观了上海世博会，回来后的第一个念头，就是让侄子也去看看世博会，主要是想让他开开眼界。我打电话和哥哥讲，说我刚从世博会回来，收获很大，想让侄子金淦也去一趟，好让他增长些知识，开开眼界，这对他学习美术一定会有很大的帮助。机会难得，正好也放暑假，并说我已给他准备了3000元费用，明天就给他打过去。转天哥哥电话里说，侄子不想去看世博，想带几个同学去山西。我说让他考虑好了，在中国近百年才举办一次世博，山西什么时间都可以来。正在商量当中，哥哥突然在电话里和我说，他前一段时间因糖尿病和颈椎病住了十七天医院。听他说话的声音有些异常，回家后，我就把情况告诉了爱人，并说感觉他的声音有点变了。爱人说,不放心可以回天津看看。转天下午,我刚游完泳,就又接到了哥哥的电话。这次通话时间非常长,我详细询问了他的病情,说现在得糖尿病的人很多,你不要有什么包袱,加强锻炼,注意饮食,在医生的指导下正确用药;颈椎病治疗的手段就更多了,实在不行也可以手术治疗。

8月11日,我突然接到天津电话。电话里嫂子的姐夫和弟弟跟我讲了哥哥的实际病情,说初步诊断为胰腺癌晚期,已扩散到胃部和颈椎。听到这消息以后,我即紧张起来,转天就赶往天津。一起前去的还有朋友老诸和司机小张。我们一边赶路,一边给哥哥家里打电话了解哥哥的病况。在津沪高速上,接到了嫂子的电话,我问哥哥的病情怎样了?我想和他说几句话。她说你哥哥现在不能接电话。难道哥哥的病情发展到连电话都不能接的地步?当时脑子里就产生了许多猜想,恨不得马上就能见到哥哥才好。

下午四点多钟,我赶到了天津,看到了躺在家中床上的哥哥。他脸色发灰,人很瘦,连说话的声音也很小,就像换了一个人似的。我真不敢相信这就是我的哥哥,以前他身体强壮,声音洪亮,短短的几个月里就被病魔折腾成这个样子?在另一间屋里,我向嫂子详细询问了哥哥的病情。她说二七二医院通过核磁共振的检查,初步确诊为胰腺癌晚期,已扩散到胃和颈椎,部分颈椎已经骨裂,计划明天再到天津肿瘤医院做进一步的检查,检查费用需要一万元,而且是自费,单位不报销。为了让哥哥再做进一步检查和确诊,还不让他有去肿瘤医院的担心,我提前跟他讲,目前天津只有一两家医院有进一步确诊的新仪器,明天咱们再换一家医院,确诊后好好治疗。转天我和姐姐、妹妹三人,还有侄子和嫂子及嫂子的姐夫、弟弟陪着哥哥一起来到了天津肿瘤医院。检查费一万元是我交的，那天我妹又给了嫂子五千元，检查完医生说，明天下午结果才能出来。转天下午，我们拿上诊断书去了主任室，主任向我们说明了哥哥的病情，确诊仍为胰腺癌晚期，并说目前已没有任何治疗手段，放疗化疗手术均没有意义，只能维持三至六个月的生命。当时我的心情十分悲痛，可又有什么办法呢？回到家后，我瞒着哥哥，和嫂子商量："我哥哥目前只有延长生命减少痛苦了，这一段时间你们要尽量照顾好他，我还要回山西，不可能长期待在他身边照顾。以后每月我可以给你们寄五千元生活费，侄子以后的上学和生活问题，我每月再给他八百元生活费，还有两年的学费共一万六千元全部由我来承担。"

8月28日，我到太原参加民建省委会议，31日上午就又赶到了天津。按照哥哥的嘱咐，我把他要的东西都给他带了回去，当着哥哥的面，我又给了嫂子5000元钱，并说这是9月份哥哥的费用，8月份的费用已于上月19日打到哥哥的卡里了，还把一位朋友得知哥哥病情后，让我给他买东西看望他的1000元也交给了哥哥。

回山西后的一个月里，侄子打来电话说，他爸爸让我多打电话。病中的人是孤寂的。打那以后，我每隔一天就和他通一次话，每次通话时间不长，也就问候一下。但他每次都会和我说同样的一句话，让我多注意身体。病中的他如此关心我这唯一的弟弟，常使我感激涕零。

我在计算着下一次回津看望他的时间，十一放长假。我提前准备好了需要带的东西，计划一放假马上往回赶。10月2日下午，我又一次见到了躺在床上病了两个多月的哥哥。这次回来我没有事先告诉他,主要是怕影响他的情绪。我的突然回来,使他十分高兴。当时陪伴他的,都是嫂子的家人。他们见了我就说:"刚才你哥哥还说,十一长假德祥肯定回来看我。"看来今生今世最了解我的,还是哥哥。这一天,哥哥的情况很不好,一直有痰总也吐不完。我在他床边待了两个多小时,他向我说了好几遍,让我早点回去休息。以前我俩总有说不完的话,聊不完的天,他主动让我走这还是第一次。当时,没有引起我的注意,我以为他是怕我赶路累了,让我早点回酒店休息,可万万没有想到,这次离开他竟成了我们亲哥俩的永别。时间是2010年10月2日晚11点30分。

哥哥的遗体在家中停放了五天。六日上午,在北仓公墓,我们姐弟妹仁人怀着悲痛万分的心情,送走了我们唯一的哥哥。哥哥在这个世上只活了六十四岁,但哥哥的音容笑貌,对我们仁的手足之情,以及实在厚道无私奉献的精神,却永远留在我们的记忆中。

九泉之下的哥哥,安息吧!

校园生活

Xiaoyuan Shenghuo

2

告别家乡的日子

今年5月10日又到了,之所以专门提到这一天,因为这天是我插队四十周年的纪念日。真是岁月催人老啊!每到这个日子,都会使我想起那无法忘却的知青岁月,以及伴随那些岁月一起流逝的往事。这一天是我离开天津,开始知青生涯的第一天。我想,凡是青友或有过知青经历的,不管是回城的,还是留下的,都永远不会忘记那段青春岁月。

1968年12月22日,人民日报发表了题为《我们也有两只手,不在城里吃闲饭》的社论,其中引用了毛主席的"知识青年到农村去,接受贫下中农的再教育,很有必要"的指示。1969年,许多年轻人因此离开生养他们的城市,下到农村去锻炼。在当时,有一部分青年是"满腔热血"地投入到这场运动中的,他们在敲锣打鼓的欢送中,满怀豪情到广阔天地"炼红心"。但也有一些城市青年是不大愿意离开城市迁往农村的。因为与其在城市的生活相比较,农村的生活确实是很艰苦。

眼看着一批批老三届初高中学生都去了边疆、农村接受再教育,特别是了解到他们去了农村后生活的种种艰苦,我的心忐忑不安,不知自己的命运会是怎样。在不安与迷惘地等待中,到了1969年后半年,我也初中毕业了。未来的前途是下乡,还是分配工作?社会上对我们这一届的去向传言很多,可以说,当时谁的心里都没底。

还好,轮到我们六九届学生,命运似乎有所改变。不像老三届被"一锅端"下农村了,而是有了区别。一部分上山下乡,一部分则可以留在城里工作。这样,我的"命运"似乎要有所改变了。那时,每个同学的去向分配不是看文化课的成绩,而是把"家庭出身"作为一个基本条件。

七八月份开始第一批分配了,去向是进机关科室坐办公室或到铁路部门当机车司机。能够第一批被分配的当然是"根正苗红"的红卫兵头头、基干连或班委会的;等进入九月十月份,第二批分配名单也出来了,这批人也红,大多是一般的红卫兵了,被分配到工矿企业,有发电设备厂、砖瓦厂;紧接着十一二月份又开始了第三批分配,被分配的对象是半红半黑的,也就是爷爷那一辈有问题,但父亲是清白的。这批学生被分配到"6985"和大港油田。"6985"是1969年8月5日中央批准建设的,由天津市和河北省共建。河北省搞邯郸矿山基地,天津市负责铁厂建设,地点在河北省邯郸地区涉县更乐村和武安县。而大港油田更是厉害,如今已成为环渤海经济圈的重要组成部分。其东临渤海,西接冀中平原,东南与山东毗邻,北至津唐交界处,地跨津、冀、鲁25个区、市、县。勘探开发建设始于1964年1月,勘探开发总面积18716平方千米。

以上三批学生，不论去向的好坏，都算是分配了，也就是都能上班挣钱养活自己了。剩下的学生仿佛被遗忘了一般，从1970年初起，连续参加了3个月的工厂劳动，到4月初，地处中苏边境的黑龙江建设兵团进入分配的范围，去兵团的同学每月可以领到30多元的工资，还可以享受到一套军用棉衣、棉鞋、皮帽、棉手套的待遇。虽然离家远点儿，但兵团的待遇和条件仍然很有吸引力。黑龙江生产建设兵团是沈阳军区党委在1968年根据中共中央"六·一八"批示成立的，是从大军区司令部、政治部、后勤部抽调精干人员，组建兵团司令部、政治部、后勤部，从沈阳军区各野战军、旅大警备区、炮兵、工程兵等单位抽调部分有实战经验的指挥员，分别担任兵团各师、团的主官和师团机关领导。具备去建设兵团条件的同学就陆续离津去东北了，因为黑龙江生产建设兵团所具有的特殊性，当然又把我排除在外了。这样的结果，我心里虽早有预感，也很清楚，但仍旧会感到凄凉，仿佛被社会抛弃了一样。

最后，终于毫无悬念的只剩下我们几十个家庭出身有点问题的同学了。我们只有一条路可走，那就是到山西插队落户。大家都愿意做一个可以"教育好的子女"。于是，我们积极行动起来，认真地做着插队前的准备。我们自发组织长征队，并下决心徒步从天津走到山西。我们十七八个男女学生还在一位老师的带领下，认真地进行着长征前的演练。我们的长征小分队先徒步60里，走到驻扎在杨村的4720部队进行学军活动。这时，学校为了帮助即将插队的同学了解知青点情况，还专门派了学生代表到山西省晋东南地区考察参观。全国人大代表、全国劳动模范、山西省平顺县西沟村的党支部书记申纪兰还专程赶到天津，为我们这些"准"知青做了一次空前的动员报告。她告诉我们："现在，我们那里的农民，生活一天比一天好。"那次报告会效果非常好，听了她的报告，大家不安的心仿佛平静了很多，并在眼前绘出了自己未来生活的地方：那一定是一个风光美丽、生活幸福的好地方。大家心情愉快地积极响应政府的号召，纷纷自愿报名到山西插队落户，并个个表示，一定要好好接受贫下中农的再教育，不少知青还表示要扎根农村、奉献一生。

　　尽管在各类宣传下我们对下乡插队有了一些热情，但在离津来晋之前，还是发生了一件让我气愤到无法释怀的事。临行前，学校按政府要求，要给家庭困难的学生发一点生活补助，让下乡前买一些生活用品。补助分6元、8元、12元三等。具体条件很清楚，补助档次是根据学生的家庭经济情况而定。按我家当时的经济情况来说，应该属于班里生活最困难的学生。母亲没有工作，我和姐姐、妹妹在上学，只有我哥哥一人上班。他是二级工，每月只有不到40元的收入，这样平均下来，全家每人每月不到8元的生活费，时有捉襟见肘的窘态。为了多申请点补助来减轻家里困境，我找到班主任老师。我先向他表示我愿意到山西插队，同时还讲了家里的实际困难，请求学校给予照顾，希望能够多给一点补助。我们班的班主任是个中年男老师，任何时候都板着一张瘦瘦的脸。在学校两年的时间里，我就从来没有见他笑过。记得当时他听了我的恳求以后，依旧面无表情，没有做任何肯定和否定的答复。在发放补助时，他终于拿出最后向我施威的手段，只给了我6元的下乡补助。我拿着这6元的补助，想着买些什么，一个人要离家到路途遥远的陌生之地生活，需要买些必备的物品。先拿出4元多钱,买了一个灰色人造革旅行包。看看剩下的1元多钱,还想再买一个背包,可钱就不够了。当时买背包需要两元多,姐姐知道后给我添了1元多,最后才买了一个黄色军用背包。就这样,我提着旅行包,背着黄挎包,离开了熟悉的天津,来到陌生的山西。

改革开放以后,国家有了"知青"返城的政策。为了回母校办理有关回城手续,我和爱人带着两个女儿在1989年返津。这是我离开母校近二十年后头一次返校,在学校里遇到了几位相识的老师。真是冤家路窄,其中一位就是那位老师。我俩相距有七八米时,互相都认了出来。看到他那张脸孔,瞬间那曾经的过往一下就涌现出来,怒气油然而生,我狠狠地瞪了他一眼。而他也许是心虚的缘故,一直回避着我的眼光,很快把脸扭到一边,赶紧低头佝偻着腰溜走了。

看着他那远去的样子,我的心软了。当年,是他不公正地对待了我,可而今我又何必那样对待他呢?人嘛,终有做错的时候。

一次"特别"任务

当"知识青年上山下乡"运动在全国各大城市掀起时,已经到1968年后半年了,"老三届"初高中学生纷纷响应政府的号召,到农村去、到边疆去,接受贫下中农的再教育。到了1969年秋末初冬,学校里95%的学生都走了,因各种情况不能走或不想走的只剩极少数了。为了顺利地让他们和其他同学一样,跟上这个"潮流"不掉队,当时学校、家长单位及所在街道(居委会),再加上六九届的部分学生,还专门成立了动员小组。不知什么原因,我这一向靠边站的、因政审有问题没被分配工作的学生,这回竟然被学校安排到动员小组里了。

我所在的动员小组,共有4个学生,分配了5位被动员的对象。这5位对象是清一色的女生,因为"文革"前这所学校是女子中学。其中一个是六六届老高三的,另一个是六八届老高一的,余下的三个是初中生,分别是六六、六七、六八届的。原想动员这

5个女生的工作任务会比较大,没想到真正上到门上会出奇地顺利。动员者和被动员者接触时间不长,但这几位脾气、性格、举止都不同的女生,却给我留下了非常深刻的印象。

第一位是六六届的老高三,家住河西区马场道。马场道应该是天津的富人区,中华民国首任海军总长刘冠雄、北洋军阀倪嗣冲,天津东亚毛呢纺织股份有限公司董事长兼经理宋棐卿,清末京师大学堂译学馆监督朱启钤,久大盐业公司总经理、第一届人大常委、轻工业部长李烛尘都在马场道居住。马场道在天津市城区中南部,是和平区与河西区的分界街道。东北起南京路,西南自吴家窑大街入河西区,折向南止于天津市工业展览馆。该道长3410米,宽18到50米不等,其中两侧人行道各宽2米。原系英扩展租界,1901年随赛马场而建,故名马场道。两侧多为英式建筑。她家就住在一个花园般的院子里,院内有两层小洋楼,家里摆放的全是奶白色的西式家具,相当讲究,房间布置得也很有品位,一看就是典型的高级知识分子家庭。她大约二十一二岁的样子,留着齐耳短发,穿着很整洁,戴着一副深度近视眼镜,举止文雅端庄,说话不多,很得体。也许她早就知晓了结果,我们只到她家里动员了一次,她就主动报名走了。

第二个是六六届的初中生,家住红桥区三条石。"三条石"是天津市早期铸铁业和机械业的发祥地。"三条石历史博物馆"于1959年9月27日正式开放,馆名是周恩来总理亲笔题写的。该馆以翔实的史料,丰富的文物和照片,生动形象地概括介绍了"三条石"地区铁工艺作坊的兴衰及特点,记叙了"三条石"地区铸铁和机械业兴衰的历史过程;较典型地反映了中国民族工业在三座大山的压迫下,艰难而缓慢的发展过程。我们要动员的对象就住在这里的一个居民很多的大杂院里。她大约20岁，不怎么爱说话，胖胖的圆脸上长了好多青春痘。在动员的交谈中，得知她是工人阶级的子女，家长也很理解国家当时的政策，所以，也没费多少口舌，工作就做通了。我们第二次到她家时，她就主动报名了。

在这次动员工作中，因为被动员的学生家住得很分散，相距又很远，需要来回坐公交车。学校告诉我们，这段动员期间，只要拿着车票，回来就可以实报实销。那时坐一趟公交只需几分钱，那时候，不仅毛毛钱值钱，分分钱也一样很值钱的。当时，三分钱可以买一根冰棍、4分钱可以买1个烧饼、5分钱可以游一次泳、一毛钱可以看一场电影。我和另外3个同学除了把自己花钱买的车票报了，还把在公交车和车站上拣的大约有五六毛钱的车票也拿回学校报销了。多报的车票钱，我们买了奶油糖块，路过河北大街还买了"耳朵眼"炸糕。现在回想起来真是不应该。看来，人生追求物质需求的享受观，一不注意，就会侵蚀你的灵魂。做个雷锋那样的一辈子做好事的人实在是不易！

第三位家住南开区袜子胡同。由于历史的原因，天津卫的胡同奇多。但从清末至民国，以繁华著称的却只有三个——袜子胡同、朱家胡同和大胡同。其中袜子胡同位于南开区，东接古文化街，西至东马路，居民密集。早年这里店铺云集，鳞次栉比，是东门外的第一繁华所在，曾是津门人文荟萃之地。到现在仍然叫得很响的"泥人张"作坊，就是当时的名店。更重要的是，袜子胡同从建成之日就是天津"皇会"的"会道"。每年为庆贺天后娘娘的诞辰而举办的皇会、各道花会，大队人马都需经由该胡同到东门。每当这时，胡同里的各商家争先在自家门前搭席棚、建看台、设香案、备果品，准备"截会"。只要娘娘宫有法事活动，邻近的袜子胡同也同样人满为患。久而久之，袜子胡同也就名声远扬了。住袜子胡同的这位同学比我们大些，也就是十七八岁的样子，是六八届的初中生，她个子不高，皮肤很白，尤其是一双大眼睛很漂亮，长长的眼睫毛，忽闪忽闪的，看上去很机灵，言谈举止又很文静，属于那种不用修饰就很美的小家碧玉。由于父母都在外地工作，她就寄养在姨姨家里。我们去的时候，正好她姨姨在家，我们把前去动员的事由一说，她的姨姨显得很为难。姨姨平日只负责照顾她生活起居，其余的事情都是她的父母遥控，遇到这插队落户、无人能知晓结局的事肯定她无法做主了。她姨姨把难处和我们解释后说："我得征求征求她父母的意见后再说。如她父母同意，就让她报名。"其实，当时上山下乡是全国的大趋势，他父母能说什么？后来，我们又去过她家两趟，她就报名到内蒙古四王子旗插队了。

第四位是六八届高中生，家住河北区建国道。建国道原来是一条位于盐坨边缘无名的土路。据说，1900年到1902年，建国道所处地段从东至西分别被天津俄租界、意租界和奥租界陆续开辟，名气才大增，知晓的人才越来越多。直到1947年天津意租界收回后，原天津意租界、天津俄租界两段路合并取建设国家之意改称"建国道"。1953年，天津奥租界路段并入，统称为建国道。住在建国道的这位女生长得非常漂亮，她大约20岁的年龄，文文静静的，身材高挑、顺溜，给人第一印象就是很有教养的大家闺秀。我们去的时候，正巧她和她妈妈在家。一知道我们的来意，她的妈妈就急了，一下搂住她的女儿，声音立马拔高了很多度，嚷嚷了起来："她是我唯一独生女儿，我舍不得让她离开我身边。"

看着她妈妈的申辩，女儿只是紧靠在妈妈身边，不说话，泪眼婆娑地小声哽咽着，泪珠直往下掉。当时，我心里也很不是滋味，心想自己也会有离开母亲去插队落户的那一天。人之常情，和在一块生活了好多年，一下离开吧会不落泪呢？建国道这家，我们前后去过3次，这位漂亮的女生最后还是告别了天津，但她没有选择和同学们集体插队，而是只身一人回原籍老家插队落户去了。

最后动员的这位是六七届初中生，家住和平区山东路。她又是另一种风格的女孩子，穿着朴素大方而又洋气，显得非常高雅，属于北京人见了会说她是上海人，上海人见了会说她是北京人的那一类。她大约十八九岁的年龄，中等偏高的身材，家中有父母和一个弟弟。她父亲是机关干部，但我们去时没有见到过。这位同学是我们这个小组最难做工作的一个。最后是她父亲单位派人出面和我们一起动员的，才完成任务。我们4个同学分成两拨，轮流到她家去做思想工作。一开始，她母亲躺在床上不理睬我们，她弟弟是某学校的红卫兵，怒气挺大地和我们动员小组吵过几次。而我们心里装着"任务"，总是不愠不火地和他们讲些大政策之类的话。后来她家看这阵势不管用，闹了半天，还是最后报名去农村插队了。

5个同学都报名了，我们算是完成了"任务"，记得那时大伙还高兴地放了鞭炮。

有些事情，想记住但想方设法也记不住；有些事情，极力想忘记，却又如烙印般无法从记忆里抹去。闲坐时，我偶尔会想起这5个女生的样子。她们现在的生活好吗？美丽的容颜还依旧吗？曾经的端庄、文雅在她们身上还能看到吗？我真心地希望她们和我一样，是平安度过知青岁月的，也希望她们现在一切都好……

丁香盛开的季节

　　我常常在想,不知道山西大学体育系73级的同学们会不会和我一样那么的念旧。因为每每看到盛开的白色或紫色丁香,每每闻到丁香散发出的浓郁香气,我的思绪总会再第一时间回到山大校园,仿佛看到站立在丁香树旁年轻的自己。也许,我回味的不仅仅是浓郁的学习氛围,还有那一棵棵开满枝头的丁香花。山大校园的丁香数量很多,所有的教学楼和一排排宿舍楼前都种有丁香树。春天里丁香花开满了整个校园,那种美丽的景色,诱人的花香时常会出现在我的脑海里。不论岁月如何更替,它依旧芳香如初,依旧万分诱人。一次难得的、也是跨越30多个年头的聚会,就在这丁香盛开的季节——2011年的4月23日,久别多年的同学们终于相见了。

　　这次聚会地点选择在太原铁路大厦,主要以山西大学体育系73级二班的同学为主,加上一班、三班的部分同学,有近40名同学准时赴约了。当我和原晋东南地区的几位同学赶到时,已经有20多位同学早早就座了。我看见离门最近的一个同学很眼熟,就忙和他打招呼,谁知另一位同学马上纠正了我的张冠李戴。原来喊错了,我把王大鹏叫成了卢明,便连忙不好意思地道歉。是啊,毕竟35年没见面了。35年的光阴让我们之间的容颜变模糊了,岁月流逝,使我们彼此都成了最熟悉的陌生人。

大约在晚上6点钟,大家一起到了餐厅。同学们坐下后,便三三两两地就近聊起来,聊孩子、家庭、工作、身边的故事以及没能前来聚会同学的近况,等等。这些家长里短的平凡小事,都成了同学们渴望互相了解的内容。这次聚会的发起人之一范可德,忙碌地为大家服务着,不时向大家通报一下还在路上、马上就要到的几位同学的情况。这样一边等着,一边聊着,气氛很温馨,但不时也感慨岁月的无情,使当年的青年小伙子一下变成了将近花甲的老人。真是光阴如梭啊!我们二班没有女同学,前来聚会的女同学都是三班的。曾经漂亮的史秀妮,如今富态了很多。当年身材匀称、婀娜多姿的她,如果没有熟悉的同学介绍,我肯定是认不出来的。还有曾经皮肤白皙、腼腆、不轻易开口的郭锦绣,如今变得大方、活泼、开朗,给同学们留下了深刻的印象。大家等了一二十分钟后,陆续又来了几个。这时又听通报说,从北京远道而来的同学刚刚下高速,等他们一到,晚宴就开始。一听北京的同学马上就到,很多同学又好奇的纷纷打听起北京同学的近况。大约7点钟,在一片寒暄之后,先由老班长张天文讲了几句开场白,聚会的晚宴就正式开始了。

同学聚会应该是最轻松的聚会了。在这里,没有上下级,没有高低贵贱,彼此间是最平等的学友,仿佛如一张白纸般那么纯净。聚会的组织者为大家准备了丰盛可口的饭菜,配上真挚的同窗情,同学们的心都仿佛醉了一般。不论男同学还是女同学,不论酒力雄健的还是不胜酒力的,都举起了酒杯,一边敬酒一边问候。那种亲热劲儿,好像又把我们带回了35年前那风华正茂的学生时代。一幕幕难忘的情景一一浮现在眼前,一段段发生在我们身边的小故事,被不少同学反复地讲述着。说者滔滔不绝,听者津津有味。晚上8点半,同学们又来到酒店三楼的多功能厅,开始了自娱自乐的联欢。喜欢文艺的男女同学轮番上台,又唱又跳。大多数同学则一边看一边聊天,仿佛有说不完的话,讲不完的事。每当唱完一支歌或跳完一曲舞,大家都会欢呼雀跃,为他们加油鼓劲。兴奋的喝彩声此起彼伏,把聚会的氛围渲染得异常热闹。

快乐的时光总是过得很快。感觉才过了一会儿,就到11点多了。我平时作息时间很规律,所以,熬到这会儿,感觉吃不消了。但是看着大家唱歌、跳舞意犹未尽,没有一点要收场的意思,我怕影响他们的情绪,就悄悄回房间休息去了。

第二天一早,大家用完早餐就一起去了乔家大院。这次聚会组织者首推这个旅游景点是有道理的。乔家大院位于山西祁县乔家堡村,距离太原54公里,又名"在中堂",是清代全国著名的商业金融资本家乔致庸的宅第。始建于清代乾隆年间,是一片宏伟的建筑群,集中体现了我国清代北方民居的独特风格。2006年,以乔致庸人生为背景的45集电视连续剧《乔家大院》在中央电视台一套黄金档开播,影响非常大。一进乔家大院,同学们很快就融入古朴宏大的景区。有的聊天,有的拍照;一人照、两人照,多人照、集体照,就这么拍着,笑着,聊着,不觉就到了中午。我们便按照预先安排,乘车赶往下一站晋祠宾馆。午宴是谌长瑞款待的,他也是山大同学。简单的祝酒词后,午宴就开始了,依旧热闹,依旧开心。午宴后,同学们一起游览了晋祠公园,大约下午5点左右,乘车返回了铁道大厦。晚饭后,同学们各自回房后,谈兴依旧浓,照样是三五个坐在一起聊天,也有这个房间转转那个房间逛逛的。游玩了一天,我真是感觉有些累了,便和几个组织这次聚会的同学商定了一下这次聚会的事宜后,早早回房间休息了。据说当晚不少同学兴致不减,一直聊到后半夜。

休息一晚,睡眠很好。早餐后,同学们陆续退房,之后我们一起乘车前往母校山西大学。回母校和老师座谈是这次行程的最后一个安排。当我们来到山大体育馆前时,曾经给我们带过课的六位老师和系领导早已在那里等候了。同学们不约而同地纷纷跑上去和老师们握手、问候、合影留念。拍照间隙,我围着体育馆走着,看到不远的地方就是我们曾经住过的宿舍楼时,学生时代的很多回忆仿佛一下子都涌进了脑海里,电影般,一个画面,又一个画面:整个校园春意盎然,紫色的丁香盛开,碧绿草地中的小路,树下独坐的读书者……

合影之后便是座谈会。这次师生座谈会开得很成功,给同学们留下了很深的印象。座谈会是在山大体育学院会议室召开的。等前来参会的师生坐好以后,主持座谈会的二班范可德同学首先让我们全体起立,给到场的老师深深鞠了一躬,然后由现任体育学院的院长给我们介绍了体育学院近年来的发展情况。我们的六位老师都先后讲了话,他们的讲话语重心长。如今我都能复述出来。老师们共讲了三个方面的意思,一是要讲政治、跟党走;二是要为社会做贡献;三是要健身与保健。在健身与保健方面,有三位老师现身说法。第一位是教人体解剖的李瑞年老师,他说健康的第一要素是人的心态,第二要素是长年坚持体育锻炼,改变不良的生活习惯,还要戒烟少酒。第二位老师是教体操的王志邦老师,这位当年体育系里最年轻的老师,前些年得了脑梗,现已拄了拐杖。他说:"我当年是山大的老顽童,点上一根烟就从来没灭过,可以一根一根的连续吸,一瓶酒打开从来不盖盖就把它喝光,所以把身体搞成现在的样子,这都是长期不良的生活习惯造成的后果。"第三位老师是一位老先生,他姓陈,我们上学的时候。他就快60岁了,现已90多岁高龄,但仍气色红润,讲话有条理。老先生是一个非常和蔼可亲的人,常年的体育锻炼和良好的心态,使他青春永驻。

最后,原系老领导还简要评价了我们这届学生,他说:"你们七三级这批工农兵学员,有许多优秀人才,为我们体育系及山大争得了很多荣誉。如现任联合国教科文组织助理总干事的唐虔,著名体育播音员孙正平,他们不仅事业有成,同时也是山大体育系所有师生的骄傲。"学历并不能代表能力,学历只能证明你曾经学过哪些技能而已,关键是看你在实际工作中能不能让所学的知识发挥作用。这么多年来,社会上很多人一直对我们工农兵学员有些看法,但看到学友们有如此的成就,我当然很高兴,也为他们在各自岗位上的积极奉献和成就而骄傲。

午餐在学校附近坞城路的一家酒店。师生们入座后,由我代表同学们致祝酒词。向大家问好后,我提议一是向为这次聚会付出大量心血的倡导者和组织者表示万分的感谢;二是非常感谢体育学院的领导给我们这次活动提供了很多方便;三是更要感谢百忙中前来参加聚会的每一位师生;四是欢迎大家到晋城看看,那里有神奇的太行山自然风光,有国家5A级景区皇城相府;五是祝老师同学们身体健康,合家欢乐,诸事如意。最后,大家共同举杯,为我们的友谊长存干杯!

回到晋城后,我写下了以上这些文字。仔细揣摩着写好的文字,仿佛又闻到了山大校园丁香花散发出的浓郁香味,于是,我就给文章起了一个浪漫而温馨的名字《丁香盛开的季节》。

大 学 同 窗

2013年6月中旬,我们山西大学七三级的12名同学又一次在晋城相聚了。这次相聚,引发了我诸多的联想和对同学情的一些回忆。

"工农兵大学生",虽然只有短短的七年时间,但他们对中国的政治架构、经济发展、教育理念等层面至今影响深远,在许多重要岗位上也不乏他们的身影。然而,他们始终都被认为是"特殊时代"的产物。这个阴影,甚至深深地烙在了每个"工农兵学员"的心中。直到今天,人们对他们的评述仍然是众说纷纭、褒贬不一。

工农兵大学生是我国特定时期的特定产物。后来虽因其推荐入学的方式、入学文化水平参差不齐、学制和教学大纲不正规等原因受到了一些非议,但不可否认,其中大多数人学习刻苦,毕业后在各自的工作岗位上起到了承上启下的作用。许多人后来还跻身社会中坚,或成为专家学者、业务骨干,或选择(在国内或赴海外)继续深造,或被选拔到各级领导岗位担任要职,为国家的改革开放大业做出了自己的贡献。

我们是1973年9月从全省各地被推荐到山大体育系的,共有100人左右,分成了三个班,其中,两个男生班和一个女生班。由于经历不同,所以具有这样几个鲜明的特点:一是年龄差距大;二是文化程度差距大;三是知青多,大部分是北京知青;四是体育尖子多。年龄最大的26岁,最小的只有16岁,中间相差10岁。学历最高的是66届高中生,最低的只有初中文化水平,京津两地的知青要占到全班人数的1/3。全年级不仅有足球、篮球、排球的高手,田径、体操等项目也有许多尖子。

同窗三年,感情甚深。同学相聚,自然畅谈过往。除唏嘘不已、感慨命运之不同外,回望自己与同学们走过的路,会发现很多的选择,仿佛早有安排,人生的轨迹与你最初的愿望总是差距甚远。很多时候,走在不是你想走的路上,但无论多么崎岖坎坷,总是用心地认真对待每一次前行。

李铁龙,山西省长子县人,山大体育系七三级篮球队的主力前锋。他的中远距离投篮非常准,而且还能连续得分,特别是他的快攻是球队里的一把利剑,给同学们留下了极其深刻的印象。不过后来因腿伤,他始终没有恢复到最佳状态,很是可惜。他毕业后曾带着一支篮球队打了几年球,战果颇丰。再后来,因年龄大了自己停薪留职跑开了运输。王大鹏,是山大体育系培养出来的最优秀的篮球运动员之一。如今在石家庄,西安两地搞建筑工程,这次他是带着爱人一起来的。大鹏和我是老乡,父母是20世纪五六十年代支援山西到了轩岗煤矿。那时,他是我们班年龄最小的一拨,当时只有16岁,刚入学时身体还没有完全发育成熟,在球场上激烈的对抗中显得有些力不从心,应有的作用没有完全发挥出来。然而,两年过后,他通过系统训练,个头猛窜了一大截,四肢的肌肉也发达了许多,身体素质有了明显的提高,技术也日趋全面,逐步成为篮球队的绝对主力。尤其是他的中远距离投篮,更是叫绝,往往起到一球定乾坤的作用。王兴,北京知青,1950年出生的,当年篮球队的灵魂人物,是后卫打组织进攻的。一般的队员打球,一是靠身体,二是靠技术,他打球主要靠的是头脑。他毕业后几经周折最终回到了北京,后来一直从事体育工作,别看如今已经60多岁了,每周还能打两次老年组的篮球比赛,身体非常健康。任登陆,北京知青,1950年出生,1975年我在北京实习期间,一直住在他家——西单的缸瓦市。记得站在他家的4楼阳台上,用他父亲的军用望远镜远眺,能隐隐约约地看到中南海的建筑和树木。登陆父母都是革命干部,他从小受到良好的家庭教育,为人谦和,举止儒雅,智慧超群。他不仅品行好,还是个体育全才,不少体育项目都很厉害,不论是动的,还是静的,没他不会的。不仅乒乓球、围棋、桥牌是全系里一流的,而且足球更是他的强项,脚法细腻,是足球队的主力队员。在我的大学时代,他是我最崇拜最尊重的同学。他的言谈举止、为人处世始终影响着我,也是我做人做事的标尺。

在这次来晋城的同学中,有4位来自北京,还有太原两位,长治两位,阳泉,运城,石家庄各一位。这次相聚的主要联系人是北京的朱其洁和阳泉的杨铭。杨铭毕业后,一直在阳泉市体育局当体操教练。大学时我俩同在一个宿舍,在大学的第二年,我患了肩周炎,他每天坚持为我做按摩,一天不拉的整整为我按摩了一个学期,让我特别感动。通过他的按摩,我的肩周炎疼痛逐渐得到缓解,病情也有了明显的好转,我很感激他。杨铭现在已退休,业余爱好依然和运动有关,是骑自行车,而且常年坚持锻炼。他说,目标是力争骑着自行车到西藏。人到了60岁,仍然能够充满生活的激情,为自己喜欢做的事情这样坚持着,真是人生一大幸事。说到朱其洁,他的故事可算得上丰富多彩了。他也是北京知青,1948年生,长我4岁,同学们都叫他老朱。他人长得精神,不仅身体素质特别好,而且学识丰富,是全系的围棋高手,足球更是他的运动强项。当年,山大体育系七二级、七三级两个年级的学生大约200人左右,其中2/3是男生,1/3是女生。这些同学虽然都在上学,但绝大多数的年龄早已到了谈恋爱的年龄,就是谈婚论嫁也是到时候了。同学们之间谈恋爱搞对象是很正常的事。一般同学交朋友,大多数瞄准的是同一年级的或低一两年级的,但老朱独辟蹊径,交往的女朋友是比我们高一级的师姐。说是师姐,但和年龄没什么关系,只是比我们早入校一年。按我们当时的描述是:在那个狼多肉少、你追我抢的关键时刻,老朱用他的智慧和个人魅力征服了师姐,老朱的优秀可见一斑。

给大家留下深刻印象的还有张丽仙,她现在是一个成功的女企业家。如今的大学经常自发的评"校花",我们那时虽然没那样,但男生私下里还是会把女生们暗自排队。和其他系相比,特别是把体育系和艺术系的学生相比,一般体育系的女学生是殿后的。不过,张丽仙例外,那双漂亮的大眼睛,仿佛会说话般的灵动,加上身材好,和其他系的靓姐还有一拼。不管怎样,她属于七三级女生中最漂亮的一个,也总是男生们议论的话题。陈海英,是清徐人,现已退休,这次是她爱人陪她一起来的。她个子不高,人很老实,一说话就眯着眼睛,总爱笑,体育方面也没有什么特长。当时我们那批学生里有好几个男生和女生也类似海英，我总觉得他们不应该到体育系，也许应该到其他系上学更合适些。再看乔宁，感觉他的变化不大，高挑的个头一点也没有发福的迹象，依旧是个书生的样子。他是长治红星厂的子弟，总是文质彬彬的，一看就像个机关干部。他现在是长治学院师范分院的副书记。宋春明，1950年出生，北京知青，为人处世忠厚老实，在体育系高人如林的同学中算比较瘦小的，但他的脚下功夫不错，而且左右脚都能踢球。平常他喜欢抽烟，我俩经常在一起聊天，相处得很好。在毕业的前一年，他已25岁了，但还一直没交过女朋友。当时他看上了一个低一年级的女生，但迟迟不敢主动进攻。我在一边看着干着急，也想不出什么好办法，眼看着他把大好的时机白白错过。

当这次来晋城相聚的几路同学陆续到了泽州大酒店时，就只等最后一名从运城赶来的女生贾巧珍了。贾巧珍是运城人，目前也算成功商人，经营了好几个实体，生意做得风风火火。因为贾巧珍名字的谐音和假小子差不多，所以同学们都叫她"假小子"，上学时是篮球队的主力。巧珍当年相貌虽不出众，但形体极为匀称，看起来也十分漂亮，打起球来异常泼辣，很像个男孩子。当时，和巧珍相处甚好的还有几个女同学。她们经常结伴而行，一路叽叽喳喳的，加上个个身材都非常好，所以她们每每漫步在校园时，总是那么的青春靓丽，时常引来男生们的目光，继而成为男生们一直追逐的目标。几个淘气的男同学还经常跟在后面学她们走路，逗得同学们哈哈大笑。

同学们握手落座之后，我向他们大致介绍了一下这次聚会的主要安排。同学们听了以后都拍手称好。晚饭安排在东唐小镇。之所以选择东唐小镇款待同学,是我了解到做烤鸭的厨师,曾经在北京全聚德培训过,烤鸭的味道和全聚德的烤鸭差不多。这里最美味的还有水煮鱼,不是很辣,但是味道特别好,百吃不厌。席间喝了些酒,几杯之后同学们的话题就多了起来。他们说这次聚会本来还有几位同学要来,后因各种情况没能成行。大家边吃边聊,其中有几位多年没见,首先问的都是各自的情况,也包括其他同学的一些情况。同学们在一起非常亲密,边喝酒边聊天,还不时地开着玩笑。每一个小故事,不论是以前发生的,还是眼下刚刚发生的,都会引起同学们的开怀大笑,这种温馨氛围仿佛又把我们带回了学生时代。40年前,我们正是风华正茂。为了把今后人生道路的基础打好,同学们都非常珍惜难得的上大学机会。在求学的3年里,我们不但学到了丰富的知识,而且彼此之间也建立了深厚的友谊。

第二天吃完早餐,我们一起到了皇城相府,看了开城仪式,参观了整个相府。皇城相府的旅游开发非常到位,在全国也有很大影响,成了游客到晋城的首选之地。特别吸引游客兴趣的是,皇城相府所独有的文化气息。相府主人是清代文渊阁大学士兼吏部尚书、《康熙字典》总阅官、辅佐康熙皇帝半个世纪之久的一代名相陈廷敬。加上整个相府的建筑结构,就更吸引人了。此城由内城和外城两部分组成。内城系明代遗构,外城为清代所建,是一处罕见的明清两代城堡式官宦住宅建筑群。下午驱车回市,先在文体宫参观了民建画院,几个同学还拿了我画的几幅小品,又出城向东,游览了千年古刹青莲寺。晚上六点半,我们赶到了陵川的王莽岭,住在卧龙山庄。

神奇的自然景观王莽岭、世外桃源锡崖沟以及代表艰苦奋斗精神的挂壁公路,是陵川县乃至晋城市首推的精品旅游线路之一,特别是"晋善晋美·美丽山西休闲游"正式启动后,以太行山大峡谷、王莽岭、皇城相府为重点,以太行水乡、天脊山、珏山、蟒河、红石公园等为补充的太行山水游组合就成了十分火爆的旅游线路。晚餐是在龙韵餐厅用餐,厨师精心为我们做了一顿地道的山西饭。同学们吃了后连连夸赞,说这种地方风味的饭菜非常可口,比酒店的更有特色。晚上八点半,我们在一家量贩KTV举行了一个小规模的联欢。同学们一个个仿佛又回到了学生时代,放声歌唱,可劲儿跳舞,玩得十分开心。联欢上,我又发现了王兴的一个特长,原来他的歌声也非常好听。我们俩一起合唱了两首外国民歌《划船歌》和《含苞欲放的花》,这也是上学期间同学们最最喜欢哼唱的歌曲。王兴的歌声很有韵味,乐感和乐理知识也比我强得多,以后有机会我还要向他多多请教。

短短的3天时间,我们一直沉浸在欢乐的氛围里。然而,相聚总是短暂的。好在分别又会连着重逢。美好的记忆就这样一次次像珍珠般被串起,挂在同学们的记忆深处。送走各路同学的当晚,我陆续收到了王大鹏的信息、杨明和朱其洁等其他同学的电话,得知他们都平安返回了家,才安稳地睡下了。不知道同学们下次聚会的日子,但同学们之间的思念肯定是长久的,我们都在岁月的不觉流逝中期待着……

难忘的广西之行

  去广西考察,是中央社会主义学院给十六期民主党派培训班的学员们安排的一项重要学习内容。由于我的脚伤没有完全恢复,行走不太方便,能否参加这次活动,到出发前一周才定下来。

  10月23日,经过了三个多小时的飞行,上午11点多到达了广西南宁,开始了我们这次考察活动。下午,在广西区委统战部会议室,区委统战部的领导向我们介绍了广西的概况,然后各党派对口座谈。两地之间各自介绍了情况并交流了经验。晚上,区委统战部和各党派负责人宴请我们。在宴会上,一位党派的领导唱了一段京剧,大家听了后热烈鼓掌。唱词的内容是他自编的,主要是欢迎你们来广西,各党派在中国共产党的领导下,团结起来互相帮助,共同构建和谐社会,希望培训班的各位同学学习进步,事业有成。这位老同志唱得字正腔圆,有板有眼,让我十分钦佩。为了感谢广西区委统战部及各党派的盛情款待,我代表培训班的师生,献上了一首广西民歌《山歌好比春江水》。唱完后,我主动向前给那位唱京剧的老先生敬酒,一问才知道他也是天津人,我们还高兴地合影留念。晚上,南宁广场用霓虹灯拼织成"相聚在广西"及其他欢迎语。五颜六色的图案交相辉映,更加凸显出这座现代化南方绿城的无限魅力。

24日,经历了五个小时的行程,到达了百色。百色是邓小平同志组织百色起义的纪念地,也是全国爱国主义教育基地。参观的第一站是红七军军部旧址,第二站是百色起义纪念馆,第三站是百色起义纪念碑。培训班班长汤维建同志带领着我们,向邓小平等老一辈无产阶级革命家的雕像深深地鞠了三躬。站在邓小平同志的全身铜像前,我抬头仰望他老人家中青年时代的面容,缅怀着他一生的丰功伟绩。"我是中国人民的儿子,我深深地热爱我的祖国和人民。"这句短短的话,是他一生平凡而伟大的真实写照。

25日下午,我们来到了那片壮族山寨。穿着一身节日盛装的壮族男女老少,排成两排站在山寨口,敲锣打鼓,唱着山歌,迎接远道而来的客人。进入山寨后,壮族人民热情地斟满他们自己酿造的米酒来款待大家。如今的山寨已成了集贸市场。同学们争先恐后地购买壮族人民的手工艺品。一些男女同学还穿上了壮族的民族服装,同学之间、同学与壮族人民之间合影留念。壮族人民用他们的民族方式,为我们表演了精彩的歌舞节目,有几位同学情不自禁地和他们对起山歌跳起舞来,这种互动的形式使整个山寨成了歌的世界、舞的海洋。这个山寨是比较贫困的地区。看到此情此景,一些同学主动向壮族人民捐款,来自上海的吴春宇同学,带头向壮族儿童捐款500元,她的这种善事义举,充分体现了一位优秀党派成员的风采。

26日,全天考察靖西通灵大峡谷。大家是步行进入峡谷的,地下河、神秘的古石垒、石悬崖、原始植被桫椤群等景观,都给我们留下了美好的印象。由于扭伤脚踝,游古龙山峡谷群,乘皮划艇漂流这两项活动我只能放弃。那种刺激的场面,不能和同学们一起分享,心中实在有些遗憾。

靖西县位于桂西南,是一座享有"小桂林"、"小昆明"美称的边陲名城。特别是它的夜晚竟如此繁华热闹,给我留下了深刻的印象。晚上九点多钟,一曲曲优美动听的交谊舞曲,把我一步步带到了靖西中心广场。花岗岩的台阶,大理石的地面,整洁明亮,是一个非常理想的露天舞场。场地周围站满了观众,场地中央十几对中青年男女正在翩翩起舞,我足足看了半个多小时才慢慢离去。随后,我步入了靖西商业街,路两边琳琅满目的商品,川流不息的人潮使这里显得很繁华。这里国内外名牌专卖店几乎都有,什么梦特娇、鳄鱼、花花公子、阿迪达斯、李宁,等等使你目不暇接。我只花了100元,就买了两件颜色、款式、品牌都不错的大尺码打折T恤。

27日下午,我们来到中越边境德天。观赏黑水河峡谷风光:沙屯叠瀑、绿岛行云、归春界河、中越53号界碑等。这里的自然风光美丽,植被完好,青山绿水,景色宜人,宛如一幅幅立体的山水画。繁华和谐的中越边贸,给两国边境人民带来了更多的实惠和幸福。

28日上午到达了北海市。这里给我印象最深的是银滩。我到过澳洲的黄金海岸,也到过海南的三亚、环渤海一些城市的海滩。这些海滩虽各有各的特点,但北海的银滩更具特色。沙滩的坡很缓,沙砾非常细,双脚踩在上面,似乎没有脚印。银白色的沙滩一望无际,使人流连忘返。

短短七天的广西考察即将结束,一路走来,同学们开阔了视野,提高了认识,加深了了解,增进了友谊。广西籍贝小燕同学用她真诚热情周到的服务,给我们这次考察提供了诸多方便。衷心感谢中央统战部、中央社院给我们提供了这次难得的机会,使广西之行深深刻在了我的心坎上。

钓鱼台8号楼

2006年12月上旬,北京的天气愈发寒冷。中央社院第十六期民主党派培训班三个月的培训也即将结束。两个多月来,来自全国20多个省市及自治区的学员们都很珍惜这段时光。

我想请几位同学聚一下的心思早就有了。在社院培训期间,曾有两个晋城民建会员到社院来看过我。其中一位和我说,她有一个表弟在钓鱼台国宾馆工作,说如您在培训期间有什么事情都可以找他,特别是请客吃饭。我就拨通了她的电话,并讲明计划在两三天内请一位老师和几位同学吃一次饭,大概有十来个人。转天,她表弟就给我打来了电话,问我什么时间过去。我说:"就定在明天晚上吧!"当天,我就通知了准备请的一位老师和九位同学。很不巧,班主任乔玉珍老师早有安排,还有湖南的前世界羽毛球冠军唐九红同学,上海金融系统的吴春宁同学都是早有安排。电话里乔老师还问我你请客的地方是几号楼,我说是8号楼。为了让唐九红和吴春宁同学能参加我的宴请，我还专门和她俩调侃说："我请客的地方可是钓鱼台国宾馆，你们不去一定会后悔的。"她俩都笑着说："不好意思，我们已经答应了其他同学的邀请。"

北京的初冬，下午五点半天就有些黑了。我们8位同学分别乘两辆车，前往钓鱼台国宾馆。从社院到钓鱼台大约四五十分钟，等到了那里天已全黑了。一到钓鱼台大门口，一个警卫清点车上人数，另一个警卫核实车牌号。我是坐在第一辆车副驾驶的位置上，对站岗的警卫看得清清楚楚。警卫的身高都在1.85米以上，他们每一个动作都很规范：拦车、检查名单、核对车牌，特别是放行，他们把身子转到原位，不直对客人讲话。这种漂亮的礼仪既规范又潇洒，我还真是头一次遇到。正在开车的沈瑾看到这场面，感叹道："钓鱼台的警卫真是太讲究了。"

按照警卫指的方向，车子沿着弯曲的小路拐了两个弯就到了8号楼。下车一看，8号楼是一座独立的二层小楼，灰色的墙体，典型的现代中式建筑，一进大门是十来米长一米多宽铺着红色地毯的过道，正对面墙上挂着一副正方形《万里长城》国画，画的左右两侧是通往客厅的门。长方形的客厅非常大，铺着又厚又软的紫红色地毯，客厅摆了一圈沙发，沙发之间放着茶几。一进客厅门的那一侧墙上，有一幅很大的国画，似乎占满了一面墙，画的有远山、大江、红日，画的左上侧还画有两朵粉红色硕大的牡丹，使整个画面看上去更显得雍容华贵，江山秀美。这时，服务员端上清香的龙井茶，白色的茶杯用一种银色的金属制成的杯罩套着，看上去很美观，使用起来既方便又舒适。我们在客厅里一边品茶一边欣赏那幅国画，还轮流在国画前合影留念。餐厅在客厅的对面,也是长方形的,里面摆着两张同样大小的圆形餐桌。三个女服务员和一个男服务员为我们服务。女服务员上穿杏黄色中式上衣,下穿黑色裙子;男服务员也是同颜色的上衣,下身则是黑色裤子。

　　我们前去的8位同学加上民建会员的表弟及他的两位同事,一共是11个人。服务生按次序给我们上菜,有六个凉菜,十二个热菜,两个汤,两小盘甜点,没有上酒只有三种不同口味的新鲜果汁。我在品尝一道道美味佳肴时,还留意到在我的位置对面,墙上也挂有一幅国画"喜鹊登梅"。这幅国画给我留下了很深的印象,它被装裱成圆形的,傲雪中绽放的红梅,十几只形态各异的喜鹊落满枝头。我想,无论谁见此画也会眼前一亮,有一种心花怒放的感觉的。我身后隔着另一张餐桌后面的墙上,还挂有一幅四条屏花鸟国画,因距离远我没有到跟前欣赏。

　　在离开钓鱼台国宾馆前,我坐在车里看到了不远处霓虹灯闪烁下的"芳菲苑",就叫沈瑾把车开过去停下来,打开车窗,探出头来用照相机拍了一张"芳菲苑"的夜景。我知道,那里曾多次举办过国家级的大型文艺联欢活动,只可惜不能随便参观,心中留下了一片遗憾。

3

知青岁月

Zhiqing Suiyue

离家插队的日子

　　知青是特殊年代产生的特殊群体,尽管已经过去40多年了,但有过知青生涯的人每每回忆起来,总会有一种说不出的滋味。一段悠扬缠绵的歌声,一张写满青涩岁月的信纸,一片夹在书中特殊页码的枯叶,一把早已缺少簧片的口琴,包括那些已经泛黄的知青照片,都如烙铁般,深深的刻印在每位知青的心上,融入到灵魂中,继而成为生命中的一部分。

离 故 乡

　　"知识青年上山下乡"运动始于1968年秋冬之际,主要是北京、上海、天津的"老三届",也就是六六、六七、六八届初中、高中的学生。我是六九届的初中生,这届学生大都留在本市就业了,余下的一少部分因所谓政审问题,只能由学校发落。就这样,我们成了天津市去外省集体插队的最后一批知青。

1970年5月10日,是我终生难忘的日子。经过一天的准备,我把所有去山西插队需要带的东西准备妥当。一只和我一块去山西的木箱,已于3天前由学校统一运往火车站。这天的上午九点钟,我手提旅行包,肩背黄背包,由哥哥姐姐和妹妹一起送我到天津站。

我从小到大也有过几次出家门的经历,小时候去过父母的老家,也到过天津附近的一些地方参加劳动,少则三五天,多则十天半月也就回来了。但这次出门就大不一样了,要去的地方是距家几百公里远的山西,而且到那里是插队落户。这一走可能一辈子就在那里当农民了,全家人都无法接受这种现实。我家兄弟姐妹四人,四个孩子中母亲最疼爱的就是我。我这回去山西插队,母亲尤其难过,好多天都吃不下饭。在我们家人的印象里,山西是个很穷的地方,荒凉、落后,听说山西整天是吃玉米和小米。在帮我收拾行李时,母亲使劲往包里塞吃的东西,鸡蛋、罐头、饼干,等等,恨不得把吃的东西都装上。她一想到我这么小就一个人到那陌生的地方去生活,眼泪就止不住,怎么都舍不得让我走。我清楚地记得,离家的那一刻,母亲看着钟表的摆动,从楼上到楼下,又从院里到胡同口,不知该做什么、说什么,泪珠却不断往下掉。看着母亲这样子,我当时的心里也酸酸的。如今想起离开天津时的一幕,我仿佛还能看到母亲当时悲戚的神情,心里依旧会隐隐作痛。

当我和哥哥姐姐妹妹出了胡同口,同在一条街上也要去插队的维庚里的伟伟、永德里的胜亮也由家人送了出来。伟伟的奶奶、胜亮的母亲和我母亲一样都哭得特别伤心。伟伟和胜亮是我的两个小伙伴,我们从小一起长大,小学、中学都在同一所学校上学。这次下乡我们又要一起去山西插队,此时此刻,我们仨人的心情是一样的。那时大家心里都清楚,虽然我们同家人难舍难分,但谁都无法改变命运的安排。好在我们仨人同时离开天津,亲人们觉得我们之间还可以互相有个照应,才感觉心里略微踏实点。在我们共同告别亲人,离开家乡的时候,我们仨人就像三滴水,融入到了知青上山下乡的洪流中。

步行了半小时,我们来到了天津站。一辆绿色的运知青的专列早早停在站台旁。这时站台上早已人山人海,挤满了知青和前来送行的人,有家长、兄弟姐妹、亲朋好友。上午10点,列车响起一声长笛,专列开始慢慢前行。这时整个车站的人群开始沸腾了,喊声、哭声连成了一片。火车还在慢慢前行,一双双紧握的手开始松开,一句句呜咽着的、叮嘱的话不时被喊了出来,"到山西后多保重身体","到了以后马上给家里来信"。

就这样,一列载着1100名天津知青的列车,驶出了天津向山西方向开去。

知青专列

这列载满知青的专列的目的地是处于太行山脉的山西晋东南地区。

专列上的知青大部分是六九届初中学生,还有一少部分没有安排工作的社会青年。当时谁也不知具体拉了多少人,后来才了解到：专列前边拉的知青有800名，是去长子县的；后边拉的300名，是去高平县的，共1100名，都是来自天津市和平区的各所中学。我们东方红中学共有男女生36名，年龄都在十七八岁。学校还派了两名带队老师。列车由天津开往北京方向，第一站停在丰台。在这两三个小时里，知青们还没有从离开家乡告别亲人的悲痛中完全醒过来，一个个傻乎乎地坐在自己的座位上发愣，也不知道在想什么。下午5点左右，专列到达了河北的保定站，在那里大约停了四五十分钟。停车期间，还有几个同学从车窗口跳了出去，跑到站台上买了些水果和食品。专列沿着京广线继续南行。由于这次是出远门，几乎每个知青的家里都给准备了充足的食品，如罐头、鸡蛋、香肠、面包、饼干等，尽管一路上知青们情绪都很低落，但还是没有因此而怠慢了肚子，大多是走了一路吃了一路，谁的嘴也没闲着。列车上的乘务员很有经验，他们及时地为我们提供着热水。那些年，运知青的专列多的很，来来往往地，他们早已掌握了运知青的规律，所以连餐车都不用挂了。一路走着，吃着，天也慢慢地黑了下来。很多人好奇地趴在车窗前朝外看着，但此时几乎什么都看不到了，只有偶尔经过车站时才能见到的一些光亮和光亮中疾速而过的站牌。大家发现，我们已到了河南境内。

晚上9点多、将近10点时，一些不甘寂寞的知青开始在车厢里来回转悠。也是，坐了一整天的火车，一路上同学们之间把该说的话，该聊的事也都抖搂完了，四处遛达遛达可以消磨漫长无聊的时间，省得一直坐在座位上胡思乱想。不过，也有的心事比较重的，依旧蔫蔫的，不言不语，既不遛达，也不和邻座交谈。大概晚上11点钟时，知青们渐渐有了睡意，男生和男生、女生和女生,肩靠肩地耷蒙着眼,也有的干脆趴在小餐桌上睡着了;有个别淘气的,把行李架当成了床,攀上去把身体蜷缩在上边睡觉,反正这种无纪律行为也没有列车员来管。列车在河南新乡站大约停了一个多小时,然后向西驶往山西的长治方向。大约后半夜的四五点钟,突然听到有人喊:过山洞了! 知青们一个个被惊醒,是山洞。"一个,两个,三个……"有细心的人数着,天呐,竟然一连过了37个山洞。因大部分同学从来没出过远门,更没有坐火车过过山洞,顿时都没了睡意,倒有了好奇和新鲜的感觉。

过完山洞时分,天已经蒙蒙亮了,等专列停到晋城站时天已完全大亮。这时,整个车厢里的知青一点睡意都没有了,纷纷趴到车窗前往外看着。窗外,山连山,山上光秃秃的,远处山坡上三三两两的农民正在春耕。因坐了一天一夜的火车,知青们早想下车透透空气。正好专列在晋城站要给火车加水,大约需要停半个小时左右,所以不少知青乘这个机会,直接从车窗跳了出去。空气好新鲜! 特别是看到远处那连绵不绝的群山,我们的心中不由震撼不已。我们这些从天津来的知青,大多从来未见过这种大山。当我们仔细看清楚田里劳作的农民形象和使用的牲口、农具时,我们全傻了眼。一个个吐出了舌头,"哎哟"的惊呼声响成一片,原来山区的农民就是这个样子呀! 这场景确实给我们知青心里留下了阴影,怎么办? 从今以后我们就会在这里生活一辈子,变成面向黄土背朝天、整日劳作在田间的农民了。

那时,山西的老百姓生活确实很贫困,几乎都是又黑又瘦,大多是身穿黑布衣,头上系着白毛巾,一个小瘦马拉着一个比它还小的车,两个铸铁的车轮子,发出吱扭吱扭刺耳的声音。这就是留给我印象最深刻的画面,如今想起来,还真是揪心呢!

专列继续往前行了一段，5月11日上午的9点钟，我们终于到达了目的地，300名天津知青的第二故乡高平县。

初到高平

在高平火车站，专列开始分开。前边大半截车皮，拉着800名知青继续向长子县方向行进，余下的300名知青被留在了高平县。大家一下火车，先纷纷去领取了行李。我们每人随身带有旅行包、背包，还有一只木箱。前来接我们的十几部汽车，早已等在那里了。他们把我们连人带行李一起拉往县城。从车站到县城不远，沿路上到处都是前来迎接我们的当地干部和群众。他们个个兴高采烈、敲锣打鼓的样子，就好像战争年代欢迎人民子弟兵打了胜仗一样。路两旁的乐队，不断演奏着一曲曲革命歌曲，整个县城笼罩在锣鼓声、鞭炮声的热烈气氛中。

300名知青被接到一个大院里，知青们站在院里的空地上，等待着为我们下一步的安排。这个院子很大，院子有好几条狗，吐着长长的舌头，围着我们这些知青转悠，我们也都好奇的看着这些狗。在天津城内，是很少能见到狗的，只有偶尔到市郊才能见到。这几条狗围在我们身边一直转，吓得胆小的女知青一直躲。这时有一个高个男知青，向另一个矮个男知青说："你看这几条狗，哪个是公的，哪个是母的？"矮个知青笑了笑，眯缝着一双小坏眼，用手指了指旁边一位带队的中年女老师，调侃着说："你问问她，她准知道。"

这一调侃不要紧，逗得周围的知青哈哈大笑。这一笑，不仅让那位女老师满脸通红,也让知青们连日低迷的情绪有了缓解。在城市,我们在天津很少见到山的,一到这里看到的全是山,而且有高有低,就感到特别新鲜。这时,见还没有下步安排,我和同校的五六个知青就朝城外西面的山上跑去了,想看看这里的山到底是什么样子。我们远远望见半山腰有一处用白粉刷过的建筑,很像是寺庙,就一路小跑地飞奔起来,一会儿就到了它的跟前,果然是座寺庙。我们走进去一看,发现院内什么古迹都没有,一问,才知道早已成了存放粮食的粮库。从山上下来,又回到了县城,我们见到县城中央耸立着一座很古老的建筑,就怀着好奇心来到了它的跟前,一看原来是一座古楼。我们从一层上到了二层,在上边待了一会儿,居高临下地看了看周围的景观就下来了。

中午,我们吃了到山西的第一顿饭,记得每人发了两个长圆形的馒头,一大碗里面有鸡蛋和一些菜的汤,我咬了一口馒头,感觉又酸又牙碜,喝了一口汤,觉得很苦,还酸的要命,简直无法往下咽。我看了看别的知青,也都呲牙咧嘴的,估计和我的感觉一样。大家你看我,我看你,谁也不吃了。这时,有个知青大叫起来,说:"这饭太难吃了"!随即把汤泼洒在地上,把馒头抛到了房顶。吵闹一番之后,大家吃的还是从天津带来的食物。

午后又发生了一个小插曲,这也是我有生以来头一次选择自己的命运。事情是这样的,我们这所学校一共来了36名知青,被分配在一个公社两个村子里,一个村分了20名,另一个村子分了16名。我和一个在学校就要好的同学于德华被分在16个知青的那个村里。分完村我也没想什么,这时他走到我的跟前和我说:"根据知青的分村情况看,人多的那个村肯定比人少的那个村子好,因为咱们学校来的36名知青中,只有一个同学在插队前跟学访团来过山西,现在她被分到了人多的那个村。"我一想他说的有道理,就这样我们俩马上找到了带队老师,向他要求给我俩重新调整村子。老师说:"你们的行李已经拉走,要重新调整村子,还需要和当地管知青的部门协商,而且每个村安排的知青人数都是提前定好了的,想要调整很困难。"

我们一看老师这么说,我俩的态度反而更加强硬了,说:"如果你们今天不答应我们的要求,我们在这里就不走了,你们想怎么办就怎么办!"

这样一来,带队老师可着了急,赶紧想法子解决。他们马上找到当地管知青的部门,通过一个多小时的交涉,最终把我们俩重新调到了那个知青多的村。后来的情况证明,我们当时的选择是对的。

下午3点左右,我们坐在上海运煤车队的卡车上,来到了我们的知青点——河西公社新庄村。当天全村的老百姓不论男女老少,全都出来迎接知青了,村民一个个就像看动物园里新来的动物一样,挤挤扛扛地站满了整个大院。大队的干部说了番欢迎我们的话后,我们美丽大方的班长卢明就代表全体知青向贫下中农表决心。她当时穿了一身蓝衣服,脚上穿了一双偏带方口的黑布鞋,用橡皮筋扎着两根辫子,一身丑小鸭的装束。当时知青们不分男女穿的衣服只有蓝、灰、绿单调的颜色,你就是"红花"也只能甘当"绿叶"。她用标准的普通话慷慨激昂地说:"庭院里养不出千里马,花盆里栽不出万年松,我们全体知识青年就是要在农村这个广阔天地,经风雨见世面,接受贫下中农的再教育,做一名毛泽东时代的新农民。"虽然她讲的都是那时常用的套话,但引来纯朴的农民们一片鼓掌声。这印象很深刻地印在我的脑海里。

一晃40多年过去了,有时一个相似的场景、一个偶尔的片段,都会让曾经的过往像一幕幕画面浮现在眼前。的确,艰苦的插队生活,尽管毁掉了一批人才,但也真正地锻炼了知青们的意志品质,并培养和造就了一批人才。是对是错,让后人去评说吧!在这个世界上,有些事情你是无法选择的,你能做的,就是改变自己,适应生活。

比　　赛

　　只要一提起比赛,大家通常总会联系到竞技或一些能分出胜负的较量。我说的比赛不是那种比赛,比的是吃东西,以吃的多少来分出高低。

　　这事发生在刚插队那年的夏天,大约七八月份。那时,我们从天津来山西插队刚两三个月。在这两三个月的插队生活中,不仅体验了农村生活的艰苦,也学会了锄苗、搂玉茭、割小麦等农活。这种面向黄土背朝天的辛勤劳作,也使我们每一个知青经受了走出校门后的历练。当时我们只有十七八岁,正是青春活泼、朝气蓬勃的年纪。农活对我们来说,只是一个适应过程。没用多长时间,我们基本上能和贫下中农一起干地里的农活了,而且个个干得都不差。农村真是个广阔的天地,它能锻炼人的意志品质,也能增强人的体质。随着时间的推移,我们逐渐适应了这里的生活,但有一点始终无法解决,就是吃不饱肚子,天天处于半饥饿状态。这对当时正在长身体的我们来说,实在太难熬了,直到现在几十年都过去了,那种饥饿回味起来还让我心有余悸。

我们刚到村里时,正是春夏之交的季节,地里的庄稼还没长成,什么吃的东西也没有,就是看到村民家里养的鸡和狗有想吃的想法也不敢去偷,只能天天饿肚子。这时,有些知青开始不断地向家里求援,天津方面的父母兄弟姐妹就会用邮信的机会,把几元钱和几斤全国粮票寄来。这时,我们就可以到公社食堂买些蒸馍和川汤来充饥。但有的知青家里条件相对差点,无法提供长期资助。不少知青饿的实在不行时,就什么都顾不上了。他们为了解决饥饿问题,没等地里的玉米、红薯、豆子长成熟,就开始偷地里的庄稼,后来又发展到偷吃老百姓家里的鸡甚至连狗打死也吃掉。

那时,从天津寄来的信大约要五六天的时间才能收到。信先到县邮电局,一天后到公社邮局,转天才能到村里。为了能早一天收到信,有些知青不怕辛苦,走上几里路也要去公社邮局看看有没有家中寄来的信,以便提前一天取信。几乎所有的知青都这样做过。

做农活是很累的,知青们都盼着下雨天。因为天一下雨,我们就可以不去地里劳动。每到雨天,男知青们有的整日赖在床上睡觉,有的则会出门到别的村找知青玩。女知青大多会洗洗涮涮或者给家中亲人写信,乐得轻闲。但对于我来说,这样的天气会排上更重要的事情,就是去邮局看有没有来信。我个子大,吃得多,常需要家人救济。有一天一大早,雨就很大地下个不停。我估摸着不能上地,就立马约上同村一个青友去公社,想看看是否有来信。因为上次家里来信距现在已经有一段时间了,我估摸着这几天家里该有信来了。到了邮局，正好遇到了两个外村的青友，他们也是因大雨不能出工来看信的。其实，我们那时惦记家里来信，主要还是惦记着信里有没有钱和粮票。

果然，运气不错。我还有另一位，共收到两封信，打开一看，高兴坏了，每封信里都有5元钱和5斤全国粮票。那时候能有5元钱和5斤全国粮票是很了不起的事的，特别是全国粮票，更不容易得到。我们几个拿到钱和粮票，连信的内容也顾不上看了，只想着快快去食堂先饱吃一顿再说。我们一路小跑地进了公社唯一的食堂，也就是现在的饭店(饭店那时都叫食堂)。当时的食堂只卖三样东西，蒸馍、饸饹、川汤。我们来山西才两三个月，当地人煮饸饹的时间相对短些，吃起来比较硬，仿佛吃到肚子里还竖着，很不习惯。我们那时比较爱吃的还是馒头、川汤，馒头每个2两粮票5分钱，川汤两角钱一碗。

4个人都是一个学校的同学，到山西后分配在两个知青点上，小哥儿几个碰到一起没什么说的，能痛痛快快吃一顿饱饭就是一件非常高兴的事了。我们是先按每人5个馒头、5碗川汤要的。饭端上后，我们几个真的像饿了多少年一样，狼吞虎咽般没一会儿就把馒头和川汤一扫而光了。4个人当中，有两个似乎还没有发育成熟，个子又瘦又小，5个馒头5碗川汤基本就吃饱了。可我好像肚子还空着，仿佛跟没吃一样。看看另一位比我长得还高的青友，也像根本没吃饱似的，我就说："今天咱们有粮票也有钱，咱们哥几个一定要放开肚子好好吃一顿。"于是，我又给每人要了两个馒头、两碗川汤，一共是8个馒头，8碗川汤。那两个瘦小的青友看到又端上了这么多，连连摇头，说吃饱了，再也吃不动了。他俩看见我们两个大个儿还想吃，就说："咱们自打来到山西插队以后，一直挨饿，借今天这个机会你们俩来一场吃馒头喝川汤比赛如何？看看到底谁的饭量大？"

这提议不错，我和高个子青友同声说好。我俩就又开始吃，没一会儿我俩就分别把4个馒头和4碗川汤又吃光了。这回我们俩基本上已经饱了，可就是没有分出胜负。

高个子说："我还能吃。"

我不服气，说："我也能吃！"

他说："好，比赛，谁输了下回谁请客。"

我说："行！没问题。"

挑战的话一落，我俩又开始吃了。这次我们选择一步到位，分别又要了5个馒头、5碗川汤。人这种动物很奇怪，在饥饿时那种难受劲儿很难用准确的词汇表达，可吃多了的滋味同样也很难受。这时，我们之间虽叫"比赛"，但吃的速度却明显放慢了，已经没有了狼吞虎咽的气势，代替的是艰难的吞咽。我们互相对视着，彼此用很长时间才吃完了两个馒头，勉强喝了两碗川汤，且每一次吞咽过程都是那么漫长。我在难受的同时，感觉高个子和我一样难受，他吃的时候已经不是享受的表情了。但为了下次不请客，他还是比我多吃了一个馒头，多喝了一碗川汤。

现在想起这次吃饭比赛真是可笑，可毕竟发生过。

集 体 灶

当我们来到山西省高平县河西公社新庄村时,还没有考虑到未来的生活有多么艰难。因为家里带来的东西很丰富,暂时还没有想那么远。我们这些从天津到山西安家落户接受再教育的男女知青,都是出家门进校门,无论如何也无法预测今后的日子。

在这里我们遇到的头一个问题,就是吃饭。20世纪70年代,我国已基本度过了三年自然灾害,大中城市的生活已经解决了能吃饱饭的问题,但在农村吃饭问题依然是老百姓的头等大事。当时我们这20名知青,除了被称呼为"知青"、衣服穿得相对讲究外,其他和当地农民没有什么区别,更别提什么特殊待遇了。按规定,大队每月给我们发口粮,知青们每人每年有275公斤毛粮(就是还没加工出来的粮食,连皮带壳的),平均每月22.5公斤,其中有玉米、高粱、小米、小麦、豆子等。经过加工后,我们所吃到的粮食就打了折扣。一开始我们采用的是集体做饭,20个人分成10

组,每组两人,一组一周轮流做饭。但没过多久,粮食就不够吃了,知青们常常饿肚子。这里边原因很多,一是知青都在十七八岁,正是"装饭"的时候,干了一天农活,饭量都很大;二是那个年代农村什么副食都没有,只靠吃主食营养上不去;三是由知青自己做饭,做多做少没个准,造成的浪费也不少。

我们这批知青全县共有300名,被分配到4个公社18个村。这18个村每个村的情况都不太一样,更不像去黑龙江建设兵团那种知青,他们是挣工资,半军事化的管理,统一吃集体灶,不存在饿肚子问题。而我们是属于集体插队,管理上只能靠村里的生产队和知青当中的班长。知青们一个个都是年轻气盛的,谁也不怕谁,谁也不服谁,当然谁也管不了谁。在这种情况下,再加上粮食的紧缺,没过多久,听说其他知青点就三个一群两个一伙地分灶吃饭了。由于没有了集体灶这个会聚点,知青们如散沙般没了凝聚力。

尽管别的知青点出现了这样那样的聚餐办法,但奇怪的是,我们这个知青点却没有一个人提出来分灶。后来我想,这可能是因为我们这20名知青成熟得早一点,大家都能顾全大局、集体观念比较强。就是这个集体灶,因为它凝聚的是一个知青团体,为我们以后艰苦的插队生活带来了意想不到的诸多好处,让我们村的每个知青都在其中受了益。

接受了一段贫下中农的再教育后,我们和贫下中农慢慢地熟悉起来,同时也建立了一定的感情,特别是村里的干部,从支部书记到主任还有民兵营长和大队会计,他们在很多方面都给了知青许多关照。就说那每人一年275公斤的毛粮,这个数量和当时全村的壮劳力分得一样多的。为了解决知青的生活也就是吃饱肚子的问题,村里的干部还经过反复商量,最后由支部书记拍板定事。村支书叫焦洛才,那时他只有30岁,大大的眼睛,好像总在思考问题,谋划着村里的大小事情。他总爱穿一件白粗布的衬衣,扣子一直要扣到最上边,披着一件蓝色上衣,戴着一顶蓝色的帽子,是一个典型的有些文化知识的村官,在村里威信很高。他向村干部和社员们宣布:"以后咱们村的知青,小米稠饭、黄疙瘩,可以紧饱吃。"知青们听到这个决定后,大家都非常激动,连连感谢。如今的年轻人如果听到这样的话,会觉得不可思议:"小米稠饭、黄疙瘩可以紧饱吃"就真能够让知青感动和激动?是不是有点夸张呀?但这是真实的,没有一点水分。知青们感动的是,这个决定真是把我们谁都想吃饱饭、谁又无法解决的问题解决了,特别是在很多知青点,知青们还在饿肚子的时候。我们村的老百姓,用纯朴善良的心呵护了我们每一位知青。

从支书的决定后,不仅我们再也没有挨饿,生产队还为我们请了村里一位最好的厨师,给我们做饭。生活调剂得比过去自己做好多了。两三年以后,知青们有选调的、有上学的,陆陆续续走了一批又一批,直到5年后最后一名知青离开村里之前,我们村里仍然是集体灶。就是这个集体灶,把我们20名知青的心和村里老百姓的心紧紧连在了一起。知青们也从没有忘记这种恩情,都很努力地参加劳动,不怕吃苦,不怕流汗,和老百姓同吃同住同劳动,还积极参与村里的各项活动。

由于村上干部和我们知青的共同努力,我们这个知青点连续几年被县里、地区评为先进典型,知青们也为村里争了很多荣誉。1972年,天津慰问团来山西慰问,为感谢和鼓励当地办得好的知青点,奖励给山西全省两台天津拖拉机厂生产的东方红55拖拉机,其中的一台就给了我们村。

多年以后,老知青聚会时,还经常提起我们村的集体灶,每个人都是感慨万分。在大家庆幸我们遇到了一个好支书的同时,也庆幸我们当时的明智选择。如果当时我们也和其他知青点一样早早分了灶,我们也就成了一盘散沙,我们的利益诉求也就缺少足够的分量,也就不足以引起村干部的重视,村干部也就不会做出让村里和知青共赢的决定,当然也就没有我们村成为先进典型,更谈不上天津奖励的拖拉机给我们村的后话了。

这个小小的集体灶,确实凝聚和培育一种精神,那就是团结就是力量。

上　大　学

　　到了1972年秋季，我到山西插队已两年多了。随着时光的流逝，每一位知青越来越关注自己的前途和命运了。因为此时，晋东南地区只要有知青的县，都开始陆续安排，有进工厂当工人的、有到商业部门和手管单位当职工的。特别是当我们听说邻县的长子大部分知青都已在本县或长治市上了班的时候，我们高平的知青和家长心里都焦虑起来。

　　我们和长子县的知青都是坐同一列火车从天津来的。他们既然已经开始安排，而我们却没动静，这就该问问县知青办了。于是，我们就直接去找县知青办，问我们什么时候可以被选调？而他们的回答很简单，说一个县一个情况，今年高平县知青没有选调任务。当时，我们尽管很失望，但并没有太失落。因为当时大都不到20岁，对今后的一切好像还没有认真去考虑，基本上是稀里糊涂的。不少知青还乐观地认为很快就会有好消息的。

　　到年底在天津聚会时,大家主要的话题还是扯到了分配的问题上。有的家长为我们担忧;也有的家长还乐观地建议,说如果选调不了,能上学更好,因为去年秋季我们县有少数知青上了中专。这一提议,激活了大家的兴奋点。所以,春节后返回山西时,大家或多或少的都找了一些数、理、化、语文、英语的书,想提前准备准备,迎接当年的大中专招生。

　　那时上大学不叫高考,叫推荐。如能被贫下中农推荐上,你在文化课方面的考试应付一下就行了。但如果你被推荐上了,文化课太差也不行,毕竟不是每个人都可以上,招生数量有限。所以,这次回山西后,知青们不论男的女的,平时学习好的,学习差的,除了到地里劳动外,其余时间都用来埋头看书,几乎是整日都在复习功课。内心都希望通过上学早日离开农村。看到知青朋友们三全一群两个一伙,谁也不甘落后地起早贪黑复习文化课,我真是自愧不如!我心里清楚,自己文化课的基础应该在20名知青中属中等水平,论平时的表现,在知青们中也算一般。对于上学这条路,我是心知肚明,认为推荐没有一点希望,文化课考试更是没有把握。既然清楚结果,不如该干什么干什么,顺其自然吧!说心里话,我心里还是很羡慕那些学习好表现也不错的知青的。

　　7月下旬的一天,我去离我们村2.5公里外的另一个知青点玩。那时候,知青之间经常串着玩,你到我这里来,我到你那里去的,关系处得都很好,也能聊在一起,常常一聊就聊到很晚。这天刚刚吃过中午饭,同村插队的一位叫安家铭的知青,骑着借的自行车来找我。他一进门就急匆匆地对我说:"德祥,听说今年招生已经开始了。咱们村的知青一早就全都去县城了,听说是在招待所。"

这时,我正坐在炕头和大家聊得起劲,一时没转过弯来,一脸迷惑地看着他。家铭看我没当回事儿,就急切地继续说:"你别不当个事儿。我看你没回来,特意借了一辆自行车来找你。咱俩的文化课都一般,上大学都没多大希望,可我总觉得不管怎么样,咱们也应该去看一看呀!"

听他这么一说,我立马就说:"好好好,能不能上先别管它了,就当去城里玩一趟吧!"说完,就快速地蹬着自行车,直奔县城。

县城的招待所,在县城机关对面靠南的一个巷子里,是一个有二层楼的大院。我们去的时候,院子里,楼上楼下的每个房间里,全都挤满了人。除了知青外,就是来招生的老师。我们一打听,才知道来招生的有西安外国语学院、山西大学、山西农学院、晋东南医专、大同煤校、晋城师范等。各校的老师都在各自的房间里接待知青。而知青们一个个眉心紧锁、满脸的焦虑,楼上楼下、屋里屋外到处转悠着,一会儿对着这个老师介绍自己,一会又给另一个老师说明情况,有的还展示一下自己的特长,总之都想通过各种形式给招生的老师留个好印象,最后能被带走离开农村。

可以说,这些来招生的老师就是知青们的救世主,因为他们可以改变知青的命运。我原本就是来看热闹的,不是没想过上学,只是早已想明白了,深知自己根本没戏,不抱一点希望。

但人的命运是无法预测的。说来很巧,当我以无所谓的态度溜达着进了几位山西大学老师的房间时,我人生的命运开始有了新的转变。那天,山西大学来了三个老师,一个化学系的,一个艺术系的,还有一个是体育系的。我一进房间,看见房间里除了三位招生老师外,还有十来个知青。这些知青里有爱好体操的,有爱好田径的,还有爱好乒乓球的,总之都算体育爱好者,都想借这次招生机会碰碰运气。我的个儿头高,站在他们后面往里看着,仿佛招生没自己什么事情,既没有向老师介绍自己,也没有去想办法展示自己体育方面的特长,只是听着,看着,听老师怎么问,看知青们怎么答而已。

记得我当时上身穿的是一件长袖,灰色的确良衬衫,下身穿一条国防绿的军裤,脚蹬一双白色的高腰回力球鞋,显得很精神。你别说,我这身打扮在当时知青圈里也算是时髦的。在知青点上,天津知青的穿着打扮和当地的青年不太一样,即使是很简单的穿着,总是有一些不同。1973年,我只有21岁,身高1米8,身板挺拔,我的身体条件和我的着装,还有那种大城市熏陶出来的气质,引起了老师的注意。我站在后边正看着老师和知青交流时,还隔着几个人,体育系招生的老师突然冲着我问:"我看你的身体条件很好,你平时是不是很喜欢体育?"

"我体育方面没有什么特长,只是一直非常喜爱运动,如田径、体操、游泳、足球、篮球、排球什么的,平时都喜欢玩,都会一点儿。"看到老师问我,我急忙回答。

老师听了以后,点了点头,接着又问:"我看你的身体条件很好,想不想报考体育系?"

"那当然想了,可不知我行不行。"我小心地回答着。

这时,这位老师站起身来向大家说:"你们有谁想报考体育系的,今天下午4点钟到篮球场进行一下体育测试。"

尽管心里没底,但我还是在下午4点准时来到篮球场,准备参加测试。这天的天气有些闷热,又刚刚下过一场雨,场地有些湿滑,不平的地方还积着一些水。这时,我已经知道体育系的招生老师姓赵,叫赵仲一。赵老师要求参加测试的二三十个知青,先围着球场慢跑几圈,然后做了几个简单的准备活动。这时,赵老师让5个人一组,从球场这边快速跑到那边。每个前来测试的知青都按照要求全力奔跑,不敢有半点马虎。最后,又让参加测试的知青每人做了一次助跑的摸高。结果还不错,我是这群知青中跑得最快、跳得最高的。测试完后,赵老师把我单独叫到了招待所,又仔细地询问了我的年龄、家庭出身、插队的时间、在哪个村插队,然后全部记在了他的本子上。临离开前,他说:"你的身体素质很好,如果愿意到山大体育系上学,我一定把你带走。"

这句十分恳切地话,使我受宠若惊,用欣喜万分来描述我当时的心情一点都不过分,真是无心插柳柳成荫呀!正在我兴奋地准备上学之际,没过多久,又传来不太好的消息,让我轻松的心情顿时变得沉甸甸了。原来那年的招生工作有了新的变化。本省的高校和外省的高校,在招生中产生了严重的分歧。外省市高校反映,因为本省高校采用提前招生的办法,把优秀的生源全招走了,特别是艺术、体育类的特长生。为了改变这一现状,他们要求晋东南地区招生办取消原来的招考,采用统一招生、统一测试的办法。就这样,原来的招考全部取消了,一切从零开始,重新进行测试。这次就比较麻烦了,测试分两个考区,长治考区和晋城考区。长治考区负责测试长治周边的十几个县的考生,晋城考区测试南边的几个县、也就是晋城、高平、阳城、陵川、沁水南五县的考生。

没隔几天,通知下来了。考试地点在晋城县,我立即坐火车赶到晋城参加新一轮的测试。这次应试的知青要具备两个条件,一是插队两年以上;二是年满18岁。5个县共来了100多个知青,有天津知青,也有当地知青,再加上围观的群众,操场上满满的全是人。测试地点是在晋城县运动场,时间安排在下午的3点半。当时正是夏季,太阳高挂,仿佛被烘烤着一般,即使站着不动也是一直出汗,加上临考,心情忐忑不安,每个考生都汗流浃背。那天,体育测试的院校是北京体育学院和天津体育学院,共来了3位老师。体育测试共4个项目:第一项100米,我穿着球鞋跑了12秒6;第二项引体向上,我做了16次;第三项立卧撑,一分钟做了33次;第四项原地纵跳,我跳了69公分。测试下来我在100多个考生中,总分排在第一名。

后来我了解到,北京体育学院教田径的简老师、天津体育学院教排球的杨老师对我的测试成绩都很满意,并表示会把我作为重点招生对象。但可惜的是,他们都没有给我一个明确的态度——我们院校一定要你。在这种情况下,报考哪个院校就显得很重要了,可以说是最关键的一步。北京体育学院和天津体育学院名气大,各方面的条件都非常好,特别是又能回到老家,按我个人的想法,能够去这两所学校是最理想的。但北京体育学院是全国招生,天津体育学院是华北地区招生,他们两家只能回去根据招生总体情况,经过平衡才能有明确的答复。这样一来,让我在报考志愿上彻底没了主意。

这时我突然想起了一个人,曾经是我们知青点的下乡干部,也是天津人,后来回到长治六中任教的齐植琴老师。齐老师与她的爱人诸仲君都是下乡干部,后来齐老师的爱人担任了晋东南师专的校长。齐老师两口子人品非常好,和蔼可亲,插队时我们相处得不错。知青们遇到事情,总会去找他们出出主意、想想办法,而且他们也总是很热心地帮忙解决,让知青们觉得很知心。现在遇到难以决断的事情，那肯定更需要听取他们的建议了。到长治找到了他们，我把来意说明以后，齐老师马上说："按你的条件和测试的成绩应该去北京体育学院，连天津体育学院都不要去。不管怎么说，北京体育学院是国家名牌大学，山西大学不能与之相比，山大体育系你就不要考虑了。"

听齐老师这么肯定，我为难地说："可北体和天体都没有说肯定要我的话，只有山大表明态度，肯定会要我。"

齐老师是个口直心快很热心的人，她说："没关系，我可以帮你忙。"她接着说："你记得和你下过围棋的四川籍那位老师吗？就是以前你来我这里、在院里和你下棋的四川籍老师，他女婿就在晋东南体委工作。他就是北京体院毕业的，也是这次北体来招生的简老师的学生，我可以让他帮着问问你的情况。"多年以后，我才知道简老师的这位学生就是北京体院赫赫有名的卢元镇教授。可惜，我等到打听回来的消息是招生的简老师已返回北京。当时，通讯十分不方便，在没有准信前，加上报志愿的紧迫，我只能自己下决心了。思前想后，我最后果断地找到了住在地委对面一招的山大体育系赵仲一老师，向他诉说了这次测试的情况和我当时的想法，他说："我也很支持和希望你能回老家上学，但根据你说的情况，北体、天体又都没有一个明确的态度，最后结果不好估计。不过，如果你报考我们学校，我肯定把你带走。"

三所学校两种态度。这时，在我心里已经有了明确的目标。从长治回来没过几天，就开始填写志愿了，我毫不犹豫地填写了我的志愿——山大体育系。就这样，我成为了山西大学体育系1973级的一名工农兵学员。

知青报告团

1985年春季,一场空前的知青返城运动,在北京开始了。

知识青年上山下乡运动,是"文化大革命"的产物。对于全国各地知识青年纷纷要求回城的诉求,各地党委政府,都采取了相应的措施,努力去尽快解决知青当中存在的实际问题。以前,知青遇到什么问题,都去找知青办。到了20世纪80年代,知青办撤销了,落实知青政策的问题就由当地的信访办负责了。

从1985年春天到冬天,半年多的时间里成批的知青多次上访,大多数地方给知青确实解决了不少的实际问题,能照顾的也都照顾了,如有些知青原单位发不了工资的,一律调整了单位。但无论怎样安抚,知青最终的目的还是想返回老家。如果一下子把全国所有知青都退回原籍并安排就业,这恐怕谁也办不到。为了缓解压力,使知青问题不再升级,各地信访部门想了许多办法。在一次知青上访中,我县的几个知青给信访干部提出了许多要解决的问题,最主要的就是要求回老家。我当时也提出了一个问题,但不是回老家。我说,如果我不回老家天津,你们能否给我解决土地,也就是地方,我要在这里盖房子。本来这是一句玩笑话,却引起了信访干部的极大兴趣。他们马上表态,说要尽快请示有关领导,给你一个明确的答复。由于这个冒然的请求,我成了知青中的"叛徒"。大家都想回老家,我却想在这里盖房子扎根,真是违背了大家的意愿。

1985年12月,市委、市政府为了进一步落实中央的知青政策,在全市范围内,组织了一个先进知青报告团。报告团的成员由各县信访部门推荐,最后全市推荐了六名知青,组成了晋城市先进知青报告团。这六名知青其中有两个来自高平县,两个来自沁水县,一个来自陵川县,另一个来自阳城县。当时晋城市委机关还在长治办公,我们被安排在一个招待所里,然后由市信访办负责进行报告前的各种准备。记得住在长治的那几天,天气特别的寒冷,我们几个凑在一起,除了准备各自的报告就是聊天,反正在这里管吃管住我们什么也不用操心。大家一两天就混熟了,彼此之间通过沟通建立了友谊。六个知青中有一位北京知青,她叫薛淑媛,当时在陵川县医院当护士长,余下的五位都是天津知青。一个是和我在一个村子插过队的青友李景志,她当时在高平县司法局工作,是一名律师。沁水的两位,一位叫蔺杰,另一位叫孟兆林,他俩都在县里工作。阳城的一个叫韩涛成,他在一个铁厂工作,我在高平县蔬菜公司工作。薛淑媛是老三届的比我们大几岁,她为人厚道,当时还是市人大的常委,我们对她都很尊重,管她叫薛大姐。李景志我们是老熟人,插队时就在一个村子。1973年我们一起被推荐上了大学,成为同一届的工农兵学员。她去了农学院，我去了山大。1976年正赶上社来社去，我们又一起被分配回高平。景志是个很上进的人，她利用业余时间先拜师学习日语，又自学考上了律师资格，后又入了党。她口才好，还能写一手非常漂亮的钢笔字，是知青中的佼佼者。蔺杰当时在沁水县一个单位工作，由于勤奋好学总想在贫困山区干出一翻事业，后来和一位教生物的中学老师合作，为沁水县引进了虹鳟鱼的养殖，走出了一条科技扶贫的新路。蔺杰讲普通话，也爱开玩笑。他管李景志叫李大律师，李景志管他叫"虹鳟鱼"，他俩之间的戏逗，常让我们哈哈大笑。孟兆林也在沁水县一个单位工作，他戴着一副眼镜，留着背头，他和蔺杰都是一个县的，我们也随着蔺杰叫他小孟。有一天晚上他正躺在床上看一本小册子，我问他："小孟，你在看什么书？"他"啪"的一声把书合上，随手摘掉眼镜，用蔑视的眼光看着我说"你不懂，我看的是哲学。"他这句话虽说对我没有造成多大伤害，可我心里想：噢，哲学我的确不懂，但话不投机我还是晓得的。韩涛成是阳城县应朝铁厂一名炉前工，他的事迹一是吃苦耐劳，二是在当地娶了一个带着两个孩子的媳妇。因为有点口吃，他的事迹报告是由原晋东南文工团一位舞蹈演员蔡建民为他代讲的。我个人事迹报告的内容是《安心太行、扎根山区》，作为一名大学生，我甘愿当一名蔬菜公司营业员。

市信访办的分管领导，为了把这次报告团的事迹宣讲好，还专门请来了笔杆子，为我们每人都准备了一份发言稿。稿子写得很充实，事迹也还动人。最后，由市信访办领导带队，我们下去巡回报告。

正式巡回报告的前一天，我们先在市教育学院进行了一场预讲。转天先到陵川，然后是高平、沁水、阳城、晋城；最后一场是在地区礼堂。全市的机关干部都听了这次报告。知青报告团解散后,我们各自回了原单位。1986年的年初,山西省委、省政府又组织了一个全省的先进知青报告团。报告团的成员由各地市推荐。晋城市推荐了三名知青参加,一位是女律师李景志,一位是科研先进蔺杰,一位是白衣天使护士长薛淑媛。他们先在太原作报告,然后李景志和蔺杰又参加了天津报告团,薛淑媛参加了北京报告团。在天津、北京报告时,他们受到了当地党委政府的高度重视和高规格的接待。时任省委常委秘书长的武正国还为京津两地报告团的成员编撰了一本书,叫《好儿女志在四方》。

万万没想到的是,由于参加了这次知青报告团,我的命运随之也发生了改变。1986年3月,市里正在筹备成立工商联、侨联两个群团组织,因这两个单位都具有统战性质,所以班子成员里要有一定比例的党外干部。当时市里的党外干部很少,报告时在我的发言稿里,我讲过我是个入党对象,又是一名大学生,不想竟引起了领导的注意。在原市委一位领导的推荐下,经过组织部门的考察,我作为一名党外干部有幸成为了晋城市第一届工商联秘书长。

我的命运转变,感谢太行老区人民对我无私的抚育,也感谢那时组织部门选人用人的公道正派。当然还感谢"知青报告团"这个使我一介举目无亲的平民能崭露头角的平台。

青　友

　　六月上旬,接到天津青友刘晋打来的电话,他说准备近期邀几个当年一起插队的青友来山西一趟。电话里我还同正和他一起吃饭的另外两个青友通了话。这两位青友一位叫石德龙,一位叫陈德勇。在通话中我们相互问候了一声,然后我再次邀请他们一定抽空来山西看看,还答应陪他们好好转转,重温一下40多年以前的插队生活。

　　这之后,我一直处于兴奋中,为他们重返山西做着精心准备,期盼着能和他们早日相见,脑海里也不知不觉总想起当年插队的往事。

　　1970年5月10日,是我永远难忘的日子,知青专列把我们1100名天津市和平区初高中毕业生从天津运到了山西省晋东南地区。这1100名知青有800名分到了长子县,300名分到了高平县。从此我们这些知青朝夕相处,开始了漫长艰苦的插队生活。

刘晋是我插队时患难与共、并肩锻炼过三年半的亲密青友。那时我们都只有十七八岁，正是风华正茂，意气风发的时候，时代的洪流把我们这些没有多少文化知识的毕业生紧紧地捆绑在了一起。高平的300名知青被分配在四个公社，有唐庄、米山、河西、牛庄。刘晋被分在了唐庄公社的朴村，和我插队的河西公社新庄村大约有七八公里远。刚插队时我俩并不认识，只是听说过，因为当时他在知青当中名气很大。插队的头一年回津探亲，是通过一位邻居范连群认识的刘晋，后来我们通过交往，慢慢成为了好朋友。那时我在知青当中，属于身体强壮，头脑简单，能打能闹的那类，刘晋则是另一种类型的。他中等身材，两只大眼睛总闪着智慧的光芒。毛泽东主席曾讲过："人的能力有大小，一种人是有组织能力和领导才干的人，另一种人是做具体工作的人，前者要大大少于后者"，刘晋就属于前者。记得上小学时每个班里男女学生有50名左右，男女生的比例大约各占一半。在这二三十个男生里头都有一个大王和一个二王，这种大王和二王说白了也就是打架厉害，这种形式打出来的大王或二王，类似猴群里的猴王，所以班里的男生除了老师以外什么事情都由大王和二王来指挥。插队时听说唐庄公社南陈村有一个青友叫李洪琪，此人身体魁梧，打架相当厉害，也很讲义气，经常为青友们抱打不平。因为打架出名，村里妇女哄不听话的小孩时，只要一说洪琪来了，小孩马上就不哭不闹了。分管知青的县里有知青办的干部，村里有村支书、村主任、民兵营长、大队会计、生产队长，还有知青里的班长和副班长。从形式看知青们都是在他们的领导下，应该都听他们的。其实不然，知青根本不把他们当回事，他们就是想管也管不了。刘晋因他的智商及练达的为人处事，在知青中享有很高威信。早在1974年到1975年那会儿,知青陆续选调时他就显现出了这种才能。知青选调主要是知青办领导决定,他比较早地被选调到铁路上工作了。为了能让更多的青友早日选调,他还经常回到县里,带着还没选调的青友去知青办和知青办主任的家里。他不仅能说会道,还会来事儿,特别是节假日,他总要带上一些利用铁路上能到河南买粮食的便利条件,给他们捎回一些大米。一来二去知青办的领导对他的印象很好,后来就连知青选调去哪个地方都要和他商量商量。那几年,他为青友们的确帮了不少忙,也逐步奠定了在知青中的威信和地位。回津后的几十年里,凡是能联系上的青友,本人或家中不论有什么大事小事,他只要知道,都要给出出主意想想办法,伸出援手摆平了许多棘手的问题,赢得了许多青友的赞誉和信赖。所以,他一直是我心目中知青圈里的领导。

1972年春天,刘晋带我和他们村里一个叫二田的青友去长子玩。我们先从高平火车站乘火车到东田良,然后步行了10多公里,到了长子县西南边的一个叫东峪的小山村。接待我们的是长子的青友,他叫石德龙,和刘晋是老朋友,在天津没来山西之前就相识。德龙将近一米八的身高,不胖不瘦,穿着一套他母亲刚从广交会上给他带来的咖啡色中山装,让人一看真是风流倜傥,鹤立鸡群,比我们穿的国防绿和藏蓝洋气多了。他在村里用最好的食物和烟酒盛情地款待了我们。德龙在村里人缘很好,威信也很高,男女知青都听他的。村里有一个又瘦又小的知青,德龙平时在各方面都很关照他,每次出村或进县城也都必带上他。他在德龙的身前身后为德龙服务得也很周到,不是拎挎包就是拿衣服,类似现在领导的秘书。记得还有两个非常漂亮洋气的女知青,如同当今的白富美，他们要去城里玩两天，也来向德龙说一声。德龙像老大哥一样嘱咐了半天，最后又半开玩笑地说，城里的坏小子可多了，你俩千万别让人拍走（拐走）。看来这个村里，知青的大小事统统由德龙说了算。

1973年夏季，我到长治参加晋东南地区的招生测试，体育测试需要两天。两天的吃住问题，当时我是无力解决的，怎么办？只有投靠青友。那时长子县的知青已经选调了一部分，陈德勇被分配到了长治的冷库。德勇也是我通过刘晋认识的，我说明来意后，德勇十分热情，让我吃住了两天，还专门为我炖了一大锅猪肘子。青友们都管德勇叫大哥，不是他的年龄大，而是他从小习武，锻炼得身强体壮，身材高大而灵活，还曾多次代表晋东南参加全省武术散打比赛，并在强手如林的比赛中取得过第二名的好成绩。1970年我们刚刚来山西的时候，因为年龄小，再加上我们这批知青绝大部分都是受家庭出身的影响来山西插队的，每个人都有许多不同的怨气，到山西后老师和家长都不管了，压抑的心情就像抑止许久的熔岩一下子喷发了出来，知青内部打架的事经常发生。有一天，大哥的村里来了几个"老社青"。"老社青"比我们的年龄都大几岁，因受"文革"的影响，政府没有安排他们就业。所以他们就稀里糊涂一同和我们到山西插队了。"老社青"仗着有几个在天津练过拳击和摔跤的，总想找茬震呼震呼知青。他们可能耳闻大哥也练过武术，来的目的很明确，就是想和大哥较量一下。大哥为人忠厚不善言谈，他的应对方式是以理服人，用自己的本事说话。大哥和同村的几个青友一起和老社青来到村边一块开阔地，几个老社青就拉开了架式。其中一个急着想和大哥交手，而大哥当时却十分冷静，和他们讲："咱先别忙着动手，一动手我怕伤着你。"那几个老社青还不服气,大哥就站到旁边的茅厕边了。他运了运气,一肩膀就撞塌了半面土围墙。虽说大哥没鲁智深倒拔杨柳的神力,但通背拳的功力也十分了得,惊得几个老社青目瞪口呆,只能就此罢手。

一晃40多年过去了,插队时发生在我们身边的一幕幕往事仍然清晰可见,仿佛就在昨天。我多么希望青友们到故地重游啊!让我们在一起叙述当年的蹉跎岁月,让我们的青春永远定格在那血色浪漫的年代。

合作共事

Hezuo Gongshi

4

走入仕途

在这个世界上,有多少人相信命运呢?至少在很多年里,我是不太相信的。但一路走来,我人生中的每一步前行,每一次选择,仿佛总有命运的无形推手在左右着。有时候走得踏踏实实,一路坦途,不需你去斟酌考虑左转右行,不需你去思前想后艰难定夺,一切都按部就班地进行着;但有些时候,仿佛荆棘丛生没有可行的方向。不过,易也罢,难也罢,一切都在真实地发生着。

1

一天下午,蔬菜公司的申崇发书记把我叫到他的办公室,告诉我县委组织部通知我马上去一趟,有人要和我谈话。那个日子我记得特别清楚,是1986年3月16日。当时,我已经在高平县蔬菜公司门市部当经理了,而且一直积极要求加入中国共产党,多次写过申请书,经常写思想汇报,非常迫切希望自己能够尽快加入中国共产党,成为革命队伍里的一员。后来,公司党组织就把我列为重点培养对象,而且还在县委党校培训过两次,且老家天津方面的外调材料已经调回。所以,我心里暗自高兴,认为这次谈话一定是我要求入党的事有了进展,我立马放下其他工作,急忙赶到县委组织部。

接待我的是市委组织部干部科一位姓王的同志。谈话过后,我才知道他叫王陆升。人与人的缘分真是很神奇的,很多年后,我们先后来到市政协工作,分别担任副主席一职,成了同事。当时他和我谈话的主要内容有两点,一是市里要成立工商联,二是组织经过对我的认真考察了解,认为我目前各方面的情况和条件都比较符合到市工商联工作。谈话结束后,他告诉我,市委组织部副部长还要和我谈话,要求我明天到长治去一趟。第二天,我起了个大早,按时赶到了长治。那时候,地市刚分家,很多部门还没有到晋城办公,原地委大楼里依旧人来人往的。在原地委办公楼组织部一间办公室,一位姓翟的女副部长接待了我。通过她和我的谈话,我了解到近期市里要组建两个群团组织,一个是工商联,一个是侨联,而且根据组织部门对我的考察情况,准备把我安排到工商联,想再征求一下我个人的意见。

说实在的,这是我头一次遇到这种事情,而且对工商联具体是做什么的根本不了解,尤其是此次调动对我今后的发展到底会产生什么样的影响,真的很模糊。但是,眼下需要我马上有个态度。于是,我冷静地考虑了一下说:

"部长,我爱人现在在天津,我让她马上赶回来,和她商量一下,再给您一个明确的答复。"

翟玉珍部长说:"可以,但必须在19号前。"随后,她让我后天下午3点再到组织部。

2

18日下午,我在长治火车站接到了爱人和两个女儿,我哥哥知道组织部门找我的事情后,也一同坐车来了。一下火车,我们就开始商量是否去工商联工作的事。

是留在蔬菜公司继续卖菜,还是去工商联呢?那时候我在蔬菜公司工作和生活都很好,单位福利也不错,而我们一家人都是小富即安的思想,压根没有动过跨入仕途的心思。所以,商量来商量去,谁也没能提出个让我坚持留在原单位还是马上去工商联的建议来。然而,19号要对组织部门有个明确的交代,是去是留,必须有结果。当晚,我决定一个人留在长治,让他们先回高平。

这一晚,我就住在青友刘家萍家里,并希望得到她爱人的帮助。刘家萍插队时和我一个村,后来在晋东南地区百纺公司工作,平时我们关系一直相处很好。他爱人叫王立志,在晋城市机关工委工作。我们都是青友,又是多年的知心朋友,而且立志就在市委机关,应该对我的去向有所建议。当晚,我们一直聊到后半夜,他们两口子的态度是支持我去工商联。立志说:"现在有许多人托关系,甚至花钱走后门想进机关都进不来。你千万别错过这次机会。"

他这一说,我有些动心了,但天上掉下了馅饼,仍很犹豫。在这个问题上，我为什么一直徘徊始终下不了决心呢？说实话，主要有两个原因：一是那时年轻，从不过问政治，而且对仕途一窍不通，政治上不是敏锐，应该算是很幼稚。二是在蔬菜公司门市部干经理，虽然官不大，但特别的实惠，可以说是吃穿不愁。现在想想那时的想法，真是可笑得很，但那时真的就是那样想的。

转天上午，我来到了原地委办公楼，先到了市直工委立志的办公室。他一见我就问：

"德祥，你考虑得怎样了？"

"现在我仍然没有准主意。"

"马上要和部长见面了，一定要给人家一个明确的答复。"

"知道，一会儿我就去见部长。"

我一边回答，一边向他要了一张纸和一支铅笔，没有理会立志疑惑的神情，也没有解释为什么要纸和笔。接着，我就从一楼向二楼走。别看我平时大大咧咧的，什么事情好像都不过脑子，但遇到自己必须定夺的事情，也有着自己独特的解决办法。在走到二楼楼梯口时，我定了定心，拿出纸，撕了两块同样大小的纸片，用笔在其中一块纸上写了一个"去"字，另一块纸上写了"不去"两个字，然后团成团，想看"命运"是咋安排的。

我闭上眼睛，心里在默默地祷告，大约过了有二三分钟，便用力摇晃手心里的两个纸团，抛向空中，又迅速抓住其中一个。我不安地打开纸团一看，只有一个字"去"。如今回想起来，那真是一种听天由命的感觉。后来，在电视里看到的西藏藏传佛教活动的金瓶掣签时的专注和虔诚，和当时自己挚诚的心态何等相似！人生的抉择有时只是一闪念，谁也左右不了。如果那次我抓到的是"不去"两个字，在我人生的道路上肯定走的又是另一种轨迹了。

拿到"去"的那一刻，心里一下静了，原来的杂念也仿佛一下就都没有了，心情也轻松了许多。我快速地敲开了翟部长的办公室门，翟部长正在等我话呢！

"我完全服从组织的安排，我爱人也支持我到工商联工作。"我表态说。

翟玉珍部长听我服从组织分配，就说："好。"

接着，翟玉珍部长又说："市工商联、侨联已定于本月23日成立，这两个部门属于群团组织，都是正处单位，你到工商联担任秘书长是正科级待遇，选举后生效。"

随后，她又认真对我讲了组织纪律。这一天，我还跟着翟部长见了几位领导，有市政协主席李天昌市委常委、纪委书记程延龄政协副主席董孝水，还有统战部副部长侯正玺。最后翟部长说："现在离召开成立大会只有两三天了，你就在长治到工商联、侨联筹备组参加筹备工作吧！"

3

1986年3月23日，晋城市工商联、侨联在晋城市一招召开了全市第一次代表大会，大会通过选举产生了第一届工商联主任委员、副主任委员、秘书长。主任委员由董孝水副主席兼任，驻会的副主委是邢连鑫，兼职副主委是常皓、徐治业，我是驻会的秘书长。从此，开始了我人生的又一种经历。

几年以后，我得知了我是如何被选调到工商联的。有一次，我和邻居、市委统战部的办公室主任张五保在一起闲聊，才知道他当时参加了组建工商联、侨联的整个筹备过程。他说，因为工商联、侨联是两个具有统战性的群团组织，中央规定工商联的驻会主委或副主委及秘书长必须是非中共人士担任。侨联的主席、秘书长必须是归侨、侨属担任。开始的时候，工商联的秘书长人选一直没定下来，尽管统战部的领导给市委组织部推荐过两个，但因都是中共党员，所以都不符合要求。随着成立大会的临近，工商联秘书长的人选成了亟需解决的问题。在一次给市委常委会汇报筹备工作情况时，时任市委常委、纪委书记的程延龄提到了金德祥的名字。他说，前一段天津知青先进事迹报告团里一位在高平蔬菜公司工作的知青，是一个大学生，同时也是个入党培养对象。这个同志起码具备两个条件，大学生学历证明他是干部身份，是入党培养对象说明现在肯定还是党外人士，就这两条，建议组织部门对他本人进行考察。

人们常说，有贵人帮助能成事，如此说来，程延龄就是我人生路途上的"贵人"了。程延龄后来担任了晋城市政协主席，我也在若干年后，担任了晋城市政协副主席。真是一种缘分。

新世纪"七·一"抒怀

今年是新千年和新世纪的第一年,也是第十个五年计划的第一年。值此盛世我们共同迎来了中国共产党建党八十周年的伟大节日。为此,我谨代表中国民主建国会晋城市委和全市民建会员向中共晋城市委致以热烈的祝贺,并通过你们向中共中央、中共山西省委以及全国6000多万共产党员致以崇高的敬意!

中国共产党是伟大、光荣、正确的党。回顾刚刚过去的20世纪,在中国共产党的领导下,中华民族从屈辱和灭亡的边缘奋起,走出了一条团结、独立、振兴的光辉之路。1921年,中国共产党成立后,以毛泽东为核心的第一代领导集体,带领全国人民经过北伐、土地革命、抗日战争和解放战争,推翻了帝国主义、封建主义、官僚资本主义三座大山,建立了社会主义新中国,中国人民从此站起来了;1949年至1977年,中国共产党领导全国人民进行了从新民主主义向社会主义的过渡,开始了社会主义初级阶段的伟大实践,取得了建设社会主义的巨大成就;1978年以来,在以邓小平为核心的第二代领导集体的领导下,坚持改革,扩大开放,成功地走出了一条建设有中国特色的社会主义新道路。现在,以江泽民总书记为核心的第三代领导集体带领我们乘风破浪,开拓进取,实现了中国经济和社会发展的突飞猛进,开创了社会主义建设的新时代。

八十年来,中国共产党坚持和完善多党合作和政治协商制度,坚定不移地贯彻"长期共存,互相监督,肝胆相照,荣辱与共"的方针,极大地推动了社会主义现代化建设和民主法制建设,为世界各国的多党共建树立了成功典范。

我们晋城市是改革开放的产物,是一个仅仅具有十多年历程的"年轻城市"。但从市管县后近二十年的发展变化来看,无论城市建设,还是小康建设,各业的发展,都走在了全省前列。晋城每一项成绩的取得,无不闪耀着中国共产党英明决策和辛勤汗水的结晶。建市以来,中共晋城市委深入贯彻党的各项方针政策,积极致力经济建设,悉心维护多党合作,确保了我市在全省的领先地位。尤其值得一提的是,新一届市委、市政府班子在任期的第一年里,绘就"十五"蓝图,大刀阔斧抓落实,为晋城的快速发展和宽裕型小康建设提供了极大的保证。半年来,三大战略大显威力,四大基地框架凸现,五大重点奋战犹酣,一个中西部强市的雏形已初具规模。所有这一切,都是中共晋城市委带领全市人民团结拼搏共同努力的结果。

展望未来,改革开放和经济发展方兴未艾,社会进步和祖国统一任重道远。我们衷心祝愿:中国共产党能够继续保持开拓创新的青春活力,带领各民主党派和全国人民共图大业。我们民建晋城市委,决心在中共晋城市委的正确领导下,高举爱国主义和社会主义伟大旗帜,紧密团结在以江泽民同志为核心的中共中央周围,以"三个代表"为指导,倍加珍惜和充分发挥民主党派参政议政的作用,同心同德,艰苦奋斗,齐心协力,开拓进取,为把我市建设成富强、民主、文明的现代化城市,为祖国的繁荣和统一而共同奋斗。

（本文系在中共建党80周年座谈会上的发言）

游园遐想

有些时候，一点小小的改变，都会让你的思绪回到从前。晋城市植物园，原位于市区新旧城结合部凤台西街的北侧。建市初期晋城唯一的园林建筑，在今天的晋城园林中，已经小得不能再小，它的名字，即将被"晋城市儿童公园"取代。就是这座小型园林，它前前后后不断地变化，让我产生了诸多遐想。

我第一次到植物园，还是20年以前的事。1990年夏末秋初，我远在天津的两个女儿，和邻居一位现已定居美国叫咪咪的小姑娘，来晋城看我。那时候，晋城刚建市不久，城市规模小，基础设施不完善，整个城市，除了市委、市政府综合办公楼和泽州路、凤台街、凤翔小区、晋翔饭店有点城市的味道，其他感觉和大一点的县城差不多。节假日，孩子们没有什么可玩的地方，唯一可去去的，就是新旧城结合部的一座叫植物园的小园子。那天是植物园对外开放的第一天，园内游人很多，游园中，时不时遇到一些机关同事和邻居熟人。孩子们是从天津来的，在晋城人眼里，植物园面积挺大，挺稀奇，但在他们的眼里，园子面积太小，园内也没什么太像样的设施，只有一些树木和花草。当时，园内的月季花开得正繁，我让三位小姑娘站在花丛中，给她们拍了几张照。我非常害怕，害怕孩子们回天津后和大人说，我生活在一个和农村一样的城市里，城里只有一个像苗圃一样的小园子。

在晋城人的眼里，植物园随着城市的发展，会越变越子。但在我心里，这个巴掌大的小园子，怎么变也不会有什么大的出息。几次朋友相邀，我都懒得去游。2000年的一天，一位朋友对我说，植物园的湖里面最近投放了鱼苗，供钓鱼爱好者垂钓，全天开放，夜晚也可以钓鱼。我听了，有点兴奋。我是个钓鱼爱好者，小时候，天津周边的水域很多，河道、湖泊、水塘、稻田，到处都可以垂钓。每到星期天，父亲就会骑着自行车，带上我去钓鱼。1970年来山西插队，我还从家里带来一副鱼杆。插队时，我用它在我们村边的水池钓到过不少小鱼，也为我们这些从天津插队来的知青极度溃乏的物质生活，增添了一些乐趣和享受。那天晚上去植物园，是我第一次使用夜光棒和颗粒垂钓，非常惬意。惬意的不仅是钓鱼，还为那里的环境。那里环境优美，空气新鲜，景色宜人。与建市初期相比，变化可真大。假山、小河、镜桥、凉亭，雪松、洋槐、梧桐、垂柳，各式各样五颜六色的花卉，还有供儿童游玩的娱乐设施，活脱脱一座秀丽的江南园林。后来，湖中不再养鱼了，又种上了荷花。每到荷花盛开时，粉红色、白色的荷花点缀在绿叶间，与湖边的垂柳一起把这里的景致打扮的如诗如画，给人的感觉也不错。

一晃就到了2009年底。一天晚上散步，我无意中又走进植物园。放眼一看,假山拆了,小河湖水也没了一大部分,不知什么时候,园内建起了一座方形的建筑物。"谁在这里瞎折腾,又搞重复建设。"在我的印象里,重复建设成功的例子不多,往往是没必要的投资和浪费。隆冬的夜晚,园内光线很暗,有些东西已看不清楚。我只是围着新建的方形建筑转了一圈,带了一些疑惑,回到家中。后来,听市规划局建筑设计院院长、民建晋城市委副主委冯德强说:"植物园正在全面改造。那座新的建筑,就是晋城市规划展览馆,不久将对外开放。"听他那口气,植物园这次改造得不错,对他们的设计很自豪。究竟如何,我还是想探个清楚的。我是民建晋城市委主委,民建市委每年都要组织成员,搞几次有意义的活动。时下,我市正处于城市化高速发展时期。统筹城乡协调发展,合理调整二元结构,也是市委市政府的一项重点工作。为此,我们决定,把参观规划展览馆列为我们党派调研的主要活动之一。

5月24日,是个星期天。上午9点,我们50多名民建会员,来到晋城市规划展览馆学习参观。在讲解员的引导下,大家一起回顾了晋城市城市建设的艰难历程,展望了晋城市拉大框架、组团出发、园林宜居、快速发展的美好明天。从展览馆出来,大家心情非常激动,对晋城市的发展充满了信心。一个小小展览馆能有如此效应,使人感到惊讶,也使我联想到了之前的一次国外考察。

2005年,我赴澳州考察,在悉尼港湾,参观了著名的悉尼歌剧院,同时还参观了离悉尼歌剧院不远的一座教堂。这座教堂虽然是一座普通的建筑,但它的建造时间长达90多年。建筑过程中,每一个细小的环节,每一块石头,每一根石柱,都要通过当地议员开会讨论,讨论通过才能实施。这座普通得不能再普通的教堂,从设计到材料,从材料到工艺,当今看来,堪称一流。这是民主决策的结果。今天,我们还不能像修建这座小教堂一样修建我们的园林建筑。我们要只争朝夕,根据我们自己的情况,来规划建设自己的城市。就像眼前的工程,在原有的基础上因地制宜,加以改建和完善。但整个改造工程理念要前卫,布局要科学,结构要合理,选材要精良,施工质量要一流。植物园的改造扩建是基本上体现了上述原则的。它既保留了原植物园的树木荷塘、镜桥等优良建筑,又增添了晋城市规划展览馆,增加了青少年休憩活动的项目。改造工程虽未完工,已经露出了儿童公园的雏形。从这个雏形中,我们可以体会晋城改革建设的艰辛,可以看到晋城美好灿烂的明天。葱笼的树木,娇贵的花卉,曲折的小桥,潺潺的流水,无一不让人心旷神怡。我的一双女儿,还有那远度大洋彼岸的咪咪,她们要还是那么小,那么可爱,我一定带她们来这里玩一玩。让她们在这美丽的花园中,了解我的父老乡亲昨天的艰辛明天的灿烂。让她们在这美丽的花园中,放开喉咙,大声歌唱,她们一定会为我如今生活的这个美丽城市而骄傲!

前段时间,我远在天津的老伴退休了。她嫌我一个人在晋城孤单,带着我的小女儿来到晋城,和我一起消磨晚年的时光。从展览馆出来,我又增加了个想法:我回去得和她们娘俩说一说,让她们过几天来这里当一回儿童。我得和她们说一说,让她们到泽州公园、凤凰岭公园、玉龙潭公园、赵树理公园,到晋城的大街小巷转一转,把现在晋城市的美丽告诉我的大女儿,告诉远在大洋彼岸的咪咪。她们一定会高兴得重游晋城,重新回味回味美好的童年的。

月悬空,晚风吹起了窗上的一袭纱帘,将柔弱的月光送到了书桌上。伏案写就的文字,与空气中弥漫的凉意揉在一起。时钟不管不顾的滴答着,所有的一切,都会成为岁月的碎屑随风而去。或许多年后的某天,我会不经意的想起今夜,想起早已更名为儿童公园的植物园,也许依然会在心头荡起温馨的记忆吧?

榜样新农村

四十多年前,我在天津上小学时,学校组织看电影。在放映的新闻纪录片里,我印象有介绍山西省农村卫生先进工作典型的内容,一个是晋城的东四义、另一个是稷山的太阳村。农民打扫卫生的场景,至今不时浮现脑海。纪录片里,党和政府号召全国农村都要向他们学习,迅速在全国掀起爱国卫生运动的新高潮。可以说,从那时起,我就与东四义结下不解之缘了。

20世纪70年代,我响应党和政府的号召,来山西插队落户,接受贫下中农再教育。我插队的地方在高平县河西公社新庄村,这个村子在那个"深挖洞、广积粮"战天斗地的年代,算是县里一个先进村。村边有一座县营煤矿,那时的煤矿没有铁路专用线,矿上生产出的煤炭,只能靠汽车运到火车站的煤场,然后再用火车运往南方各地。当年新庄煤矿运煤的车队,是来自上海的"403"车队。没多久,我们村里的20名男女知青就和车队的师傅们混熟了。有一天,刚刚吃过晚饭,几位穿着时髦的上海车队师傅来到我们知青点。聊天时,我从他们那里得知,东四义就在晋城的巴公,离我们这里只有15公里路,那里有一个公园,还有一个人工湖,是一个卫生整洁环境优美的好去处。几位师傅临走时说:"过几天去晋城运煤,我们把你们捎上,你们到那里玩玩。"

我们很想去。没过几天,车队师傅就兑现承诺了。那天一大早,我们6个知青分别坐在三辆运煤车上,用了大约40分钟的时间,就赶到了巴公的东四义村。这是7月中旬的一个下午,骄阳似火,天气十分炎热。我们走进村里,首先感觉是这个村子比我们插队的村子大好多,街道显得很整齐、干净,路两边的墙壁粉刷得很白,连茅厕的墙上也被刷成白色。在这里见到的社员,不论男女老少,个个穿得干净利索,朴素大方,与我们插队点上的农民群众的精神状况大不一样。我的第一感觉是,这里的村容村貌和文明程度就是与众不同。东四义与别的村庄最大的区别除了干净,就是这个公园了。据说,当年村里的农民利用大兴水利之便,在村边开凿了一个水池,并在水池的周边种上树木,修建起一些凉亭、小桥、围栅之类的简单设施,使这里成了全县乃至全省唯一的农民公园。那天,天气很热,我们还跳到人工湖游了一会儿泳。离开东四义前,我们几个知青站在水池的围栅边,上海师傅用"120"双镜头海欧照相机给我们拍了几张照片。一晃几十年过去了,这些往事,还很令人回味。

1986年,我到了晋城市工商联工作。1989年成立民建晋城支部,当时只有7名会员,其中有一位1952年入会的老会员张世凤,老家就是东四义村。老人家原在太原新华印刷厂当技术员,退休后回到老家,和老伴一起生活在东四义村。这样一来,我每年春节前都要代表民建组织去看望他们,每到老人家中看望时都要顺便了解村里的一些情况。改革开放以来,村"两委"班子带领全村群众解放思想,锐意改革,利用当地资源优势,发展多种经营,始终坚持走共同致富的道路。张世凤老人和老伴回来后,一直住在家里的老房子。到了20世纪90年代,村上的经济发展迅速,有了一定的资金积累,村班子就积极响应党中央国务院的号召,率先建设社会主义新农村。他们把村子重新做了整体规划,为全村百姓添盖起了宽敞、明亮、整齐、让城里人都羡慕的小楼。村里还为70岁以上的老人修建了敬老院,让辛苦工作了大半辈子的老人在这里安度晚年,村民真正感受到了社会主义大家庭的温暖。这样,张世凤老人和老伴被安排到村里的敬老院,过着幸福安逸的生活。住在敬老院的张世凤老人,每次见到我们,心情都非常激动,临别时,总要说这样几句话:"感谢党和政府,感谢民建组织,感谢你们对我的关心和照顾。"

1998年1月,山西省第九届第一次人大会议在太原隆重召开。会议上,我有幸结识了早有耳闻的东四义村党总支书记田真炉同志。我们在一起共开了五年的人大会议,每次开会期间,都要问问各自的情况,顺便再打听一下张世凤老人的身体和生活情况。得知老人在村里过着幸福美满的生活,我感到非常心慰。

2009年底,我带领市政协文教、文史两个委员会的委员调研全市公共文化方面的工作,泽州县政协安排了几个要看的点,其中就有东四义村。在田真炉老支书的亲自陪同下,我们两个委员会一行10余人,参观了陈列馆,游览了公园。东四义从新中国成立初期到现在,半个多世纪里,各方面工作一直走在前列。其中原因,引起了我的深思。离开东四义村时,我和他约定,等明年春暖花开时,我们民建市委要组织会员,来这里参观学习,受教育。

2010年5月24日,民建市委组织50多名会员,到东四义参观学习。在来之前的5月中旬,我和田真炉同志通了一次电话,并商定了具体的时间和人数。上午10点,我们到了村里,真炉同志亲自带领村"两委"成员,还有一位年轻的女大学生村官,在村委办公楼前欢迎我们。大学生村官首先做了自我介绍,然后把我们带进陈列馆。会员们跟随女村官走进了展厅,看到了东四义保留的件件珍贵实物,仔细聆听着女村官介绍东四义50多年来一步步的艰辛历程,和他们取得的光辉成就。参观完了陈列馆,我们又来到公园。这个公园和我40年前见到的景色可大不一样了。第一,规模扩大了;第二,树木花草更多了,而且投入了大量的资金购买了一些名贵树种及花卉;第三,设施更加完善;第四,修建了两个纪念馆,一个是新中国成立的十大元帅馆,一个是各个时期的英模馆。整个公园,集休闲娱乐和文化教育于一体,在寻求林泉之乐的同时,还能够接受革命传统教育。每一位来这里的游客,不论来自城市,还是来自农村,无不感到一种深深的眷恋。在真炉同志的亲自陪同下,近两个小时的学习参观结束了。通过这次活动,大家了解了东四义半个多世纪以来发展的光辉历程,看到了一位老党员老模范朴实的工作作风,受到了一次爱国主义社会主义的良好教育。

在最后的座谈会上,我代表民建市委和前来学习的会员,感谢东四义村"两委"和田真炉书记对我们的热情款待。我说:"东四义从新中国成立的初期到解放思想改革开放,直至构建和谐社会的今天,50多年来,历届党支部村委会紧跟党的领导,积极响应政府号召,带领广大群众,跟随时代不断发展,为老百姓办实事办好事,使生活在这里的老百姓,人人都过上了美满安康和谐的幸福生活。这就是社会主义新农村,是全市新农村的样板。毛泽东主席说过,'一个人做一件好事并不难,难的是一辈子做好事不做坏事。'东四义村'两委'及老支书田真炉同志,就是为这里的老百姓做了一辈子好事的人,是我们每一位民建会员永远学习的榜样。"

　　回城的路上,会员们兴致未尽,仍在谈论东四义村半个多世纪的发展历程,仍在谈论东四义的社会主义新农村建设。我们常说,要加强对民建会员的社会主义教育,什么事情能比这现实的教育更有说服力呢?

从温暖到自豪

　　民建山西省八届代表大会上，每个代表都得到了一本民建山西省委编印的《同心、凝心聚力的五年》，资料汇编总结了民建山西省委近五年来的活动历程以及全省各市民建组织近几年的大事要事。在翻阅这本资料汇编时，一些曾经的过往一一闪现眼前，特别是资料中所涉及的事情和人物，都会让我想起很多难忘的回忆，还有更多是感慨和感悟。我加入民建组织已20多年了，是民建山西省第三届、第四届、第五届省委委员，第六届、第七届的常委，八届的代表，共参加过六次代表大会，从一个34岁的壮年，到了快退休的年龄，亲身经历了民建省委各个阶段的发展经历。

　　人生其实就是由无数个偶然连接起来的，每一次选择都会给自己带来新的经历，或因某件事，或因某个人。从山大毕业后，我就在高平工作了，由于工作认真、扎实肯干，并积极向党组织靠拢，所以，一直被党组织作为重点对象进行培养。除了在单位给压担子,还两次推荐我到县委党校参加集中培训,这对我的帮助很大,也使我的政治素质和各方面的能力得到了较快地提升。到1984年时,我的入党外调材料已经调回。这时候,一次偶然的机会,使我的政治目标发生了变化。1986年3月,晋城市工商联召开第一次代表大会,我当选为秘书长。就是在那次会议上,我有幸认识了前来参会的省里两位领导:一个是省民建、工商联副主委兼秘书长杨复生;另一个是省民建、工商联的副秘书长郭国英。两位领导一位是原工商业者,一位是统战干部。通过深入交谈,他们俩认为我加入民建组织更为适合。对于民建组织,我不太陌生,因为我岳父也是一位民建会员,而且人品很好,各方面都很优秀,是一个知书达理、干净利索的老人。我一直都很敬佩他。

通过他们的讲述,我了解到,中国民主建国会主要是由经济界人士组成的,具备政治联盟特点的,致力于社会主义事业的政党。民建作为参政党的参政活动,都是在国家各级政权中进行的。由于基层单位不是一级政权,因而基层组织不具有直接进行参政、协商的职能。但通过基层组织的工作,把广大成员的积极性调动起来,集思广益,为改革、发展、稳定献计出力,对搞好参政议政是十分有益的。就这样,我向他们表示我愿意加入民建。1986年5月22日,我由民建省委组织处批准,正式成为一名中国民主建国会会员,那年我34岁。

1988年,我参加民建山西省三届会议时,在42名省委委员中,40岁以下的委员只我一个,参加会议的领导和代表中有原工商业者,有专家学者,还有引进的新人,但绝大多数还是原工商业者,都是经济界的佼佼者。和这些老会员、老前辈在一起,我觉得很亲近也很温暖。他们见了我总是小金、小金地叫,然后就问工作情况,家庭情况。在一次会议上,省民建主委师星三还专门向大家介绍了我,他说:"你们看,这就是省委会最年轻的委员。"随后他和其他老同志开玩笑地说,"如果我们也这样年轻,那该多好呀!"

后来,师老得知我爱人和两个女儿已于1989年落实知青政策回到原籍,他主动为我联系民建天津市委张焕文主委,并亲笔书写信函,说明我的情况,并请张主委帮我调回天津,以解决两地分居问题。张焕文主委很认真地对待了师主委的托付,还亲笔给我回了信,并多方奔走。尽管后来因种种原因,我没能调回天津,但晋津两地主委为我的家庭团圆都尽了力。这样的关怀,让我和我的家人感激万分,并终身难忘。现在,两位老人都早已故去,但那两封珍贵的书信我一直珍藏至今。多年来,民建的老前辈们一直是我所敬仰的,他们不仅从政治上、工作上、生活上时时关爱着每一位会员,也处处彰显出他们身上所具有的优良传统美德,这种真情也迎来了广大会员对他们的尊重。

2012年5月13日上午9时,中国民主建国会山西省第八次代表大会,在太原晋祠宾馆隆重开幕。民建中央、中共山西省委、各民主党派省委、工商联的领导代表出席了大会并向大会致贺词,代表们听取了王宁主委代表民建省委作的"凝心聚力履行职能、服务全省转型跨越"的工作报告。我一边听取王宁主委的报告,脑海里不停地回忆起历届代表大会中的往事。这次代表大会我是作为特邀代表来参加的,从1988年第三届代表大会到这次第八届代表大会,可以说,这是我政治生涯和人生旅程中最重要的历程。往事历历在目,值得回首,感谢老一辈省委领导给了我许多温暖和关心,更感谢新一代的省委领导给了我更多支持和关照。

庆祝大会胜利召开的宴会在宾馆宴会大厅举办。这次宴会上还专门请来了山西省歌舞剧院交响乐团为大会助兴。代表们在为大会胜利召开庆祝的同时，也为这种高雅的艺术形式，感到由衷的喜悦和自豪。我是第三届省人大代表，第十届省政协委员，民建中央八大代表，参加高规格会议的次数不算少，但像这种场面和阵势还真是第一次遇见。难怪参会的新老会员都连连称赞，说这次会议是山西民建有史以来规格最高、盛况空前的会议。代表们也都在惊喜中开阔了眼界，增长了见识。

民建山西省第八次代表大会，是全省3800名民建会员政治生活中的一件大事，也是全省各级民建组织最关注的头等大事。为了开好这次代表大会，民建省委会在民建中央的领导下，在省委统战部的帮助指导下做了大量细致的工作。在总结了以往换届的经验教训后，会议严格地按照六个党派省委换届纪要的要求稳步推进。代表的产生是换届工作最重要的环节，各级组织严格按照省委会要求，公开、公平、公正、透明，在会员中产生代表后和地方统战部共同考察，最后决定代表的人选。代表是换届工作的关键所在，为以后省委委员、省委常委及省级领导班子的全票当选和高票当选打下了坚实的基础。

我因年龄原因，本届没有继续担任省委会的常委，但省委的领导还推荐我为本次代表大会的总监票人。这次大会选举产生了新一届领导班子，还选举产生了15位出席民建中央十大的代表。十大代表的人选是没有年龄界限的，只要有代表性就具备资格。根据省委的意见，我是可以作为出席民建中央十大代表候选人选的。但我经过反复斟酌，充分考虑到晋城市委会将来的发展，还是主动放弃了这次机会。我认为，让年轻的、优秀的会员出席,比我出席应该更有意义。我这种高风亮节,顾全大局的举动,得到民建省委和地方统战部的高度评价,他们说,"老金的这种高尚品质,值得我们大家来学习。"

民建晋城市委成立比较晚,于2000年3月17日召开民建晋城市第一届一次委员会,蒋佩玲当选主委,我和罗跃光当选为副主委,罗跃光兼秘书长。市委会下设二个支部(市直支部、泽州县支部)、三个小组(高平、城区、阳城小组)。到2006年12月26日,民建召开晋城市第二届一次委员会,选举产生新一届委员会。我当选为主委,罗跃光、冯德强、韩连弟分别当选为副主委,韩连弟兼秘书长。这时,民建晋城市委拥有会员99人。2011年11月22日,民建晋城市第三届一次委员会召开,选举产生新一届委员会,我继续当选主委,罗跃光、冯德强、韩连弟(秘书长)、柴慧青当选副主委,全市会员共有160多人。民建市委在民建山西省委和中共晋城市委的领导下,在市委统战部的帮助指导下,一直为全市的参政议政、民主监督发挥着积极作用。

人的一生中有许多事需要总结,也值得总结。今年是我的本命年,整60岁,一个甲子,我一生中的大半生。回首往昔,特别是1986年加入民建组织以后,在组织的培养下,一步步成长为一名民建市级组织的领导。特别是担任市政协副主席职务之后,我为地方的经济发展、社会的进步尽了绵薄之力。在参政议政、建言献策中,我也做了不少自己应该做的事,党和政府及民建的各级组织都给了我很多荣誉。在这些荣誉和地位面前,我经常扪心自问,我这辈子加入民建到底为了什么? 答案其实很简单,就是想做一个规矩人、老实人,能为社会和他人做点好事的人。尤其是看到民建省委八次代表大会的胜利召开到圆满结束,我从心里为我们党派的健康成长,发展壮大而高兴,同时也为我是一名民建会员感到自豪。

人生其实就是一个不断学习的过程,也是在不断地学习中进步的。学无止境,在今后的人生中,我仍然要活到老学到老,学到老干到老,不断提高自己的综合素质和能力,做一个永不退休的民建会员,为他人和社会贡献出自己的一切力量。

上海留给我的记忆

如今的记忆力差了很多,之前费劲去记的事情,常常转眼就忘了,时常需要用小本子记下来才行。但也怪,小时候的记忆过去几十年了,需要的时候,总会清晰地冒出来,仿佛刚刚发生在眼前。这大概是"老"的象征。

前些日子,我随单位几个同事去上海市委党校学习了一个星期,闲暇时漫步于繁华的上海街头,再次领略到大上海的飞速发展和日新月异以及上海人的精明与和谐。儿时关于上海的记忆,再一次跨越岁月的沧桑,回到了我的眼前。

小时候,我对上海是非常向往的。这种向往来源于我家楼上挂着的一幅刺绣画。父亲说是苏绣。但当时太小,根本不懂,不知道画的内容,更不知道苏绣意味着什么。只是记得画里有一条大河,河边上有许多高楼大厦。父亲说,这上面绣的是上海的外滩。并仔细的对我描述了外滩的美。父亲13岁时就从农村老家到天津学徒,两年后又去到上海,在那里和犹太人学习修理汽车、摩托车,主要学习的是氧气焊手艺。在上海学了3年,18岁出徒后又回到天津。离开上海时买了这幅刺绣画,并把它带了回来。

20世纪50年末60年代初,我们国家正处于困难时期。邻居一位姓王的大哥从天津大学毕业了,之后被分配到上海工作。他每年春节都会回家探亲,而且每次都要带回一些奶糖和水果糖,然后分给邻居家的小朋友,人人有份。以至于每每快到春节的时候,小朋友们就热切地盼望他回来,当然,更多是盼望他所带的礼物了。上海的糖块种类多,加上别致新颖的包装、五彩的图案,特别是纯正的味道,远远比天津产的好,又好看又好吃,很受小朋友的欢迎。那时候,全国刚解放,生活条件差,物资也不丰富。小孩子们大多吃完糖后会把糖纸收藏起来,一直保留许多年。收藏糖纸很讲究的,需要用水浸湿,然后抚平,很仔细的夹到书或者本子里,有时小孩子之间还会交换收藏。如今,收藏的糖纸遗失了,但儿时把玩糖纸的喜悦心情还在,每每回味。都笑在心里了。

1970年春季,我响应"知识青年上山下乡接受贫下中农再教育"的号召到山西插队落户。我下乡的那个村子旁就有一个运煤的上海车队。上海车队共有几十位师傅,年龄小的师傅20岁出头,年龄大的也就40多岁不到50岁。也许都是外地人,反正时间不长就彼此很熟悉了。车队的师傅都是挣工资的,生活质量显然比我们好得多,加之他们中间有不少人的子女和兄弟姐妹也在外地插队,所以对我们知青的境况都非常同情。没事的时候,他们经常结伴来知青点玩,有时也邀请我们到车队做客,每次款待我们的饭菜都非常丰盛,而且味道极佳,香甜可口。这些上海人不但在吃的方面讲究精致,在穿着上更是时髦洋气,一举一动都与当地人不一样。特别是他们穿着用手工织的各种颜色、多种样式的毛衣和连腰瘦腿裤,加上轻便、漂亮的皮鞋,把我们这些知青羡慕得要命。现在想起来,那时他们穿的样式到现在也没过时。

1982年冬季,我首次到上海,是去铁道部电总一队办事。一出上海火车站,上海给我的第一印象就是大,楼也高。按初到陌生地方的习惯,我先要问清我要去的地方。我正在想着找谁打听路时,走过来一位60岁出头的老师傅,一看对方装束,我就判断他一定是退休工人。他主动上前问我:"需要不需要引路?"我说:"可以。"接着,我告诉他我准备去的地方。他说,从这里走大约半个小时就能到。不过,把你送到后你要付五角钱引路费。这是我第一次听说引路需要付费,而且需要支付五角钱。五角钱在如今很不值钱了,但在1982年时,五毛钱一个人可以吃一顿午餐了。但由于自己人生路不熟,只好同意。于是他就把我带到了虹口区九龙路51号,到了那里我一打听,才知道铁道部电总一队已在半年前就搬到共和新路去了。这时引路师傅说地方已到,你把钱给我。我付给他后,我问他共和新路怎样走,他说你再付五角钱,我给你送到汽车站,你乘车可以到达。就这样,我又付给他五角钱。他把我送到了汽车站,然后我乘公交车才到达了目的地。

到那后,我和朋友聊起路上遇到的小情况,朋友很不以为然,认为是司空见惯的事情。如今看来,为享受额外服务支付金钱是很正常的事情,可在当时我觉得实在无法理解。住在上海的日子,在朋友的陪同下,我们去了外滩,逛了城皇庙,遛了南京路,一路下来,对上海有了直观的了解,与儿时的印象真是无法重叠了。在临回来之前,我准备给家人捎点礼物,就在附近的一家食品店买了两盒铁盒包装的巧克力。出了食品店,大约我走了五六十米远,后边两位年轻的女售货员追了上来,说:"同志,对不起,刚才您买的巧克力忘了给您套纸盒,还需要重新再包一次,免得把铁盒的漆磨坏。"

这是我在上海遇到的两件小事。在返回山西的列车上,上海发生的一些小事总引起我的思考。退休老师傅引路收费,说明上海人精明实际。售货员忘了给巧克力盒套纸盒马上追出来向你道歉,然后再给你重新包装,说明上海当时生产的食品是一流的,服务同样是一流的。

30年以后的2010年7月,市政协组织我们参观了上海世博会。这次参加世博会,除开阔了眼界、增长了知识、了解了世界以外,通过在上海遇到的几件我们身边的小事,也就是一个软件一个硬件的问题,使我对上海又有了更深地了解。留给我印象最深刻的是世博会的一个导游和我们吃早餐时用的餐具。那位导游不仅知识面广,而且语言表达能力非常强,是我多年来国内外遇到的所有导游水平最高的一位。碗是每个人用早餐必备的,上海大部分酒店用的碗都小,我们北方人吃一次早餐要盛三次米粥才够用。而这次我们在浦东,住的酒店就不一样了。为了服务世博会,他们考虑得很全面,所用的碗不光是器形美观,而且是一般碗的三倍,只盛一次就够用了。一个软件是导游,一个硬件是碗,这说明了什么呢?这正说明了上海的各行各业对世博会的重视,以人为本,包括每一个细节都做得很到位。

2011年11月底,市政协组织全体委员在上海市委党校进行全员培训。通过一个星期的学习参观,委员们不但开阔了视野,增长了知识,而且更进一步全方位地了解了上海。在党校食堂,学员们每天喝的牛奶都是刚刚出厂一两天的新鲜牛奶。夜晚的南京路,仍然保留着20世纪30年代十里洋场爵士乐和交谊舞的遗风。一对对中老年舞迷轻歌曼舞在人群当中,成为南京路上一条靓丽的风景线。我们从南京路乘地铁返校,在中途再换乘打的时,顺方向的打不上,只好打反方向的。一上车,司机师傅询问了我们去哪里后,马上说去市委党校要多绕行两公里路,你们是否同意。这态度,与一些城市的"的哥"比起来,真让人佩服。

以上是我叙述的从知道上海和了解上海的一些平常小事。但从这平常小事中,我们能够看出百年上海从20世纪初到21世纪初,在全国乃至全世界都是开放的、包容的、前卫的。我们要按照市委要求"对接大上海",必须一步一个脚印、一点一滴从每一件小事学起做起,我们的晋城才能进步、发展、文明、和谐。

我们的品牌"吉利尔"

"吉利尔"是享誉山西的著名服饰品牌。其所有者——高平市吉利尔服饰有限公司是我们晋城市纺织行业的重点企业。晋城人每每谈起"吉利尔"都很自豪自信。

对"吉利尔"这个品牌,我是比较熟悉的。20世纪70年代中期,我爱人从一个天津插队知青,变成了原高平丝织厂一名档车工。高平丝织厂也就是高平市吉利尔服饰有限公司的前身。该厂成立于1961年,厂址就在原高平县城东北面一个叫凤和村的村边,离县城不远,大约一公里路。在早先的电影镜头中,美丽的纺织女工如蜜蜂般辛勤劳作的形象,给我留下了非常好的印象。但爱人成了纺织女工后,我才真切地体会到女工们档车的辛勤劳累。那时,爱人整天扎一白围裙、戴一圆顶白帽,与车间的姐妹们一起在纺织机前来回穿梭。她们用灵巧的双手,把一条条精美的被面织进了人们的生活中。现在,每每和爱人忆起那段时光,脑海里总会浮现出那白围裙,那白帽子,那车床前忙碌的身影。

因爱人是厂里的职工,丝织厂也就成了我经常去的地方。由于去得多,我对那里的厂房布局、厂里的职工甚至厂里产品的销售情况都十分熟悉。当时,厂里的产品非常畅销,想要买到个被面非托人找关系不可。那时最畅销的是两种被面:一种是上面织有两只孔雀的粉红色织锦缎被面,每条15元,既好看又便宜,是家家户户娶媳妇、嫁姑娘的必备礼物。还有一种是线缇被面,虽然没有真丝织锦被面高档,但价格才8元。记得那时买被面是要找厂领导批条子的,我和爱人总会想些办法买上几条,等回天津老家时给亲朋好友捎回去。

日月交替,一切都在发生变化。20世纪七八十年代,是山西丝绸业发展最快的阶段。随着新技术、新工艺的运用,高平丝织厂也迎来了它的鼎盛时期。全省共有丝绸企业17家,高平丝织印染厂是其中佼佼者,他们生产的丝绸产品不仅在国内畅销,还远销美国、日本等国家,被《中国画报》誉为"太行山上一枝花"。该厂不仅设备先进,而且生产规模占全省总量的21%。当时,在民间曾流传着这样的笑话,说山西人到上海、杭州等地出差,排队争先抢购丝绸被面,抢到之后才发现厂家是老家的高平丝织印染厂。那时,其不仅规模可观,质量也十分上档次。工艺水平达到当时山西织锦产品的最高等级,畅销全国的织锦作品《毛泽东去安源》就是他们当时工艺水平的代表作。最近我去吉利尔调研,公司高层专门介绍了这幅放置在公司展览馆最显眼位置的作品。如今这幅作品不仅向前来参观的游客展示了吉利尔曾经的辉煌和精湛工艺,同时也传递出这幅作品在公司发展史上所占据的重要位置。听公司高层介绍,目前这幅作品的收藏价位已经达上百万元,而且,还在不断升值中。

为了实现转型跨越发展,做大做强全市非煤产业,今年六月下旬,按照市委的要求,市四套班子的每位领导在全市开展"三联一住"蹲点包片。其中我联系的重点企业,就是高平的吉利尔。在吉利尔产品展厅,我看到了他们琳琅满目的系列产品。这些产品从材料、颜色、款式、工艺各方面,都属国内外一流。每件产品都显得高贵、大气、漂亮。有这么好的产品,我坚信这家企业一定能做大做强,一定会走向全国,走向全世界。

我为"吉利尔"人的拼搏精神而骄傲!这里的高管告诉我,20世纪90年代以来,随着计划经济向市场经济转型,山西茧丝业面临新的挑战,曾一度跌入低谷,17家丝绸企业先后面临衰落、破产。但是在市委、市政府领导下,吉利尔人执着坚守,永不言弃,克服了在发展中的重重困难,终于成为今天太行山上的一颗璀璨明珠,在华北地区也是一枝独秀。如今,重组的山西吉利尔潞绸集团系国家"东桑西移"工程龙头企业之一,公司性质已转为民营股份制企业,现有员工400余人,年销售收入8000余万元。公司产品主要采用高档丝绸、大麻等天然原材料,形成了以面料织造、印染加工到服装、家纺两大类产品的设计制造、营销管理一条龙的生产经营模式,并肩负起了"传承潞绸文化,振兴丝绸产业"的重任。

这次对"吉利尔"的调研,受益匪浅,也打开了我的思路。"创新"是企业的灵魂。任何名牌,都不能故步自封,只有不断发展创新,才能适应市场,才能做大做强。我记得20世纪80年代末90年代初,曾有一种说法,"喝得珠江水,抽得云贵烟,穿得上海衣",也就是说当时在全国喝的饮料只有广东产的"椰风"饮料,抽得烟数量最多的是云南产的阿诗玛、红塔山,穿得衣服大部分是上海产的。随着我国各地经济快速发展,这种经济模式,早已被打破,除了云南的烟草有得天独厚条件以外,喝得饮料、穿得衣服早已是遍地开花,全国各地许多地方都能生产自己的饮料和服装,而且都是名优品牌。如北京生产的汇源饮料、内蒙古生产的鄂尔多斯服装。这些成功的范例,给我们带来非常大的启迪。我市的一些企业近些年来也进行了大胆的尝试,而且一些产品的确不错,如阳城的绿州大麻、高平的吉利尔、晋氏制造,这些产品都有让人看了眼前一亮的感觉。

今年省两会期间,政协党派界别住在三晋国际饭店。在大厅的展柜里看到了"晋氏制造"的一些产品,因为喜欢,我就买了一件题为"晋城往事"的作品。它反映的是记忆中的黄华街,见证了晋城城市建设的发展史。这件产品其实就是一幅用丝巾做的装饰画,做工很讲究,很精致,画面有油画的效果,整体感觉非常好,销售价格为300元。以做工和品位来讲,价位也不高。我拿回来后,挂到家中客厅的墙上,看上去既高雅又美观,也为客厅增色不少。我想,吉利尔、绿洲大麻、晋氏制造,都是非煤产业,又都是以丝麻为主要生产原料,且这三家企业通过多年的研发与创新,生产出的产品一年比一年好,在市场上也占有了一定份额,但总觉得,三家企业的规模都不大,在全国市场的占有量太小。它既不像计划经济时高丝生产的真丝织锦被面能统筹分配到全国各地,更不像内蒙古的鄂尔多斯如今在全国大中城市都有专卖店。要想做大做强,就得解决规模问题,如果能利用晋城金融企业存差七八百亿的优势,解决他们融资难的问题,把三个企业捆绑在一块,共同打造一个像鄂尔多斯一样的品牌是不是会更好呢? 如果能行,我们的企业是应该能做大做强的!好多看似无法解决的问题,也许就会迎刃而解了。到那时,我们的品牌"吉利尔",还有"绿洲大麻"、"晋氏制造"就成"大家闺秀"了!

漫谈打造文化品牌

如今,各地都在想方设法地利用本地所特有的旅游资源来打造文化品牌,力求尽早地、快速地发展起来。估计全年365天,几乎都被各种所谓的"节日"和"庆典"占满了。有名人的地方,千方百计打名人的牌子;没名人的地方,就绞尽脑汁挖掘出能出名的人来,使其成为"名人"。以至于一个名人就有了很多个籍贯和出生地。不过,他们不管用什么方法来创品牌,都是出于富裕一方水土、造福当地百姓的目的罢了。

1

今年的6月29日,我再次受邀参加了在本省的长治县举行的第三届中华祈福节,这也是我第3次参加这项活动了。老话说,酒香不怕巷子深。如今,这个旧有的观念逐步被新的理念所代替。随着经济的快速发展,各地都开始在加大打造自己文化品牌的力度,都在想方设法给外界递出一张响当当、有十足分量的名片。早在2010年,中国传统文化促进会、中国道教协会、长治市海外联谊会和长治县政府就共同在长治县的"城隍庙"举办了首届中华千秋和谐"天下都城隍祈福节"。活动是以"天下都城隍"2000年祭奠为契机,一并推出大型祭奠、文化论坛、民间展览等系列活动的,旨在弘扬中华传统文化,祈福和谐盛世,打造旅游圣地,推进当地由能源大县向文化强县的战略转型。长治是一块风光秀美的神奇宝地,6000多年前中华民族的始祖炎帝神农氏曾在此尝百草、种五谷、教民耕种,在这里完成了从游牧到定居、从渔猎到农耕的重大转折,曾留有"清凉之都、高山盆景"的雅号。长治还是中国神话的故乡,汉民族的远古神话大都发端于此。女娲补天、精卫填海、后羿射日、愚公移山等优美传说和许多历史故事都发生在这一地区。漫漫岁月中积淀出独特风韵的长治文化。尤其是长治县"天下都城隍"庙,建庙历史2000多年,在此独享"与天为党、神人合一"的神话胜境。长治县就是利用一个有关"王莽与刘秀"的传说,依托天下都城隍的品牌,做起了中华祈福节的文化产业。通过三届节庆的举办,它已经显现出旅游文化产业迅猛发展的势头。

一个文化旅游的品牌,怎样才能打造成功?我认为主要包含三方面的因素:一是超前的决策思路,二是全局和局部的把握,三是最后的效果。实践证明,长治县中华祈福文化节的举办是成功的,极大的提升了这个相对偏僻小县城的知名度。

2

与长治县相比,我市的"皇城相府"旅游开发步子迈得是比较大的,不仅相府建筑本身所蕴涵的文化内涵吸引了众多目光,而且由此延伸出的相关产业如酒店、交通、通讯以及服务也日臻完善,在全省乃至全国的影响力也越来越大。慕名前来游玩的客人也越来越多,经济效益和社会效益都有显著增长,成了外界了解晋城的一个最佳窗口,也是我市打出的"晋善晋美"的独特旅游名片,它的成功可以说是我市旅游产业最成功的范例。

应邀参加长治县中华祁福节的原全国人大副委员长、民建中央原主席成思危一行,在结束长治县的庆典活动后,就立即动身前往我市的皇城相府进行参观浏览。随行的有省人大、省政协的领导以及从北京前来的贵宾。我市四大班子的部分领导也一起陪同前往。参观了皇城相府后,午宴设在相府山庄的四季生态餐厅。在用餐的间隙,我与坐在左手边的辛涛女士边吃边聊了起来。她问我:"你是哪里人?你姓金,是不是满族人?"我说:"我是天津知青,也是满族人,在山西已经生活40多年了。尽管我离开天津好几十年了,但口音里天津味儿还是很浓呢!"

这顿午餐吃得很愉快,聊的话题很轻松。她对所用的饭菜十分满意,连连称赞,说:"真没想到你们太行山上能有规格这么高的酒店。"特别是当品尝到白面馍馍时,辛女士连连说口感非常好,很像我们常吃的戗(qiàng)面馒头。我一听她说像戗面馒头,我连说对对,真的是差不多。

戗面馒头是京津百姓人家常吃的一种食品,所用面粉的加工过程十分讲究,揉馒头时,在已发好的面粉里再揉进去一些干面,吸收一部分发面里的水分,这样蒸出来的馒头筋道,吃起来口感非常好。我告诉辛女士说,餐桌上的这种白馍叫"高庄馍",是阳城的名吃,是用麦芽面发酵后添加一定比例的水揉制而成。看似简单的一个馍,制作上却有严格的要求。高庄馍制作工艺复杂,稍有不慎,做出的馍就不能称为佳品。制作精良的高庄馍颇耐咀嚼,烤干后又酥又脆,老少皆宜。而且经夏不生蛀,不霉变。特点是色泽白而光洁,组织紧密且分层,有韧性和弹性,质地松软,味道香甜,愈嚼愈香,热吃冷吃均可。因其形状较一般馒头高尖而得名,在本地白面制品中牌子叫得很响,也最负盛名,相传已有几百年历史了。她一边听我介绍,一边品尝,还不住地点头说:"怪不得口感非常好。每个地区都有各自独特的风味特产,也正因为其制作和材料的独特,才使得这些名特产品得以流传。"

　　一起前来的山西省政协副主席、民建省委主委王宁见辛涛女士赞扬"高庄馍",就说:"这可是个造诣很高的行家。"后来,经他介绍,我才知道辛女士的情况。2001年,香格里拉集团任命辛涛女士为中国大饭店经理,打破了这一职位12年来一直由外国人担任的历史,实现了"零"的突破。2006年,她又出任香格里拉集团旗下北京国贸饭店总经理一职,为中国人在国际酒店集团出任总经理树起了旗帜性的楷模。辛涛女士不仅是优秀的女性职业管理人员,还是国家级星级评审员。我们国家的550个五星级饭店的评审全部都是由国家级星级评审员来评,而她则是目前国内五星级以上饭店的领军人物。在强手如林的北京酒店中,国贸饭店可谓是貌不惊人,但她的业绩远远超出了同类四星级的酒店,是四星级酒店的领跑者,同许多北京的五星级饭店相比也毫不逊色。多年来,她所管理的企业几乎在每一项重要指标上都处于国内领先地位,饭店在取得公认的经济效益和社会效益的同时,也进一步确立了在中国饭店行业的领先地位。

这就是品牌,过硬的品牌后面总有过硬的人才。

记得在省十届人代会上,我有幸相识了同是代表的皇城村党支部书记张家胜。在5年的会议期间,我们经常在一起谈起晋城的旅游产业发展问题,特别是皇城相府的发展。我曾经陪省内外、包括京津两地的领导和客人去了很多次皇城相府,同行者几乎都对皇城相府前的四个描金大字"皇城相府"赞不绝口,那字体遒劲敦实,落款是书法名家欧阳中石,观者无不赞叹。我曾经就此事问过张家胜书记,当时出于什么原因请欧阳中石,而不是请别的什么人写?张书记对我说:"请谁来书写,我们是动了一番脑筋的。我们了解到,欧阳中石和沈鹏并称中国当代书法艺术大师。他的书法格调清新高雅,沉着端庄,俊朗而又飘逸,古朴而又华美。观他的作品,如欣赏高山流水,又如见万马奔腾,足见他无日不临池的深厚功力和勇于创新的精神。用他的字来展示皇城相府的气势,应该是最恰当的。当时我们为了这几个字花了10万元,争议很多。有的说值,有的说不值。现在看来,我们的眼光是超前的,这4个字的价值何止十万、百万?后来5A级酒店相府山庄建成,庭院内形状圆润的石头上,刻着飘逸洒脱由沈鹏书写的行草'相府山庄',它和欧阳中石题写的'皇城相府'遥相呼应,浑为一体,成为当代两位书法大师艺术作品的最佳组合。我是一个只懂书法一二的人,但我认为还是'皇城相府'四个字漂亮好看。我知道,书法家写字讲究要有变化,打造景区特别是景区的招牌,也要有独特的地方,应该彰显个性,摒弃雷同。"

张书记的一番谈话,让我感悟很深。皇城相府能有今天这样的成就,与有张书记这样的优秀企业家是分不开的。优质的品牌、全新的理念,超前的思维,加上团队的凝聚力,都是皇城相府成功的关键所在。

3

虽然自己没有书法功底,但很喜欢欣赏书法作品,喜欢欣赏书法作品的内容。所以,每到一个地方,我总会刻意去观赏当地的书法作品。2011年10月底,省政协文史工作会在宁夏召开,会议安排我们去"沙坡头"景区参观。在离景区大约一二百米的地方,远远就能看到景区大门顶部书写着"沙坡头"三个大字,十分的醒目。走近细细观赏,其为雄劲、流畅、端庄的行书。仔细看之,原来此作品出自天津著名书法家王学仲之手。

前不久,也就是6月的中下旬,我去河南的安阳参加了中原地区民建联谊会,按会务组的安排转天参观红旗渠。当天晚上,我们就住在林州市的太行春天酒店。该酒店就建在太行山上,类似陵川的棋源山庄,酒店的硬件和我们也差不多,但给我的感觉是酒店的名字起的好,正符合这里秀美独特的太行山景色,尤其是为酒店题的"太行春天"四个字更是给酒店增色不少。我问了一下服务员这字是谁写的,她们也讲不清楚,我想很可能是一位当地书法家写的。不管作者名气大不大,总之这"太行春天"四个字的线条艺术,给我带来了视觉上的享受,就好像从中看到了山花烂漫的春天,嗅到了各种扑鼻而来的花香。

　　旅游产业是我国近二十年特别是近十年一个冉冉升起的朝阳产业,全国各地都在利用当地资源优势做文章。如何做大做强? 我认为,这里边的因素很多,要看旅游资源的品味,游、购、娱、吃、住、行六个方面的软硬件配套提升,还要把握这一产业的特点。旅游产业前期是大投入小产出或不产出,中期是中投入中产出,后期是小投入大产出、甚至不投入也产出。所以做好旅游产业,不但要做好多方面的工作,最重要的是打造好文化品牌,因为文化是旅游产业的根和魂。

　　我无法估计,欧阳中石、沈鹏等名家的书法作品能给景区、酒店带来多大的利益,但可以肯定地说,他们的书法佳作确实提升了这里的文化品位,起到了画龙点睛的作用,为相府和山庄增色不少。我们这个时代,正是文化事业大发展大繁荣的年代,我们要充分利用好晋城的旅游资源,借鉴一些成功的做法,来打造出我市更多更好的文化品牌。

感受西部

尽管我走过的地方不算多,但很喜欢远足,尤其是能够和情趣爱好相近的朋友同游,整个游程总会感到轻松愉快,然后留下一路令人久久回味的念想。当这一念想深入脑际时,我也总想铺开纸张,拿出笔墨,把那些闪现的画面记录下来。

2012年8月中旬,我久久盼望的西部文化考察启程了。这次文化考察,是由市政协文教委、文史委组织的。同去的有18个成员,11号下午2点在晋城大酒店集中,然后乘大巴车前往郑州火车站,当晚再乘郑州至嘉峪关的火车,经过了22个小时漫长的行程后,于12日下午7时到达了考察的第一站甘肃的嘉峪关。乘车似乎时间长了点儿,但一点不觉得累,因为敦煌石窟、吐鲁番、天山时刻都在勾你的魂儿。

嘉峪关这地方和内地不一样,属于白昼区域。7点多到达嘉峪关时,在山西已经是余辉斜照的时分,而嘉峪关的太阳却依旧高挂头顶,让我们感觉天还早。如果不是肚子饿得咕咕叫,我们会觉得天还很早呢!听导游讲,这里的太阳是非常辛苦的,一直要上班到晚上10点才会去休息。也许由于太阳落的晚,这里的游人回住地也很晚,虽然我们早早就休息了,但酒店外面的喧闹声一直持续到很晚很晚……

13日一大早,用完餐就直奔嘉峪关。嘉峪关中外驰名,号称天下第一雄关,但远远看去,并没有想象中的那么雄伟。灰黄色调的土墙,并不出众的城楼,和曾经游览过的号称天下第一关的山海关相比,感觉有几分土气。但是,当你亲身站在关前,走进关隘,城楼也不知不觉地巍峨起来。寻觅着古人曾经的足迹时,那城墙、那哨卡,都会让游人浮想联翩。雄关漫道,北风呼号,黄沙打脸,冷风透骨,使你更深地体会到当年边塞沙场的味道。也只有这时你才能真正了解到,长城的西起点,号称万里长城第一墩的地方。

午餐后,乘车前往敦煌。也许想先入为主,导游晚餐后让我们观看了大型杂技歌舞剧《敦煌神女》。看完节目大约将近晚上10点,导游介绍说,这里的沙洲夜市很热闹。难得大家兴致很高,我们就相跟着去夜市上转悠。

此刻,敦煌的天仍称不上是夜空,亮堂得很,好像是内地的8点一样。令我们没想到的是,一个小小的县级夜市竟非常热闹,一公里长的夜市一条街,如北京的王府井、上海的南京路一般喧闹,灯火通明,人来人往。两侧各种商铺林立,卖工艺品、古玩杂货纷繁一片。一间紧挨一间的店铺,大部分是二层。马路中央从这头到那头有数不清的摊位,所卖的产品全部是当地产的。商品主要分两类,一类是土特产品,另一类是工艺品,还有少部分摊位卖这里的地方小吃。中间的通道里,摆放着一排一排桌椅,赫赫有名的沙洲夜市烧烤区弥漫着浓浓的肉香,吸引着游客不得不步开吃。导游介绍说,这里夜市主要依托敦煌这块金字招牌,打造出了这里以莫高窟的壁画、鸣沙山的骆驼为主的旅游商品。由于气候原因,夜市一年里只营业5个月。夜市很热闹,颇具边塞独特的市井风情。我们在夜市整整逛了两个多小时。在一个小店铺,我看中了其中两幅工笔手绘——临摹莫高窟的壁画,其画运笔自如、着色绵厚,询问了画的价格,不算低,但也绝不算高。和老板攀谈一番,付了款,抱着画出来。这两幅画,也成了我此行的最大收获。听店铺老板讲,夜市12点以后才关门。可惜此次行程安排在这里的时间太短,说实话,我在沙洲夜市真的没有逛够。

13日,吃完早餐,游览沙漠与清泉共鸣的神奇景观鸣沙山、月牙泉。鸣沙山和月牙泉是一个景区,位于敦煌城南5公里,古往今来以沙泉共处,妙造天成的"沙漠奇观"著称于世。鸣沙山东西长40公里,南北宽20公里,以沙动成响而得名;月牙泉处于鸣沙山环抱之中,其形状酷似一弯明月而得名。此处景观于1994年被国务院审定为国家级风景名胜区。景区游客很多,除了游览自然风光,还有滑沙、骑骆驼、越野车、越野摩托等等游玩项目。远远望去,一队队缓行的骆驼蜿蜒在无边的沙丘间,星星点点,十分壮观。特别是穿在游客脚上的杏黄色的沙鞋很耀目,衬托着驼队别有一番的情趣。我突然非常想融于驼队之中,可惜参加这项活动的游客太多,我站在太阳下面等了足足40分钟都没排上,看看时间不够了,最后只好放弃,独自一人去游览月牙泉。

不少朋友都和我提起过到敦煌莫高窟参观的感受,感触尽管不同,但都惊叹于里面所承载着的悠久历史和深邃的艺术魅力。

我一直期待着能够亲自去欣赏、去感受向往已久又非常崇拜的东方艺术宝库莫高窟。从相关资料里了解到，莫高窟是融绘画、雕塑和建筑艺术于一体，以壁画为主、塑像为辅的大型石窟群，也是古丝绸之路上一颗璀璨的艺术明珠。以前知道一些莫高窟的故事，如关于壁画飞天的反弹琵琶、王道士与藏经洞、外国探险家盗取文物，张大千临摹画的时间一拖再拖以及各个时期莫高窟研究院守护神的故事。当天景区对游客开放的只有9个洞窟，9个洞窟一个接一个地看，每个洞窟都有各自的看点。我们穿行期间，神秘和神奇的氛围总是围绕着，令你从中品味古今，品味异地风情。我想，也许只有真正踏足莫高窟，了解到洞窟里的神秘，你才能感受到这座艺术殿堂无穷的魅力。

除了观赏洞窟，我对景区的整个管理和服务也十分满意。莫高窟是全国重点文物保护单位，早在20世纪60年代，国务院就拨款对此进行了维修。工程质量非常过硬，几十年过去了这里的硬件设施依旧完好如初。这里的讲解员身着古朴典雅的统一服装，举止显得非常高雅和干练，加上标准的普通话，认真规范的讲解，给我们留下了深刻的印象。为了让游客能在更安静的环境下听清讲解，景点还专门为游客配置了特制的耳机，让每个游客都能在不影响其他人的情况下，从视觉上、听觉上感受到这种东方古典艺术和现代科技手段的完美结合。

晚上我们离开了甘肃，在柳园乘火车赴新疆的吐鲁番。14日早晨，我们到达了吐鲁番，参观了古丝绸之路上交通重镇车师前国都城、唐朝安西都护府所在地交河古城，原生态民俗陈列馆，维吾尔族古村落，新疆境内现存最大的伊斯兰教古塔苏公塔，游览极度干旱地区的生命血脉坎儿井，都给我们留下了深刻的印象。

午餐后,我们游览吐鲁番的火焰山景点。这火焰山可真是名不虚传,虽是夏秋之际,但每天的温度都在50度以上。火焰山景区的温度计显示,地表温度接近68度。我们一进入火焰山,顿时感觉到热浪扑面而来,干热干热的,有被烘烤的感觉。导游在车上就介绍,在这里喝水不能大口大口喝,那样会越喝越渴,要小口小口的含在嘴里。因为这里很干热,喝水就出汗,一出汗,会把你体内的盐份很快带走,导致你较快脱水。可惜大多数人没有把这话听进去,认为有那么多瓶装纯净水,怎么会造成脱水呢?所以依旧是大口喝水。很快,就有不少人出现了不舒服的状况,浑身无力,一路上特别爱说话的,也不再言语,彻底蔫了。好在我的体质不错,遵导游言,一路上精神抖擞。

在瓜果世界葡萄沟参观了葡萄园后,我们又到了维吾尔族家庭去作客。维族兄弟热情好客,送上鲜美的瓜果让我们品尝,他们个个能歌善舞,还为我们表演了欢快的新疆舞蹈。陈改玲副主席情不自禁也加入其中和他们跳了起来。大家一边品尝瓜果,一边欣赏歌舞,真是各族人民一家亲。我每次出外考察学习,到了老、少、边、穷地区,如果有机会都要做一点公益事业。在离开之前,我与维吾乐族兄弟攀谈一番,表示非常感谢他们的盛情款待,并告诉他,我们是山西晋城市政协的,今天以我个人的名义给你们捐些款,希望我们各族人民大团结、大联合、大发展。

下午我们前往乌鲁木齐市,途经盛唐时期军事要塞大坂古镇、中国死海十里盐湖,一路风尘,连草都几乎看不到。印象最深的就是风力发电站,据说,这里是亚洲最大的风力发电站。风能作为一种清洁的可再生能源,越来越受到世界各国的重视。一路上,白色的风叶一个挨着一个,缓慢而有力的转着,远远看去,很壮观。

到了乌鲁木齐尽管已是晚上8点钟，天色还是很亮。我的感觉，这里就好像内地的下午五六点钟。晚上的活动安排在二道桥美食歌舞大剧院，也就是能用餐能看节目的晚会。因为大家在敦煌看一场《敦煌神女》的演出，都觉得水平很一般，还不如节省了时间逛逛夜市，所以对这场演出兴趣不大。一是票价太贵，二是怕看了又后悔。但为了统一大家的活动，加上调动导游的积极性，我和陈改玲副主席商量了一下，还是集体观看了演出。大家进了大剧院后，边吃边看，吃的是当地风味的自助餐，晚会节目是《魅力新疆行、印象二道桥》，这让我们领略了新疆的又一种独特风情。的确，新疆的歌舞很有特色，绚丽的服装、漂亮的姑娘、帅气的小伙，劲歌热舞中让整个演出高潮迭起，一台高水平的新疆歌舞让我们大饱了眼福，填补了在敦煌的遗憾。

16日早餐后，我们乘车从乌鲁木齐市到天山。天山天池风景区，就像一幅美丽的油画，蓝天、白云，远处山峰上的白雪，挺拔俊秀的群山绿松，像蓝宝石一样色彩的天池，给每一位游客带来了视觉上的享受和心灵上的洗礼。站在天池边留影时，我脑海里突然浮现出郭沫若当年陪同宾努首相在游艇上赋的诗："战友高棉远道来，天山山麓盛筵开"。可惜因时间太久了，只记得郭老站在船头即兴赋诗的前两句，四五十年之后，我也能到此一游，也算是人生一大快事吧？回来后，我"百度"了一下：这首诗是1971年秋，郭沫若以全国人大常委会副委员长的身分，陪同柬埔寨王国民族团结政府首相宾努亲王访问新疆。蓝天寥廓，晴空万里，一望无垠的草原上，牧民们为远道而来的贵宾表演赛马。骏马的所向披靡，牧民的矫健身手激起宾努一行的阵阵喝彩和掌声，也触发了

诗人的诗兴。赛毕,郭沫若即席朗诵《浣溪沙·访东风公社》:

战友高棉远道来,天山山麓盛筵开,东风牧社巧安排。

骏马奔腾撼大地,晴空澄澈绝纤埃,欢呼阵阵走惊雷。

在返回乌鲁木齐市的车上,导游主要是向我们介绍玉石。中国自古就传承着玉文化,所以每个中国人都喜欢玉。凡是喜欢玉的,没有不知道新疆的和田玉。司机师傅直接把我们拉到乌鲁木齐市一家玉石专卖店,导游告诉我们这家玉石专卖店很正规,店内销售的玉绝对是百分之百的和田玉,大家可以放心购买,只是成色、价格大家要看准选好。一进售玉大厅,大家就开始看、挑、选,看中的还可以讨价还价,整整在这里耗了两个半小时。因为怕耽误了晚上和乌鲁木齐市政协的交流和联谊活动,这才停止了购玉。

晚宴是在红山宾馆,乌鲁木齐市政协一名维吾尔族党外副主席接待了我们。在宴会上,我们相互通报了各自的情况,进行了文化交流,气氛非常融洽。在临别前,我们还共同合影留念,我和陈改玲副主席代表晋城市政协、市政协师建平主席诚恳地邀请乌鲁木齐市政协的领导及工作人员,有机会一定到山西晋城进行文化交流。

17日早上,我们乘飞机返回了郑州,圆满结束了这次西部学习考察文化交流的活动。

印象哈尔滨

1

尽管之前从未踏上过哈尔滨的土地,但对哈尔滨却不算陌生。最早的印象,是从插队在黑龙江建设兵团的同学们口中得知的。特别是1968年的知识青年上山下乡运动,我不知送走了多少同学、朋友、亲戚去黑龙江建设兵团,而哈尔滨是他们往返两地的必经之路。再后来,到20世纪80年代中期,一部描写哈尔滨抗日地下斗争的小说风靡全国,达到了家喻户晓的程度。其鲜明的人物个性、曲折的故事情节深深地打动了广大读者。这部小说就是《夜幕下的哈尔滨》,广播剧是由著名演员王刚播讲的。王刚的声音很有磁性,有穿透力,很容易把听众带到故事情节中,加之发生在那里的故事十分感人,我很爱听。

最近一段时间热播的当代都市剧《我的生命曾为你燃烧》，反映的就是现代知青响应国家号召，离开北京、上海等大城市，来到黑龙江生产建设兵团，用艰苦奋斗的精神，换来了粮食大丰收和巩固边疆建设的伟大成果的故事。只记得身边的很多同学去黑龙江时，曾经弱弱小小的、细细白白的，等多年后相聚在天津时，几乎已经看不出原来的娇小了。就连曾经文弱的女生，也仿佛被炼过一般，面孔大多黝黑，身体壮实得使你认不出来。大家相聚时说的很多，酸甜苦辣五味杂陈，也许人生就是这样吧！在间接接受诸多印象中，最深刻的是那里特别特别的冷。因为这次去哈尔滨正是夏季，培训的日程安排在5月27日至6月2日，所以，我也就无法去体验那里的寒冷了。

2

市政协在哈尔滨理工大学培训的主题为"传统文化修养与领导智慧专题研修"，我有幸同几位副主席及机关人员等二十几位同志参加了这次培训。给我们培训班上课的老师都是哈工大精挑细选的，不仅个个知识渊博，而且授课非常认真负责，给我们留下了非常深刻的印象。

培训班在哈尔滨理工大学共安排了四堂课。第一课是"看《亮剑》提升领导者的团队领导力"，主讲人是黑龙江省委党校党建教研部副主任朴林教授。《亮剑》这部电视剧我很喜欢看，很多电视台都在不断地重播。看《亮剑》时最大的感觉是很解气。一身正气且威风凛凛、非同凡响的129师386旅新1团团长李云龙，率部凭借过硬的战术战法,越战越勇,让敌人闻风丧胆。我不仅喜欢上了李云龙,而且喜欢上了和李云龙并肩作战的那些八路军官兵,像赵刚、孔捷、丁伟、魏和尚、段鹏、秀英以及个性同样鲜明地国民党晋绥军358团团长楚云飞……但通过听朴林老师的讲解,让我从另一个侧面更深的了解了李云龙和李云龙的整个团队。听朴林老师的课很轻松,他语言幽默风趣,妙语警句张口就来。他通过剖析电视剧《亮剑》里李云龙的言行举止,详细地分析了电视剧中演绎的一个个战役,生动地阐述了团队领导力的重要性。听了他的课,给我最大的启发是一把手的重要性。不管用什么手段打了胜仗才是最终目的,搞经济也是一样,只有经济上去了,老百姓的幸福指数提高了,才是我们工作的最终目标。

第二课主讲人是哈工大计时研究所王晓溪所长。他讲的课则是另一种风格。王所长兴趣广泛,金石书画、收藏摄影、喝茶养壶样样精通。他还是黑龙江省紫砂文化研究会会长,他通过讲述《中华茶文化与茶道实践》,为我们普及了大量有关茶文化及紫砂壶有关方面的知识。他认为,中国的茶文化源远流长,已有几千年的历史,博大精深。作为中国人,每个人都应该了解一些这方面的知识。但同时他认为,真正要弄通弄懂,绝非一日之功。不过,我看也大可不必,知道茶的产地,品种,什么季节喝什么茶,泡茶的方法就可以了。

第三课是《传统文化对当代领导者的价值借鉴》,主讲人是省委党校曹学娜老师。她准备的内容挺丰富,能感觉到很用心,但听了之后,在脑子里没有留下太深的印象,所以也产生不了什么共鸣,可能是她讲的东西我不太感兴趣。

第四课的主讲人很有名气,是隋丽娟教授,曾在中央电视台

"百家讲坛"讲过慈禧,反响很好。隋丽娟教授是哈尔滨师范大学社会与历史学院的副院长,这次她讲的内容是《曾国藩的成功智慧》,给大家留下了非常深刻的印象。隋丽娟教授研究曾国藩有十多年了,据她讲,从1995年开始,她就潜心研究曾国藩。你想,一个人潜心研究某个课题十多年,可以想象她所掌握的资料有多么详实了。隋教授讲课没有讲稿,在讲课的3个半小时里,与曾国藩有关的一切,时间、事件、人物,等等,信手拈来,如数家珍,十分精彩。曾国藩,是晚清重臣,湘军的创立者和统帅。他的"头衔"很多,可称得上军事家、理学家、政治家、书法家,文学家,晚清散文"湘乡派"创立人。他是晚清中兴"四大名臣"之一,官至两江总督、直隶总督、武英殿大学士,封一等毅勇侯。他一生奉行为政以耐烦为第一要义,主张凡事要勤俭廉劳,不可为官自傲。他修身律己,以德求官,礼治为先,以忠谋政,在官场上获得了巨大的成功。曾国藩的崛起,对清王朝的政治、军事、文化、经济等方面都产生了深远的影响。在曾国藩的倡议下,清朝建造了中国第一艘轮船,建立了第一所兵工学堂,印刷翻译了第一批西方书籍,安排了第一批赴美留学生。可以说,曾国藩是中国现代化建设的开拓者。

对于曾国藩这个人,在我这个年龄段的人听起来会产生许多反思。比如,以前在我的大脑里一些定性的东西,就可能被颠覆。比如:满清的腐败,李鸿章的卖国,曾国藩的镇压太平天国,这些从教科书中接受的东西应该重新定位了。还有,武则天为什么要立无字碑,以前的刽子手为什么会成为"三不朽,一完人",都值得我们去深思,我们要尊重历史,客观地去认识历史。当然,历史是为现实服务的,以史为鉴,推动社会的文明进步,这才是永恒的目的。

3

学习之余，我们还在哈尔滨市区及周边进行了考察。

第一站是太阳岛。虽然是第一次来太阳岛，但对这地方很熟悉。为了迎接新中国成立30周年，中央电视台组织拍摄了一部电视片《哈尔滨的夏天》，片中的插曲《太阳岛上》由邢籁秀、王立平作词，王立平作曲，由著名歌唱家郑绪岚演唱，可真让太阳岛名扬海内外。当年来太阳岛观光旅游者骤增，当游人乘舟登岛后，都要问："太阳岛在哪里？"于是太阳岛风景区建设指挥部决定立一块石碑以示游人。那时"四人帮"刚粉碎不久，在经历了长久的压抑之后，人们对新生活的追求，对美好事物的向往终于迸发出来。

在东北虎野生养殖园，我们还看了一幕东北虎吃肉和吃活羊的过程。我们进了虎园后，先乘一辆有防护栏的中巴车，园里的司机身兼两职，一是开车，二是做讲解。他讲了这里老虎的数量，虎的性情及习惯，还讲了目前这个全国最大的东北虎养殖园的现状，希望游客为虎园做点贡献。我想每个到这里参观的游客都会有爱虎之心，特别是对这种稀少动物的保护意识。于是大家纷纷解囊，这个一百，那个二百，把喂虎的牛肉和活羊的钱凑够了，一辆装着防护网的越野车迅速开了过来。众老虎一见这类车，就习惯性地马上围过来。这时，司机停下车，开始向虎群投食，十几只老虎一会就把抛过来的肉抢光。

"下面是该老虎吃活羊了！"司机没有任何表情地一边和送羊车联络着，一边给游客介绍着老虎吃活羊如何如何刺激。也许是他见得多了,说到一个动物被另一个动物吃掉,仿佛在说吃早饭、吃晚饭一样,表情没什么变化。

不一会儿,送羊车开了过来。那是一辆翻斗车,到了指定地点停下后,马上就把一只小小的白羊卸了下来。小羊仿佛知道什么似的,被卸下的瞬间就直接朝我们坐的中巴车跑来,快速从中巴车底蹿过。而车上的人都紧紧贴在窗口,目不转睛地等待着惊险的一幕。仅几秒,小羊就被十几只猛虎围住了。接着,一只老虎瞬间咬住了它的脖子,前后大约只二三十秒。说来也怪,当一只老虎咬住猎物时,其他的老虎都停止了追击,默默地卧在一边,瞪眼看着。而那只老虎呢,松开口,把战利品搁在眼前。现在用文字记录当时的情景时,仿佛还看到小羊在虎口之中,微微颤动的小腿,心里仍旧有很不舒服的感觉。

记得当时那只小精灵从我眼前跑过的一刹那,我闭住了双眼。40年前,那时候我还是知青。知青院里有一次杀鸡,场面也够血腥的。我们那次杀的是一只大公鸡,由3个人共同完成的。当时我只有十八九岁,一个青友负责按住鸡头,另一青友负责拽住两只鸡爪,我到厨房拿了一把菜刀,也没什么前奏,直接把刀一挥,鸡头就剁下了。我们三个都以为这就算杀完鸡了。于是,我放刀,他俩松手。这时,惊险的一幕可算是让我们开眼了。那只没有头的公鸡,一下跃到了半空,连着翻了两三个跟头。鸡血划着圈似的,溅得到处都是,而旁观的男女知青个个拍手称快,好不热闹。不知道是不是年龄的问题,那时的心态和现在的心态真是天壤之别。看来,年龄也是人生各个阶段的方向盘。

4

如今不论你到哪座城市,观看有浓厚当地风情的文艺表演是必不可少的内容。我们也不例外,在哈尔滨"莫斯科演艺广场"看了一场综合文艺演出。演出主要以俄罗斯歌舞为主,整场晚会主持人和观众互动的形式多样。那天观众有来自宝岛台湾的,通过互动使海峡两岸的那种亲情更加浓烈。哈尔滨是日本帝国主义占领时间最长的城市之一,这座城市和这里的百姓,在日军的铁蹄下,受尽了蹂躏。晚会有不少勿忘国耻的内容,教育国人牢记历史。看来,这应是晚会永远不变的主题。

哈尔滨最值得去的地方应该是中央大街了。我白天和晚上各去了一次。白天那次是下午,由于人多,只是走马观花大致看了一下。转天晚上我又独自一人去了一趟。漫步在用花岗石铺的中央大道上,四周的建筑都是欧洲人在100多年前建造的,楼大部分是两三层,典型的欧式风格,每一栋楼都有自己的特点,绝不雷同。哈尔滨早就有东方小巴黎的美誉,这座城市不光是欧式建筑漂亮,人的穿着也很时尚,大街上随时都能看到靓丽的女士、洋气的帅哥。他们穿着不同款式的服装,如同这里的建筑一样,几乎没有一件重样的,让人看了真是眼花缭乱,目不暇接,如同到了异国他乡。最有代表性的两处建筑,一处是离中央大街很近的东正教堂,另一处就是马迭尔旅馆。马迭尔旅馆也是共和国成立前新政协筹备活动旧址,1948年9月,新政协筹备活动在此进行,11月25日,中共中央代表与在哈尔滨的民主人士于马迭尔旅馆达成《关于召开新的政治协商会议诸多问题的协议》。

5

　　在哈尔滨共住了4个晚上,每晚我在电视里只看一个台的节目,就是《阳光卫视》。前些年,在晋城也能收到《阳光卫视》,不知什么原因早已取消了。没想到在这里能看到这个台。这4个晚上看《阳光卫视》,收获是很大的。《阳光卫视》就像一部百科大全,尤其是看了许多我喜欢看也特别感兴趣的节目,如画家林鑫2005年制作的黑白影像片《三里洞》,画家丰子恺,徐悲鸿夫人廖静文女士的艺术人生……

　　我真的希望不久的一天,在晋城也可以收看到《阳光卫视》!

闲情逸致

Xianqing Yizhi

5

围 棋 缘

　　20世纪60年代,我在天津上小学时初识围棋。那时,我们这所小学是天津市围棋重点校,比赛成绩一直名列全市前茅。我们班的杜芳田同学,在全市曾经蝉联四届小学组的冠军,为学校争得了许多荣誉。我由于好奇,也偶尔和围棋班的同学走上几步,时间一长,不觉对围棋产生了浓厚的兴趣,慢慢地掌握了一些基本技能,懂得了一些基本术语。什么梅花五、刀把五、曲四、扳六、无忧角、争子(也叫拐羊头),都是那段时间学会的。可以说,从那时起,我与围棋结下了不解之缘。

　　1970年,我到山西插队。当时除了带着必备的生活品外,还带了一副围棋。学习劳动之余,我经常邀请几个熟悉的围棋爱好者搏杀,你冲我堵,你截我挡,乐在其中。有了围棋,也就有了棋友;有了围棋,也就有了欢声笑语。是围棋陪我度过了三年半的插队生活,给当时刻板的生活增添了几许欢笑和乐趣。

　　1973年,我被选送到山西大学体育系。在大学里我经常和一些会下围棋的同学交手,经过不断地学习和交流,棋艺在不知不觉中提高,并从棋局中逐渐悟出了如何面对和处理生活中的一些纷繁复杂的问题。这也许就是围棋对我最初的启发吧?

　　1975年春季,太原市在杏花岭区体育场举办中小学田径运动会。我们山大体育系的同学在这次运动会上做裁判工作,当时的杏花岭是山西省围棋队的训练基地。在这次运动会上我有幸结识了同在这次运动会上做裁判工作的女棋手,她就是江鸣久的妹妹,江铸久的姐姐。而且她还是一位受过专业培训的棋手。出于对围棋的爱好和对专业棋手的向往,我抱着向她学习和挑战的心理,抓住机会邀她开战。然而,刚刚布完局,我这三脚猫的功夫就露出了败象,围追堵截,疲于应付,中盘还没开战,就被迫收官败下阵来。这是我第一次与专业棋手过招并领教其厉害的经历。

　　1976年大学毕业后,我被分配到高平县工作。当时全县会下围棋的只有三个人:一位是北京农大毕业的县农机局技术员,一位是赴朝参过战的县药材公司的军转干部,另一位就是我。每次对弈,我都能赢那位军转干部,但在技术员面前,总是战则必输,从无胜绩。这又激发了我学习钻研的欲望。70年代末,我订了一份《围棋》月刊。里面内容很丰富,有名人对局,有王汝南、华以刚开辟的死活问答栏目,等等。通过一年多的学习与实践,中国流的布局、二间高夹的招法我偶尔也能走上几手。可以说,这份围棋杂志使我的棋力大有长进,那个常胜的技术员也从此成了我的手下败将。

　　到晋城工作后,我曾数次参加全市举办的业余棋赛。通过棋赛,我认识了更多的棋友,也增长了更多的见识,并逐渐认识到围棋在晋城市还享有一席之地。这着实令我欣慰！1986年春季，我刚到市工商联工作的那段日子曾暂住在太行宾馆，当时住在一起的还有长治海棠洗衣机厂请来的几位日本松下电器的技术员，其中两位会下围棋。虽然我们言语不通，但围棋这种共同的"语言"，使我们分享棋乐之余，一起体味了围棋文化的源远流长。我们经常对弈，结下了深厚的友谊。

1998年底，当我得知组织上要安排我到陵川县当副县长时，心里竟有一种难以抑制的激动，一种与围棋有缘的感觉油然而生。因为我早已知道，这里是世界围棋的发源地。1993年4月，国家邮电部在陵川设立"棋子山一日邮局"，举办了围棋特种邮票首发式活动。那一天，人潮如涌，场面宏大，国内外诸多围棋高手和全国众多的围棋爱好者、集邮爱好者齐汇陵川。我高兴地像数十年前刚接触围棋的少年一样，奔走呼号，与众多围棋爱好者一起目睹了棋源风采。至今，在陵川宾馆总服务台的墙壁上，我仍然能看到由两片红叶，六颗黑白棋子拼成的熟识图案。在我眼中，它一直是陵川丰富的历史文化和秀美棋源风光的缩影。上任后不久，我听说县里的一位领导颇通棋艺。当年棋圣聂卫平来陵川时，这位领导曾与棋圣谋局对弈，并得到棋圣的赞誉和指导。我和这位领导几次对阵后，感觉他颇具道行，乃至谈到他学棋的经历，不由得感叹陵川人学围棋有得天独厚的天赋，也从此有了做一名围棋源地陵川人的自豪感。在后来的工作中，我尽管因为工作繁忙，下棋的次数少了，但中央电视台的《纹枰论道》，贵州卫视的《围棋》节目是每次必看的，而且我积极为陵川围棋文化的开发奔走呐喊。2000年夏秋之交，全国围棋段位赛在陵川举办，我有幸又与围棋大师华以刚碰杯进餐。虽然我只是一位拜读过他围棋杂志的外门弟子,在我心中,那次碰杯无疑是对我心中钟爱围棋的最高奖赏!

2003年夏天,我陪同两位在晋城工作的记者夜上王莽岭。晚上山风微微,空气清新,我独自一人驻足山顶,侧耳聆听阵阵松涛,抬头仰望熠熠繁星,一种天是棋盘,星是棋子的感觉顿生脑海,心中一下子参悟了,为什么箕子当年会在陵川的群山顶上夜观天象进而发明围棋的道理。不是吗?人生就像一盘棋,成败与得失,只在一念一招中。从童年、少年,到而立、不惑……谁无悲欢离合,谁能永远从容?只有顺应潮流,不断拼搏,才能适应社会,书写更加完美的人生篇章。

近年来,陵川人以围棋为媒,积极挖掘和丰富围棋文化,发展旅游事业,做出了骄人的成绩。尤其值得一提的是,我青年时代的至交、北京亿信通公司的总经理——侯龙,慧眼识珠,注入巨资,与陵川县合作,共同开发围棋旅游文化。这不啻是福荫子孙泽被后世的大喜事。今年,他又挥槊出击,经过强有力的运作,把中国围棋名人战的主办权争回了陵川,这无疑是陵川围棋的又一大幸事。我想,从此以后,陵川人一定能借这些强劲东风,整合规划好自己的自然景观和人文景观,让围棋发源地真正成为我市旅游业的品牌,让围棋带领陵川走向全国,走向世界!

王莽岭看日出

从1998年至今我在陵川工作已近8年了。其间,因为工作需要,我曾多次陪同外地来的客人游览王莽岭。回想起来,也不下二三十次。王莽岭雄伟壮观,层峦叠嶂,险峻秀美。这里山峰秀丽,云海苍茫,林木茂密,植被完好,春季山花烂漫,夏季松涛拂风,秋季蓝天高远,冬季素裹银装。一年四季,空气新鲜,景色宜人,是北方地区少见的清凉避暑胜地,也是典型的自然高山景区。不过,或许是我白天去的次数多的缘故,在我心里印象最深的还要数2003年8月夜宿王莽岭看日出的那次。

那是8月下旬的一天,从北京来了两位原在晋城工作过的客人。公事办完之后,客人提出要上王莽岭看日出。王莽岭日出,在人们的传说中也是十分壮观的景致。不过,我和这两位客人一样,虽在本地工作多年,王莽岭也去过多次,但从没看过王莽岭日出。因为要想看日出,必须在日出前上到山顶,这就意味着夜里动身。所以,这次当两位客人提出要观日出时,我心中不禁有一种不谋而合的兴奋。

王莽岭在距县城45公里的东部山区。为了看日出,我们选择了头天下午上山,夜宿山顶,晨观日出的出行计划。出发的当天,我们准备好摄像机和照相机,又从县人武部借来三件棉大衣。下午4点从县城宾馆出发,一路驱车,攀山越岭,直奔目的地。上王莽岭与登其他高山不同的是,登一般的山多是从山底向上爬体现登山乐趣,或者干脆坐缆车上山。而王莽岭有"Z"字形旅游公路,乘坐汽车可以直达山顶。于是,在大约5点半的时候,我们的车就开到了王莽岭山顶上的招待所。

因为都曾来过王莽岭,所以天黑之前大家只是在山顶简单地观赏了一下自然风光。不过,这里群山环抱,险峰林立,山峦起伏,林海无际,叶草青青,山花瑰丽,尤其是驼峰俊美,怪石嶙峋,百看不厌,依然禁不住让人称奇。

晚餐是地地道道的山区特色饭菜,而且都是当地的土特产品。饭菜可口,香甜味美,让人赞不绝口。晚饭后,大家因为害怕睡过了头错过看日出的最佳时机,所以早早就寝,并对服务员千叮咛万嘱咐,请她们帮忙看时间。服务员是憨厚老实的山里姑娘,见我们一个劲地叮嘱,"嗤嗤"不停地笑,说不怕的,山下不断有客人来观日出,她们夜里轮流值班,从没有误了叫醒的。

晚上的王莽岭很清凉。即便是夏季,夜里睡觉也要盖上厚厚的棉被。夜很静,大家兴奋得睡不着觉,免不了要攀谈几句。然而,没过多久,舒适的环境就像儿时的催眠曲一样将我们拂睡了。

不觉过了四更天,服务员有节奏的叩门声和轻轻的招呼声将我们从梦中惊醒。我睁开朦胧的眼睛,看看手表,凌晨4点钟,恰是起床观日出的好时机。服务员依然那么笑容可掬,说今天的天气不错,准能看好日出。我又顺便问了一句日出的时间,她说在这个季节大约在4点半到5点之间。于是我们三个人匆匆忙忙洗漱了一下,穿上棉大衣,拿上摄像机和照相机就出了招待所。

夜幕中的王莽岭,天空晴朗,皓月当头,天边稀稀落落的星星凌空闪烁,异常明亮。在这里,我们感觉月亮和星星好像离我们很近。当时的王莽岭景区是刚刚开发的旅游处女地,所以晚上的游人不多。我们三人沿着石板铺成的步道,趁着月色,小心翼翼地向观日台走去。步道的两侧全是高大粗壮的松树,浓密的树枝遮住了月光,偶有一两只迟宿的草虫孤寂地鸣叫,更显得山顶寂辽空阔。松枝上挂满了露珠,阵阵微风迎面吹来,我的头上、脸上、胳膊上都落上了许多小小的水滴。这种晴天的松雨落在身上,似雨又不是雨,似雾又不是雾,让你有一种说不出来的惬意。

观日台在王莽岭的最高处,是高山顶上天然形成的一个方圆几十米的大平台。平台的东面和北面是万丈深渊,东南和东北是连绵起伏的山峰。站在平台上,眼前灰蒙蒙一片,并没有白天那种眼晕目眩的感觉。但是,因为我曾多次白天到此,知道崖下是万丈绝壁。所以,心中仍然免不了有失重般的心悸。

大约4时20分,东方天边泛起鱼肚白,近处的山峰,远处的山峰,慢慢地显露出来。天空渐渐地由灰暗色、灰色,逐渐变得清亮,最后变成湛蓝湛蓝的天空。东边天上的云彩也由黑褐色逐渐变成灰褐色、浅灰色,继而又都镶上了一道白银般的亮边。脚下,无边无际的云海翻滚蒸腾,大大小小青色的山峰在云海中时隐时现,如入仙境。这时,两位客人的照相机和摄像机忙个不停,面对眼前的蓝天、白云、青山开始照相、摄像。他们要把这形状各异的山峰和千变万化的云海组成一幅幅流动的中国山水画,永远留在记忆里。

4点40分左右,东方开始露出一点红光。此时,千万道光柱从云幕之后辐射高天。之后,红光处显出一道短短的、弯弯的光线,继而露出拳头大小的梳状日牙。日牙亮白泛绿,周围近处是暗红色,渐渐变成亮红色、黄红色,随后日牙渐成半圆,并徐徐上升,在日头近处,周围的云彩都被烧化了一般,无影无踪。

当太阳完全跃出的那一瞬间,我的心颤动了。只见一轮鲜红的太阳冲破云雾,冉冉升起,并没有云托雾捧的外部衬托,全凭了自己的力量,向着天空,有力匀速地上升,似有不可阻挡之势。我的心随之呼出:啊!伟大的太阳!

此时此刻,天宇间霞光万丈,光芒四射,景色壮观无比。两位客人谁也无语,只听得摄像机有节奏运转,照相机咔嚓、咔嚓声朝着各个方向取景。这时,我的心潮起伏,幸福的美感直上心头,我多么想把这壮丽的景观描述出来告诉更多的朋友,可是胸中虽然有千言万语澎湃激荡,却因文墨太浅,一时找不到合适的词语来描绘此情此景。

不过,令我欣慰的是,随着陵川旅游业像王莽岭朝日升起般地开发,兰花集团投巨资建设的各种基础设施日臻完善,全市、全省、全国乃至世界各国的游客,正看好王莽岭的神奇自然风光。我相信,在不远的将来,各路游客都会看到这雄伟壮观的景象,到那时他们一定会写出更加动人的完美诗篇。

凤凰欢乐谷印象

今年的6月23日,晋城市委统战部组织各界人士50余人,到陵川凤凰欢乐谷进行参观和考察,我有幸参加,往事与现实交相闪现在脑际……

初识凤凰村,是1999年初秋的一天。那天,我到夺火下乡返城时,正要昏昏欲睡,忽然一阵高亢粗放的上党梆子腔从山谷中传来,还伴随着阵阵激越的锣鼓与有节奏的梆子点,很是热闹。司机说,这是夺火乡的凤凰村唱戏呢! 哦? 去看看。我们便停车,朝村里走去。

以前的凤凰村如养在深闺的村姑,没一点修饰——质朴、深邃、安静。村庄里一条条小路蜿蜒着伸向远方,山间的树叶被霜一染,红色、绿色、黄色,甚是好看,仿佛给山体涂上了一层层颜色。袅袅炊烟随风飘荡,蓝天高远,白云悠悠,鸟宿高木,唧唧啾啾,整个山村被大自然装扮得像一幅中国风景画。

　　这次再到凤凰村,感觉凤凰村变得更美了。特别是这些年政府施行的村村通,让整个村风村貌来了大大变样。只见整洁的街道旁树木婆娑成荫,统一粉刷后的房屋院落在绿荫下显得更加舒适,加上依然秀丽的群山,负氧离子充裕的清新空气,使昔日的无名小山村再展新姿,堪称清凉的避暑圣地!

　　凤凰欢乐谷位于围棋发源地山西省陵川县东南部的夺火乡和马圪当乡境内,地处太行山之巅人迹罕至的山坳中,方圆三百多平方公里。景区内山幽水清、潭瀑遍布、奇峰罗列、风光旖旎、枝蔓缠绕、游鱼浅翔,犹如人间仙境或世外桃源,是一处以山、水、崖、洞、林为特色的避暑休闲生态度假旅游区。凤凰村就坐落在凤凰欢乐谷景区的入口处,景区由凤凰峡、门河峡、乌龙峡、苍龙峡四大峡谷组成。

　　我们一行人进入景区之后,兵分两路,开始游览考察。我所在的一组走的是上行线,20余人乘坐三辆电瓶车沿山而上,顺路而游。导游小姐讲解得很细致,很耐心。我们考察团成员随着导游边走边看,边议边聊。一路上路随山转、人随路游,路随景设,步步是景,风光独特。山上植被茂密,林木成荫,间或有裸露的山涧清冽,汩汩成韵。走入深谷,不断有雉鸡对唱的声音,远远的还有蝉鸣蝈语传到耳边。而且在我们的电瓶车的周围,总有翩翩起舞的蝴蝶和蜻蜓随车而行……就这样,我们在方圆百里的景观中,看到的全是天然的山光水色,没有一点因开发形成的污染痕迹,同行人纷纷感慨,一致称此为纯天然的大氧吧。

　　乘车约半个小时后,我们开始下行游览。先要通过的是莽莽苍苍的原始森林,这里古木参天,藤密叶茂,山径崎岖,坡陡路险。所以,导游小姐时时提醒,要大家小心慢行。导游小姐介绍说,这里人迹罕至,时常有金钱豹、黄羊、山鸡、野兔和蛇出没。为安全起见,她不停叮嘱我们行走时不要掉队。我们沿着弯曲潮湿的小径,一路蜿蜒而下,看到了许多平时未曾见过的树形树景,让人不断感叹大自然的神奇造化。

40分钟之后,我们穿过原始森林,到达山下的龙峡湖。龙峡湖因在乌龙峡和苍龙峡的汇合处而得名。由西北向东南,贯穿整个峡谷。水面宽在80米到120米之间,深约50余米,狭长的湖面平滑如镜。远远望去,湖水依山回转,宛如游龙穿行谷中。湖的两边,连绵的山峦起伏跌宕,千姿百态。林木郁郁葱葱,长满湖两边的山体,随着山势的起伏形成两条绿色的苍龙。细观湖水,高山绿树倒映其中,自成奇景。于是乎,蓝天白云,青山绿水便形成了龙峡湖景区的主色调。

龙峡湖上有游艇数只。每艘艇上可容纳20余名游客。泛舟湖上,浑身上下都会感到清心净肺的凉爽。湖水很深也很清,游鱼点点,或结队而行,或只身觅食。远处,不时有一些戏水的山鸟掠过水面,荡起层层涟漪。导游小姐说,欢乐谷全是野生的鱼苗和飞鸟,没有专门投放的人工饲养的动物,主要目的就是为了保护旅游区的草木鱼兽水都不受污染。景区为了让环保理念更加深入人心,对山中的地质公园、国家一级保护植物红豆杉、珍稀树种白皮松以及久居深山的金钱豹、黄羊、鸟类、蛇类,等等,都实施了相应完备的保护措施。听了导游小姐的话,同行的人无不为开发者的超前意识而肃然起敬。

40多分钟的水上游玩后,我们登岸进入乌龙峡景区。顺着峡谷由南向北,逆溪而上,眼前又是另一番反璞归真、回归自然的景色。峡谷里彩蝶纷飞,蜻蜓点水,还有一些从未见过的昆虫往来其间。特别是蝴蝶与蜻蜓,红、黄、蓝、黑、褐的都有。有的硕大如掌,有的纤小似蝇,个个形体优美,色彩斑斓,让人目不暇接。溪水依山顺流而下,或成飞瀑,或成珠帘。水落成潭,大小各异。溪水清冽,凉气袭人,叮叮咚咚,嘈嘈切切,让人自有一种清凉之水天上来的感觉。在这里,大山让人看到了北方的粗犷,溪水让人仿佛亲历了南方的秀丽。可以说,这里的一山一水一树一草,都是奇特的风光,让人流连忘返。

穿越崖边新建的牢固的栈道,往上行,经过流泉飞瀑、试心池、天桥、云梯,就到了整个景区的中心——门河峡。门河峡以瀑布的多与美著称。沿着峡谷向北逆流而上,过碧园清流,我们看到了一道道形态各异的大小瀑布。双龙瀑如双蛟吐玉,千瀑岩众瀑生媚,情人瀑自有似恋人约会的风韵,鲤鱼瀑恰似鱼跃龙门。此外,还有龙门瀑以及众多叫不上名字来的大小瀑布。这些瀑布或处山腰,或入深涧,飞短流长,宽窄相连,仿佛一条条洁白的哈达,系在山腰,垂落山脚,又好像无数条银练在山谷中飞舞。

就这样,我们一路上观瀑谈瀑赏瀑,在不知不觉中走过了八九百米的路程,到了被人们誉为天下奇景的石门流翠。石门流翠因谷中天然形成的石门而得名。远观石门,高近百尺,两边门柱,巍然矗立,门染靛紫,气势宏伟,一门锁谷,浑然天成。透过石门远眺,别有一番洞天。远山着绿染红,高天流云飞鸢。一弯溪流,经石门款款泄出,冲刷着静卧的大小鹅卵石块,倒映着肃穆的群山秀色。近观石门,蜂蝶翩翩,鸟鸣成曲,游鱼浅翔,碧流溅玉。环顾四周,山上大大小小的红豆杉依稀可见。

游完欢乐谷,我感慨不已。不知是陵川这片净土给了红豆杉生存的勇气,还是凤凰谷与它独有情缘?陵川旅游,突飞猛进,喜讯不断。围棋名人战蜚声中外,凤凰欢乐谷名播神州。不知是北京亿信通公司适宜于陵川,还是陵川适宜于亿信通?更感慨北京亿信通人的眼光、胆魄与超前思维。在旅游经济迅猛发展的今天,也许这同样需要一种缘吧!

"球迷"经历

　　从少年时代起我就是一个体育爱好者,对什么运动项目都喜欢,尤其是足球,可以算得上是一个足球迷了。每每赛事,不管中国的、外国的,无论地方省市的联赛或全运会的,包括四年一届的世界杯、欧洲冠军联赛、南美解放者杯、意甲、德甲、英超、法甲、西甲,等等,关于足球的赛事、优秀的球员和球星的所有消息,统统都是我希望了解和关注的。若是和球迷们聊起赛事,说起自己喜欢的球队和球员,特别是议论某个球员的娴熟球技,聊起比赛时看到的精彩激烈的场面,球员的战术配合、盘带过人、鱼跃冲顶、起脚射门的瞬间,我更是如数家珍。不过,也常常因为自己喜欢的球队赢了而欣喜若狂、欢呼雀跃,为某某球员发挥不正常而扼腕叹息,甚至曾与球迷因为比赛的输赢争得面红耳赤。平时只要能到现场观看,我就一定前去观看;如果是电视直播赛事,那我肯定会早早就把其他事情放下,连夜等候在电视机前,几点开球几点观战,从没有耽误的时候。因为国外球赛大多在半夜,所以,我熬夜看球就成了家常便饭。即使因为工作关系,确实没有时间看的,也总会时时关注赛事的进展。

20世纪60年代初,我在天津上小学时就已经是一个"小球迷"了。离我家最近的一所中学是十八中,我所以专门提到十八中,是因为这所学校不仅是全市的重点中学,也是足球活动开展最多的学校,更是我球迷生涯的起点。当时这个学校有不少球艺了得的学生,每到星期天都会举行一场足球比赛,吸引着众多足球爱好者前去观战。学生们本身就喜欢星期天,可以好好地玩,能够看到让我们痴迷的足球赛,心情就更加迫切了。一到星期天的上午,离开球时间还有一段时间,我们一些喜欢足球的小伙伴就都不约而同地三个一群两个一伙地早早去等着看比赛了。由于我们是小学生,当时是不能进到学校里面看球的,只有本校生才能享受到校内看球的待遇。尽管不能近距离观战,我们仍然挤在球场外的围墙上隔着一层铁丝网看球。就这样远距离地看球,也一样看得津津有味。我们小伙伴们一起看着聊着评论着,很过瘾,就这样校外观战了好几年。现在回味起这段生活来,我仍觉得有趣,依旧如昨天一般。

"文革"期间,我看过的比赛很少,也就那么几场,然而留下的印象非常深刻。在南开大学体育场,看过国家联队的比赛,联队里的右边锋李宙哲、中锋蔺新江、守门员张业福是球队最优秀的队员,也是球迷心中的偶像级人物。看他们踢球真是太过瘾了,李宙哲的快速突破,蔺新江的凶狠打门,张业福的飞身鱼跃永远留在了我少年时代的脑海里。那时至今,尽管过去了很多年,但我还时时会关注他们的消息,不时会上网搜搜他们的近况,特别是李宙哲。李宙哲，1964年开始在空军足球队踢球，1969年入选中国国家足球队，担任主力右边锋，先后参加过第七届亚运会和第六届亚洲杯，并出访过近30个国家和地区。李宙哲个子不高，但脚法出色，速度、爆发力均出类拔萃，当时曾被称为亚洲最佳右边锋。

除此之外，我还在民园体育场看过河北队和毛里坦尼亚、塞拉利昂国家队的比赛。那是"文革"时期很少的几场国际比赛，和球迷们聊起曾经，总会提到这几场比赛。

在我的记忆里，能亲自到球场观看球赛，就到了1975年的第三届全国运动会了。1975年9月12日至28日，第三届全国运动会在北京举行。那时我正在山西大学体育系上学，知道全运会在北京举行，特别是知道足球比赛的日程后，就安排好学习时间，专程前往北京了。我先回老家天津，然后约了和我一起长大的邻居，他和我一样，也是一个标准的足球迷。看球赛是需要整个沸腾的气场的，现场气氛越热烈，球迷们热情越高涨。在家里，坐在电视机前静静地看球赛，总是觉得缺少什么。你看当今每有球赛，很多球迷会走出家门，相聚到球场观看，看台上人群里有说的、评的、喊的、叫的、骂的，甚至争得面红耳赤。能够到现场观看球赛，真是球迷们的最大享受。

20世纪70年代中期，人们生活水平普遍还不高，尤其那时我还是个学生，根本就没有能力到宾馆、招待所住宿。我这邻居在北京有亲戚，所以一到北京就先奔亲戚家落脚了。我们这次来看全运会的主要目的就是看足球，那天有辽宁队和北京队的比赛，地点是地坛公园体育场。球赛的门票十分紧张，我们费了半天劲才搞到一张，计划两个人拿着一张票到球场再想办法。等到了地坛体育场后,才发现看球赛的人很多,根本就搞不到多余的票。我俩那个着急呀,眼看着球赛就要开始了,只能在检票口来回转悠干着急。情急之中,发现球场的围墙不是很高,顶多也就两米多高。时间不等人呀!我看球心切也顾不上许多了,就想试试能不能翻进去。我把球票交给了伙伴,告诉他:"我翻墙进去,等我进去后,你再拿这张票进来。"

我一向身手比较敏捷,左右一看没人注意我们,就往后退了几步,一个助跑冲刺,随即两手攀住围墙上沿,身体用力向上,翻身跳了进去。当我俩边看比赛边聊这惊险过程时,伙伴讲:"刚才你跳墙时真够厉害的,旁边几个北京的哥们看到后佩服了半天。他们也没票,他们还说你看天津那位哥们多冲,咱们哥几个没一个敢这样翻墙跳的。"

我心想,平时我也是个斯文人,不比这几个小哥们差。可比赛立马就开始了,斯文也就跑光了。这天下午共有两场比赛,北京队对湖北队,辽宁队对八一队,依旧看得非常过瘾。场上激烈精彩:北京队的左边锋沈祥福快速地连续突破,逼真的假动作盘带过人,准确的底线传中;辽宁队迟尚赋身材高大、体力充沛、拼抢积极、打门凶狠;还有该队的后位、足球艺术大师戚务生统领全军镇守球门,都给球迷们留下深刻的印象。以至于很多很多年后,球迷们说起这几个当年的足坛风云人物,好评依然如潮。

1982年的亚大区世界杯外围赛也是我最难忘记的赛事之一,这也是中国足球和球迷最扬眉吐气的辉煌时期。我在电视上观看了中国队的几场比赛。当时国家队整体超水平的发挥和精湛的球技,真是让广大球迷看得如痴如醉。为了观看中国队对新西兰队的附加赛,我提前三天就到了北京。尽管离比赛还有三天时间,球票早早就已经售完。但为了看上球赛,我只好从票贩子手里花了15元买了两张高价丙票。那时的球票分三种:甲、乙、丙,甲票1元2角,乙票1元,丙票8角。现在说起15元好像没什么,当时我的月收入是39元,15元相当于我差不多一个月的生活费。亚大区世界杯外围赛的比赛时间是在秋季。那时,北京的深秋夜晚,微有凉意。我和一起从天津来的朋友,坐在工人体育场离场地最高最远的位子上观看了这场比赛。当时国家队汇聚了一批国内最优秀的球员,每个位置的球员特点都很突出,是一支阵容完整的队伍。前来应战的新西兰队来势很猛,一看就是一支典型的欧式打法的球队。其队员身材高大、拼抢凶猛,一般亚洲队和这种球队相遇总要吃亏的,结果这场比赛两队战成平手。那届世界杯外围赛,中国队因种种原因虽然没能出线,也给中国的球迷留下了许多遗憾,但纵观国家队整体表现,球迷们还是非常满意的。多年以后,提起1982年世界杯外围赛来,我仍津津乐道。那时的中国足球,真正给广大球迷带来了快乐和享受。

全国第一届足协杯于1984年秋季在武汉举办,我得知这个消息后,马上做前往武汉看球的准备。临走前,我在单位开了张介绍信,当时还没有身份证,住宿登记需要本人单位的介绍信。带上钱和全国粮票,因没有找到同去的人,只好独自一人乘火车前往武汉。经过了10多个小时旅程,等到了汉口火车站天已黑了,出站后在路边一个小摊上简单的吃了点东西,然后开始寻找旅店。20世纪80年代初期的武汉虽然处于交通大干线上,是全国重要的交通枢纽,但旅馆仍然很难找,问了好几家都是人已住满。眼看着已快夜里11点了,我傻了眼,做好了露宿街头的准备。好在我多年走南闯北的,适应了这种生活。当我拖着疲惫的身体又返回汉口火车站时,看到候车室的长椅还有空着的,就不管不顾地蜷缩在长椅上呆了一宿。天不亮,我又赶快出去找住处,最后在武昌找到一个用防空洞改造的、只有地下室的旅馆。住的问题解决了,下面就该看球了。那次足协杯因参赛的队较多,所以球票好买。当时武汉三镇共有3个比赛场地,新华路、六角亭,汉阳古琴台那边还有一个,在这3个场地我共看了10多场比赛,足足地过了一把看球瘾。

1988年夏季,我坐火车从天津返回山西。这趟车是天津发往武昌的,途经河南的新乡、郑州。坐车一般是很无聊的,哐当哐当的车轮伴一路。巧的是,在我坐的软卧车厢里有两位天津足球队的队员,所以,话题就多了起来。我们聊着聊着,互相就熟了起来,知道一位叫王兴华,另一位叫山春季,他们是去郑州与河南队踢一场友谊赛的。在聊天的时候,我发现他们每人手里都拿着赵瑜写的报告文学《强国梦》在读,就好奇地问:"这本书你们也在读?"他俩说:"天津现在从体委的领导到各项目的专业队,不论教练还是队员都在读,而且是人手一册。"

一年多以后,我在晋城至长治的列车上正巧遇到写《强国梦》的作者赵瑜,我们俩聊了一路,当聊到《强国梦》时,我问赵瑜:"你书里写到了武汉足协杯,还写到有两支球队为了下一轮不碰上强队,竟然往自己门里踢球的比赛,你当时也看了这场比赛吗?"

他说:"没有。"

我说:"我是看了那场球的。那场球是在汉口新华路体育场踢的,是夜场。两支球队为了避开在下一轮比赛中不想遇到的对手,只有谁输了这场球才能避得开,就这样两队球员上演了向自家门里踢球的丑剧。"

不得不佩服。作家赵瑜在书中记录和描述的情景比我在现场看的还清楚,不愧是一个名副其实的报告文学作家。

最近媒体连续报导我国足球高官、裁判和球员的假球黑哨,赌球的案件真是怵目惊心,广大球迷十分愤恨。我想:中国的足球要想走出国门,先得从娃娃抓起,还需要净化足球秩序,提高和培养足球为国争光的意识。我相信,我国的球迷总有一天会看到,中国足球在世界赛场上扬眉吐气的那天!

救　火

　　从小到大,我获过很多奖,有在学校里的,有参加工作以后的。荣誉证书获过不少,但最让我感到自豪的,还是1994年被市委、市政府评为晋城市"十大见义勇为先进分子"。当时,市政府还给我们每人发1000元奖金。那年,市里正筹资修建晋城至阳城的高速公路,我随即就把这奖金全部捐给了晋阳高速公路建设。

　　那是发生在1993年夏季的事情。我家那时住在凤翔小区19号楼1单元。我一向是坚持体育锻炼的,经过这么多年的体育锻炼,我很赞同一些专家的看法,即:体育锻炼能够改善情绪状态、能够确立良好的自我概念、能够培养坚强的意志品质,还可以消除疲劳,治疗心理疾病。这天一大早,我和往常一样,早早就起了床,洗漱一番就准备出门去晨练。突然听到有人在大声不停地呼喊:"二单元2楼失火了! 快救火呀"!

　　一听到外面喊着失火了,我什么都没顾上考虑,从4楼迅速地往楼下跑,几乎是跳跃着跑到单元门口的。这时我才发现,是我们那栋楼二单元201的阳台着火了。这时,二单元门前已聚集了不少人。有几个人还一边喊一边用手指着失火的方向,有的人急忙上去敲这户人家的门,但没人回应。记得当时很危急,一会儿就浓烟四起了,火苗不时从烟雾中探出来,还不断发出噼里啪啦的声响……

凤翔小区的住户全部是使用煤气做饭的,管道四通八达,一户连一户,火势眼看着越来越大。俗话说水火不留情,一旦火势扩大,蔓延到另一侧的煤气管道引起爆炸,那后果是不堪设想的。

在20世纪90年代,电话在当时还算奢侈品,仅初装费就好几千,所以普通人家大多没有安装。哪像如今,手机也几乎每人一部,遇到急事可以随时联系。看着越来越大的火势,我急忙询问谁家里有电话,一问,正好二单元301的住户家中有电话。这时,我和301的主人快速跑到3楼,马上拨通了119,同时我简洁明了地向119报告了火情。报警完毕后,我又急匆匆地跑到了楼下。这时火势比刚才又猛了一些,噼哩啪啦的声音更密集了。此刻不能只等待消防车了,当务之急只有马上控制火势。从小到大多年喜爱体育运动,练就了我健壮敏捷的身体以及沉着冷静的心态,这回可派上了用场。我先观察了一下环境,然后敏捷地攀上101房间的阳台,随即用双手抓住露在墙外的煤气管道,一个用力向上,即刻抓住201房间阳台的围栏边,然后双手再用力,一个类似引体向上的动作,跟着就是一个鹞子翻身到了二楼阳台上。这时,近距离地靠近不时升出的火苗了,高热的温度顿时把我裹胁了。我用手推了推阳台上厨房的铁门,没有推开,门从里面插住了。怎么办?

大火，煤气，此时不容我多想了。我抬起右腿，用力一脚把铁门上的玻璃踹碎，马上靠近铁门，伸手进去把厨房门打开。一看，厨房里正好放着两桶水，估计是房主接的备用水。我赶紧拎出一桶就泼在火苗上，紧跟着又泼了第二桶水。真是水火不相容，两桶水泼上去，火势基本已被控制住，只有一些小火苗还不时地冒出。这时，听到远处传来消防车的鸣笛声，心情顿时轻松了许多。

等消防队员把房门打开察看了现场后，消防队长握住我的手说："多亏你了。如果不是你果断采取了措施，控制住了火势，后果真是不堪设想。是你保护了人民群众的财产安全，我们前来救火的消防队员都很感谢你。"

聚集在现场的邻居们也都为我这种行为大加赞扬。一位邻居的老母亲，她亲眼看到我救火的过程，回去后和家人描述了当时救火的场面，到处夸说："还真亏了老金，真勇敢！"

后来我了解到，二单元201房间失火的原因，是因为装修完房子后，没有及时把一些零碎的木料和易燃杂物清理掉，仅仅是堆放在阳台一角，结果遇到明火，才发生了火灾。

这件事虽然没有酿成大祸，但给我们的教训却是深刻的。易燃杂物要及时清理。对于火灾，要始终保持警惕，防患于未然，绝不要让类似的事情再发生在我们身边。

中华小姐戚洁

2011年3月10日上午9时，一个陌生的电话010-51255083号码打了过来。对于陌生电话我是一般不接的，主要原因是常常接到一些诈骗电话，有时也会有北京那边一些不知真假的单位、部门推销东西或组织什么赚钱的培训等等。可那天不知为什么，我竟接了这个电话。电话里传来的声音一开始我没听出来，询问后，才知道是大洋彼岸硅谷的国际长途，对方是我插队时的青友后又一起在山西大学上学的同学戚珂。

戚珂现定居美国。他在电话里告诉我个令他和我都很兴奋的消息，说他女儿戚洁也结婚了，前不久还生了一个小宝宝，他现在当外公了。我虽然看不到戚珂的神态，但从他叙述的语气里，可以听出其喜悦和满足。也是，谁家有这样一个各方面都非常优秀的女儿能不自豪？

他女儿戚洁真的很优秀，不仅学业有成，而且知书达理、气质出众,为人处事十分得体。她曾在2004年凤凰卫视举办的"中华小姐环球大赛"中闯入四强,获得的是友谊小姐大奖。虽没有折桂,但给人们留下了十分深刻的印象。因为中华小姐强调不但是以全球华人为背景的大中华概念,她们还蕴含着中华文化及中国传统道德美。

"硅谷女性协会"理事会主席余雪在网上写了一篇文章——《美丽的戚洁》,对戚洁处处彰显的非常得体的个人魅力做了详细的描述,对戚洁的整体评价也很高。文章是这样表述的:

认识戚洁,应该说是一个很偶然的机会。那还是2003年年初,春节过后,我刚从国内过完年回美国,时差都还没调过来呢,就接到友人的电话,说是给我留了一张中央民族乐团在 UC Berkeley 演出的票子。那天是最后一场演出了,既然是最后一场,我当然要去了。

演出开始后不久,听到身后传来一个女孩柔柔的声音:"对不起,请让一让。"我回头一看,一个非常年轻,高挑、美丽的女孩正倾身要坐在我身后空着的座位上。她的后面还跟着一位中年妇女。我之所以用"美丽",而不是"漂亮"来形容这女孩,是因为她身上那种与众不同的高雅气质。现在是漂亮女孩满天飞的年代,但这种气质的女孩还真不多见。她穿着一件淡蓝色、样式十分简约却很雅致的高领羊毛套裙,鹅蛋型的脸上带着十分沉静而友善的笑容。这时候,陪我来看演出的坐在我身旁的朋友压低嗓门跟女孩后面的中年妇女打招呼,原来他们是老朋友,那女孩是那中年妇女的女儿。我朝她们点头笑笑,女孩也回了我一个甜甜的微笑,大家就静下来专心看演出了。

演出中场休息的时候,一些老朋友过来跟我们聊天,也跟她们母女俩打招呼。这时候我才知道这女孩是刚当选的星岛周刊首期封面佳丽的戚洁，难怪刚才觉得有点面熟。原来，我看过她的照片，是在我们"硅谷女性"的网上论坛上。有人把她当选的消息和照片转发到那里，由此还引发了一场关于"美丽"的讨论。大家一致公认照片上的这位佳丽确实美丽，有的网友还感叹为什么在湾区没见过这么美丽的女孩，还有的网友质疑这女孩在生活中也许并没有照片上这么漂亮，照片上美丽的效果可能靠的是化妆及摄影技术，等等，讨论得挺热闹的。

我跟戚洁聊了起来。聊天的过程中我发现我喜欢上这个女孩了。这女孩性格十分开朗，热情大方，可又不是那种头脑简单、自以为是的美女。难能可贵的是，她十分谦虚诚恳。我从同行的友人那里了解到更多关于戚洁的情况。戚洁在小学的时候跟父母从北京来美国，父母都是搞艺术的。在他们的熏陶下，戚洁身上培养出一种十分高雅的艺术气质。她从小学音乐，拉得一手好小提琴，还学过多年的舞蹈。她父母都热心公益，因此，戚洁也常以自己的才艺，参加湾区华人社区内的一些公益演出活动。现在的她是大四学生，学的是市场管理，同时还在硅谷一个高科技公司半时工作。我觉得这女孩为人处世十分得体，有大家闺秀的风范，在如今浮躁动荡的硅谷，这种女孩是很难得的。

看了这位女士的文章，不知怎的，我在为戚珂有这样优秀的女儿高兴的同时，思绪却回到了从前——

从1970年插队起，我和戚珂的友谊就开始了。我们俩是一同到山西插队的天津知青，1973年又一同被选送到山西大学，我在体育系，他在艺术系。后来他又与一个艺术系的同学结了婚，也算都是同学。1976年毕业后，工农兵学员正赶上社来社去，我们又一同回到了高平县。之后,他通过努力,调到了省会太原,我仍留在高平,自然,见面的机会很少了。但是,几十年来,我们却一直保持着联系,而且都十分关心对方的学习、工作和生活情况。我们这批在高平的知青共有300多名,落实知青政策时,绝大多数都回天津了,只有很少一部分留在了山西,还有一些因种种情况调到了外地,现定居或移民国外的不多,戚珂是其中一个。这批69届毕业的知青,现在都是近60岁的人了,到这个年龄的人大都非常怀旧。逢年过节,只要是知青们聚会,大家都要回忆一下当年插队的生活,提一提问一问某某的情况,子女们在哪里,现在都在做什么?每当大家提到戚珂时,我都要向他们介绍戚珂本人及女儿戚洁的情况,还提醒他们在网上点击2004年世界华人小姐环球大赛,看看参赛选手戚洁。

戚洁是戚珂夫妇的骄傲,我觉得也是我们这个群体的骄傲。在我们这个群体中,能有戚洁这样出类拔萃的第二代,那真是不简单。记得20世纪80年代初,我回天津过春节,在和平路上正巧遇到了戚珂和他的母亲。他家就住在新华路,与和平路只有一街之隔。当时在伯母的邀请下我去了他家。这一片原是和平区的日租界。他家就住在一个大院里的二楼,房间不大,屋子里面很拥挤。因春节刚过,可能家里来的亲戚多,还在地板上搭了一个临时的地铺。那时,我们都还很年轻,一进屋,就看见地铺上有一个三四岁的小姑娘正在玩耍。那小姑娘皮肤很白,长的也很洋气,样子很像她妈妈。我猜是戚珂的女儿。当时戚珂的爱人也在家,告我说女儿叫戚洁,还让戚洁叫我叔叔。小戚洁果然很礼貌,叫着叔叔和我打招呼。在我们同学互相聊着这些年各自的经历还有以后的打算时,戚珂母亲也就是戚洁的奶奶忙里忙外,很热情,又大方。那时她大概是50左右。上学期间,伯母经常到我家看望母亲,我知道伯母是一位非常典型的有文化、热心肠、性格开朗的贤德女性。

看到戚洁现在的成就,联系到戚洁的父母亲和奶奶,我觉得人才的成长,一看先天遗传,二看后天教育。遗传是基础,教育是关键。小戚洁继承了两个艺术系大学生父母的优点,但奇怪的是,我总觉得"隔代遗传"极多,她更是继承了伯母的许多优点。孙女和奶奶相似的地方真是太多了。看来,中国妇女的传统美德不光在中国可以一代一代传承,如果你是中国的"根",在异国他乡同样可以发扬光大。

如今的选美大赛很多,可谓"佳丽云集",但能够留给人们深刻印象的并不多。而能够在人们心里获得肯定的,一定是各方面都非常优秀的。外表靓丽是其一,内心纯洁、品质上乘,才能走得更远。我真心希望,在世界各地,更多地出现像戚洁这样优秀的华人小姐。

唱　歌

　　如果有人问你曾经非常熟悉的某首歌曲的歌词是什么，你或许一时想不起来。但只要有熟悉的音乐响起，你就会不由自主地随着音乐把歌词唱出来，甚至可以唱完整。这就是音乐的神奇。我常有这种感觉。的确，熟悉的音乐能让人回味曾经的岁月，唤起美好的记忆。因为音乐是人们抒发感情、表现感情、寄托感情的艺术，不论是唱、奏或听，都联系人们千丝万缕的情感因素，是对人类感情的直接模拟和升华。我谈不上对音乐有多大兴趣，但喜欢唱歌。

1

　　我从小偏爱体育运动，对音乐也可以说是一窍不通。我认为自己没有一点音乐细胞,尽管没事的时候也唱唱,但仅限于自娱自乐而已。在山西大学的一次全校联欢会上,和我同班又是同乡的一位同学代表我们体育系出了个节目。他当时唱了一首朝鲜电影《月飞山》的插曲《月飞山,英雄山》。当时他唱得十分成功,为此轰动了整个山大校园。从他的"轰动"中,我开始对唱歌产生了点兴趣。

1970年,周恩来总理访问朝鲜。随后几年,我国出现了一股"朝鲜热"。随着朝鲜电影在我国上演引起的巨大轰动,一批朝鲜歌曲也开始在我国广为传唱。这些电影歌曲大多旋律优美,有些还是当时中国不多见的四三拍节奏,还有点儿苏联歌曲的味道,因而为听烦硬性歌曲的中国人的欢迎,其中就有电影《月飞山》的插曲《月飞山,英雄山》。这支歌的曲调磅礴激昂,雄浑壮美,非常好听,很受欢迎。时隔几十年了,我至今还清晰地记得这首歌的词曲。毫不夸张地说,外国电影歌曲,是20世纪50年代出生的年轻人十分喜欢的流行歌曲,是青春之歌。特别是这首歌经过我国著名男高音歌唱家贾世骏的演唱,产生了极为广泛的影响,受到了音乐界和人民群众的高度评价和由衷喜爱,并广为传唱。

有时候,人生轨迹的改变是由很小的改变而改变的。一首歌的演唱成功,让我的这位同学发生了根本的改变。这位同学在体育方面除了个头高一点,没有什么特长,从那次唱歌后,使他突发了想转系的念头。他把心思告诉了我,正好在艺术系有我一位高平插队时的知青战友,打那以后我就经常陪他去艺术系转悠。一来二去我们和艺术系的师生就混熟了,教声乐的老师有空也辅导他一些发声的方法,经多方面努力,他最终转到了艺术系,成了该系音乐专业的学生。这样,艺术系又多了一位同乡同学,所以我一有空就爱去艺术系玩。

一次偶然的机会,一位教声乐的老师问我,"听你讲话的声音有一种金属声,你们喝海河水长大的都有很好的唱歌天赋,你的条件比他还好,你是否也乐意转系? 如果系统学学,一定会更好。他又讲,好的嗓音不见得就一定能唱得动听。唱歌不仅要有唱歌的本钱,而且还要靠科学的训练方法,两者缺一不可。"

说实在的,听到老师对自己音乐方面的肯定,我还是很高兴的。但那时从心里说,我是不想转系的,因为我真正喜欢的还是体育。

2

1990年夏季,我随省工商联组织的考察团去海南学习考察。在三亚去琼中的大巴车上,导游小姐给我们唱了一两首歌曲,然后她要求我们每人也要唱一首。那次考察全团大约有30个成员,一位在县里工作的领导唱了一段上党梆子《智取威虎山》的选段。他唱得不错,有板有眼的。随后不论导游怎么邀请,就是没有一个人敢出来唱了,怎么办? 冷了场确实很没面子,我想这回可真要赶鸭子上架了。

自从得到声乐老师的肯定之后,我也有意识地去学了一些歌,特别是在去艺术系玩的时候,有意无意地会去学习些声乐方面的知识,听听他们唱歌。遇到好听的歌,我就会去不断地学,不断地听,并仔细揣摩歌曲中的韵味,但大多时候只是自己一个人私下里唱,当众从来没唱过。此时,为了不冷场,也顾不上许多了,我拿过麦克风试了一下,然后使劲清了清嗓子,唱了一首苏联歌曲《三套车》。也许我的嗓子真不错,反正刚一开口唱,掌声就来了。等唱完,大家都鼓掌说我唱得好,强烈要求再唱一首。唱歌和演讲一样,就怕没人听和没人喝彩,如果讲或唱了半天,没有人呼应,自信心会大大降低的。既然大家都这么喜欢听,我的自信心一下得到了极大地提升。接着,我又很投入地唱了一曲《桑塔露琪亚》,也大受欢迎。《桑塔露琪亚》是意大利那不勒斯的一首著名船歌,它是由意大利作曲家科特劳按威尼斯船歌的风格创作而成的。旋律优美而流畅,其情绪色彩多是开朗、豪放、热情洋溢的,给人以美好的艺术享受。尤其是歌词很美,将夏夜的美丽通过歌声展示在了人们面前,令人陶醉。

也就是从那次去海南之后,我感觉自己也会唱歌了。

3

从1993年开始,我连续当选了山西省第八届、第九届、第十届人大代表,参加了15年的省"两会"。按照会议的惯例,每次会议期间在驻地都要搞一次联欢会,联欢会的节目由各代表团和驻地宾馆的工作人员准备。第八届时,由梅花奖获得者、上党梆子著名演员张爱珍代表晋城代表团出节目。等到了第九届、第十届时,晋城代表团里没有了文艺界的代表,但每年代表和驻地的联欢还是要照常举办的。所以,晋城团的节目就由我准备了。我曾为代表团和驻地工作人员演唱过加拿大歌曲《红河谷》、苏联歌曲《山楂树》、罗马尼亚歌曲《照镜子》、阿尔巴尼亚歌曲《含苞欲放的花》、印度尼西亚歌曲《划船歌》等外国民歌。为什么我唱的都是外国民歌呢？主要是它们和我的知青插队生活有关。那时知青的生活相对单调,留给我最深的记忆就是苦、累、饿,除此之外精神娱乐方面更是缺乏。那时候,知青们最快乐的时候除了唱歌就是吹口琴了。

不知道从什么时候起,在中国的公开场合不再唱苏联歌曲了。苏联歌曲不仅旋律优美,还有打动人心的内容。尤其是,苏联歌曲有中国"文革"歌曲所没有的爱情和美丽的姑娘。如唱《小路》时,"跟着我的爱人上战场"里面的缠绵悱恻,很是让知青们觉得温暖。我想,喜欢优美的旋律是人们的一种本能吧！当时知青手里流传着一本外国民歌200首的小册子,这些健康向上优美动听的歌,是当年知青们最好的精神食粮,几乎每个知青都会唱几首。现在我能当众露一下子,和我终生难忘的插队生活有着很大的关系。

2006年,我在中央社院培训了三个月,刚开学就赶上建校五十周年庆典。当时在社院共有各种类型的培训班五六个,院方要求每个班都要出节目。为了办好这次校庆,新学员又来自全国各地,初次见面有一个展示自己的机会,当然不会错过。所以,每个班都在全力以赴积极准备节目。通过班上同学的展示和筛选,我们班最后敲定了两个节目:一个是前羽毛球世界冠军唐九红领唱的合唱,另一个就是我的独唱。在校庆的联欢晚会上,我代表我们班演唱了一首苏联歌曲《灯光》,也一样很受大家欢迎。《灯光》的旋律朴素简单,是一曲健康向上的爱情歌曲。后来人们又借用它的曲子填上不同的歌词到处传唱。这首歌不仅曲调优美,而且歌词也很缠绵:有位年轻的姑娘,送战士去打仗,他们黑夜里告别，在那台阶前，透过淡淡的薄雾，那青年看见，在那姑娘的窗前，还闪亮着灯光。

社院的各项文体活动搞得都非常活跃，经常举办各类演出和比赛。五十年校庆刚过，社院又举办了一场高水平的晚会。这场晚会演员阵容庞大，被邀请的演员大多是专业文艺工作者，其中还有在国内享有很高声望的著名表演艺术家，如京剧表演艺术家梅葆玖、著名主持人陈铎、相声演员冯巩、小品演员巩汉林，还有当年春晚上《夕阳红俏佳人》的表演。看完晚会在回宿舍楼的路上，几位同学和我开玩笑说："老金，上次你唱的那首苏联歌曲，绝对能和他们专业演员PK一把！"面对同学们半开玩笑的夸奖，我心里还是美滋滋的。不过，我唱歌的目的，不为PK。

多年来切实体会到唱歌的益处。优美动听的歌声不仅可以给人带来无限遐想和听觉上的享受，还可以舒缓人内心的紧张，抚慰人疲惫的身躯，能带给人战胜困难去争取胜利的信心和勇气。让我们都来唱歌吧！

山水有情润兰心

——观王剑兰女士《银雾伴金秋》画作有感

　　民建晋城书画院举办的书画展已经过去好长时间了，我的心还一直沉静不下来。每当细细端详王剑兰女士赠送我的《银雾伴金秋》时，其画境的壮阔与我心境的跌宕呼应起来，使我久久不能平静。

　　2011年是中国共产党建党90周年，民建晋城市委为了表达对中国共产党的景仰之情和走中国特色社会主义道路的坚定信念，决定邀请民建中央画院、民建山西省画院和晋城市及外省市的书画家，共同举办民建晋城书画展。这次展览，由民建晋城书画院具体承办，是民建中央书画院晋城分院成立后举办的第一次书画展，也是纪念民建晋城市委会成立10周年系列活动的重要组成部分。

　　6月25日，民建晋城市委庆祝中国共产党建党90周年书画展在晋城市泽州路农展馆开展，共展出书画作品100余幅，既有来自民建中央画院和民建山西画院的名家力作,也有周边省市民建成员的精品佳作和我市基层民建成员的代表作品。开展当天,应邀参展的北京、天津、太原等地的民建书画名家在现场与我市的书画家一同挥毫泼墨。由于准备充分,杰作荟萃。此次画展吸引了很多市民前来观看。大家一边观看书画家即兴创作,一边欣赏展厅里的每一幅作品,还不时有人拍照留念。尤其是对民建中央画院王剑兰女士的山水画,人们好评如潮,不仅带着一种欣喜和一种探秘的心理去欣赏她的画作,而且细心品味着其画作中所呈现出的深邃韵味和意境,并随她的笔触一起游走在那充满灵性的山水间。

剑兰女士是大山的女儿,祖籍山东,长期生活在小兴安岭。她从小就喜欢画画,大森林的广袤与神秘,造就了她特殊的艺术天赋。成年后,她多次出外拜师学艺,曾就读于中央美术学院等多处艺术殿堂,现任中国林业美术家协会主席。其艺术造诣非常高,多幅作品被故宫博物院、人民大会堂及国外友人收藏,《人民日报》《光明日报》《中国书画报》和《美术》《传记文学》等报纸杂志发表了她近百幅山水画作品,是我国杰出的女山水画家之一,不仅民建中央、中央电视台等对她的山水画作品永久收藏,更令人振奋的是她的一幅《翠霭》竟然和中国绘画大师齐白石的《牡丹》一起被故宫博物院收藏,并一起选入中国故宫博物院建院80周年书画精品展书画精品集,足见其不凡的绘画功力和深厚的艺术造诣。她继承了黄宾虹、徐悲鸿、傅抱石等艺术大师的衣钵,将传统中国画法与西洋画法的调色透光结合起来,在中国山水画领域开辟了一片新的天地。画展前两天,我还与王剑兰女士通电话,再次邀请剑兰女士于开展前一天来晋城,王女士欣然答应了我的邀请。可惜天公不作美,北京地区大范围暴雨,阻挡了剑兰女士的行程。剑兰女士未能出席开展仪式,我与书画院同仁深感遗憾。连日来的阴雨绵绵,又赶上太行山国际文化节,原定展到7月5日的画展,7月3日就收展了。连绵的阴雨加上失落的心情,使我陷入郁郁寡欢之中。

就在我的郁闷无法排解之时,获知了剑兰女士一行3人将于7月12日前来晋城的消息,仿佛雨过天晴般清新空气徐徐袭来,落寞的情绪竟然一扫而空,整个人也显得清爽了许多。当晚,我召集民建有关人员安排接待事宜。12日下午6时许,在晋城大酒店我们见到了剑兰女士。以往在报刊电视里虽多有关于她行踪的文字和图片报道,但这次见到她本人,才使我们对她的风华才貌有了更深地了解。她白皙的脸上笑意盎然,端庄、秀丽的面容一如她的笔墨,既有南国山水的秀逸,又有北国原野的高洁,妩媚俏丽的眉眼间透着勃发的英气。可以说,其女性的纤细、温婉、柔美与其画作中给人以强烈的视觉冲击、处处呈现出的凝重、洒脱形成巨大的反差,柔与刚的完美结合在她的身上得到了充分地体现。

陪同剑兰女士一起来晋城的有她的爱人范先生和她的儿子。范先生是一个中国文化学者,她的儿子博览群书,具有一目十行、过目不忘的天赋。在白马寺半山腰的白马绿苑,我们为剑兰女士接风洗尘。剑兰女士从成都到郑州,从郑州到晋城,一路走来,非常辛苦。晚宴后,我想让她好好休息休息,但剑兰女士不顾劳顿,执意要连夜为我留下一幅墨宝。范先生说:"剑兰一幅画至少要画两个晚上,在晋城只待两天,今天就得动笔,要不,到走时就画不完了。"我只得写上安排做好接待剑兰女士挥毫泼墨的准备工作。

在龙韵公司柴慧青先生宽敞的办公室里,铺好毡子的大桌上,摆满了作画用的颜料。画纸是上午刚从郑州买回来的宣纸,画笔是剑兰女士自己带的。剑兰女士作画时喜欢听音乐,我告知柴先生。柴先生在剑兰女士还没有到来前,就打开了音响。当我们陪同剑兰女士走进办公室时,优美动听的轻音乐,已经弥漫了整个空间。剑兰女士拿过纸,看了又看,摸了又摸,最后选了一张四尺宣。她说:"纸张不是特别好,只能将就着用。"剑兰女士用画笔把各种颜料调好,开始作画。她先在纸上从右向左划了几枝树杈,然后一笔一笔写起树叶,一遍一遍添加颜色。她作画时有个特点,一边作画,一边和我们聊天,还画里画外,跑来跑去。轻松愉悦的音乐,伴着她的画笔不停飞动,犹如舞蹈家杨丽萍的孔雀舞,又如苏州绣娘在穿针引线描龙画凤。这种感觉,只有在作画现场,你亲眼目睹才能感觉到。

剑兰女士作画时,还与我们谈了一些绘画鉴赏方面的话题。剑兰女士讲,她平时作画的纸是专用的,每张纸上都印有她的名字。我顺便问了一句:"这种纸是不是很贵?"话一出口,自己就懊悔起来。剑兰女士说:"纸笔都是安徽一位企业家无偿提供的。"她说着拿过手中的画笔让我看,每一只画笔笔杆上,果然都刻有"王剑兰专用画笔"字样。书画界的讲究太多,我们这些圈外人实在难以知晓。剑兰女士在画案前挥毫泼墨三个小时,我在画案旁一直站着欣赏了三个小时。午夜时分,剑兰女士放下画笔,说:"看来,今天只能完成一半,余下的明天再画。"

第二天,游览王莽岭。中午时分,我们陪同剑兰女士和她的丈夫、儿子一行,到了王莽岭山顶。午餐后,大家一同游览着王莽岭风光。雷声阵阵,或作或停;雨如蚕叶,时阴时晴。导游说:"这种天气最怕打雷。一打雷,山顶上的游客就会有危险。"我听了,心里不禁紧张起来,看着剑兰女士沉浸在王莽岭的美景之中,我又不便作声。我们走走停停,游览了三个多小时,游完了王莽岭景区。剑兰女士与她的丈夫和儿子非常高兴,他们被王莽岭的巍峨挺拔、险峻飘逸深深地吸引着,跑遍了每一个景点。

夜幕时分,我们陪同王剑兰女士一行,回到了市区。东唐小镇的经理陈勇军先生设晚宴款待,大家边吃边聊。剑兰女士的爱人范先生说:"能不能给我找一些有关王莽岭的图片资料?"我说可以。晚上大约九点,我们陪同剑兰女士一行又到了龙韵公司,陪同剑兰女士一起继续作画。今晚,她要把整幅画全部完成。画纸上已经显现出基本的轮廓,有高山,有云雾,有瀑布,有河流,还有烂漫山花,累累硕果。只见她落笔神速,变化多样,仿佛在画纸上随意挥洒着,不知不觉,就过去了3个多小时。我问范先生:"这幅画还需要多长时间?"范先生说:"还需要再画两个小时。"

看了看表,已是午夜,我实在站不动了,只好坐下来,观赏她作画。再看整个画面,一山一水,一草一木,韵味十足的墨气如春雨润肺,使我感到非常畅快。范先生说:"剑兰作画非常认真,她的每幅作品,都要求有创新的元素,这幅作品也是同样。她现在正处于创作的旺盛期,每次重要的创作,都有一定的学术价值。"

又过了两个小时,剑兰女士说:"画已基本完成,最后还要画上3只小鸟,3间房子。"她让我想一想,给画幅起个名字。对于书画我是外行,给画命名,是画师秀才的事,我来不了,既然人家请求,就假装斯文地说:"秀丽山川或太行佳色怎么样?"剑兰女士听了,不置可否,面庞上露出不太满意的神色。她把3只小鸟和3间房子画好后,说:"这幅画就叫'银雾伴金秋'吧!"听了她的话,大家一起鼓起掌来,说"'银雾伴金秋'好。"

伟岸的山崖,烂漫的山花,从天而降的飞瀑,平缓而行的河流,散落于树桠丛中的石板小屋,历经千万年风霜雪雨层层剥蚀的岩石,在漫天而起的银雾中,是那样的从容,那样的安祥。3只不知名的小鸟,向着银雾的最高端,冲天而起,展翅飞翔。剑兰女士说:"你姓金,又近花甲之年,已到了收获的时节。就用这银雾与金秋,祝福你和你的家人幸福美满吧!"我一遍又一遍地观赏和品味着这幅大作,心情非常激动和感慨。这幅画作于中共建党90周年之际,画景是那样伟岸,那样从容,那样云腾雾绕,那样意气风发。这不正如我们可爱的中华人民共和国摆脱危难,迎来收获并满怀信心地走向美好的未来吗? 我要把这幅画献给我们的祖国,献给带领全国人民走向美好未来的中国共产党。

经过两个晚上,耗时8个多小时,这幅画终于完成了,在场的人举着画和剑兰女士合影留念。这是我有生以来,用这么长时间观赏画家作画。要不是亲临现场,亲眼目睹,真难想象,一幅画的产生,是这样难。第3天,我陪同王剑兰女士一家,游览了皇城相府,并将晋城摄影艺术家秦红宇先生的画册《王莽岭》送给了她。看着制作精美的画册,想着刚刚游览过的王莽岭自然风光,剑兰女士激动起来。

当天晚上,剑兰女士和家人乘火车返回北京。在车站分手时,我对她说:"我在陵川整整工作了10年,王莽岭少说也上了几十次,对王莽岭的喜爱,无法用语言来表达。诗人李锐有首诗叫'不登王莽岭,岂识太行山? 天下奇峰聚,何须五岳攀。'最能代表我的感受。"剑兰女士说:"王莽岭的景致真是太让人羡慕了。到了王莽岭，我像是回到了兴安岭，又不是兴安岭。我一定要将这种感受用我的画笔写出来。有机会我还会再来王莽岭。"她表示，她将创作一批反映太行山、反映王莽岭的作品，力争在山西、北京各举办一次画展。

剑兰女士回去不久即来电告知，希望我把这幅《银雾伴金秋》作品装裱好后拍张照片传给她，她将把这幅作品收入她正在编辑的个人大型画集。电话中还得知，她的山水作品全国巡回展将于9月26日在哈尔滨开幕，届时这个画集将在全国正式发行。

得知此消息，我由衷地为剑兰女士高兴，期待着与王剑兰女士一家再度相逢王莽岭，更期待着她的太行山风情画展能够在我们晋城举办。

遗　　憾

　　人的一生中,只要想有所成就,就得读书学习,用知识武装自己的头脑。在我的青少年时代,也就是对学习和知识最渴望的时候,却无法寻觅到可读和想读的书。那时候常想,什么时候我可以看到很多很多书呀!

　　那个年代,可供读者阅读的书不多,和如今满世界都是书相比,显得单一多了。新华书店不多,陈列的书籍类型相比较而言,应该说是极少。在醒目位置摆放的,大多是《马恩列斯选集》以及《毛泽东选集》等政治书籍,经典的文学书籍基本上是看不到的;具体到个人,房间里的书也有一些,但读的最多的是《毛泽东选集》和《毛主席语录》。我们那时候常常是自觉地背诵《老三篇》,自觉地抄写《毛主席语录》,自觉地写学习心得笔记,可以说,毛主席的话是当时每个人斗私批修的锐利思想武器。无论大人小孩,每做一件事情,或大或小,或轻或重,或沾边或不沾边,都会自觉不自觉地用毛主席语录做对照。能做与否,一目了然。

到20世纪70年代末,我国开始实行改革开放之后,文化市场逐步繁荣起来,继而,各种门类的书——中国的、外国的、古人的、今人的都摆上了书架,尽管各类书籍纷纷出版和再版,可供人们挑选的书目也日益多了起来,书籍的装帧也越来越讲究,越来越上档次了,但我渴望读书的欲望和兴趣却怎么也找不到了,似乎那些书可有可无,与我无关。每每上街,看到新华书店时,出于一种猎奇心理,我也总会进去寻觅一番,有时也会有选择的买几本。可是,真能让我有兴趣从头看到尾的似乎没有几本。不知道是自己的审美和品味下降,还是什么原因,很多书最多翻一翻,就觉得兴趣索然,不想再继续翻阅了。说实话,看着新华书店的柜台摆满了品类繁多的书籍,竟然寻觅不到自己想读和可读的书,有时真地感到有些悲哀。直到有一天,我寻觅到一本书,并一口气读完了,这才仿佛真正消除了自己饥渴般的迷茫。

这本让我忘了吃饭喝水,牺牲了睡觉的书,就是钱钟书写的长篇小说《围城》。文学界对《围城》的评价很高,如"语言犀利"、"讽刺尖露"、"诙谐幽默"、"妙语连篇"等,《围城》里面有很多段落、章节,甚至连每句话都可玩味,令你慢慢品尝。我由开始泛泛地了解故事情节,到后来的细细品味小说中精彩的对白、深邃的内涵,一步一步地沉醉其中了。由于反复看了好些遍,有些章节我几乎可以背诵下来。后来了解到,小说1947年在晨光出版公司印行问世之后,颇受欢迎,不到两年就出了三版。新中国成立后,一度绝版30年,1980年再次重印,在青年中引起了强烈反响。

这以后我又陆续读到过一些好书,印象较深的有沈从文的《边城》,冯骥才的《冯骥才选集》,贾平凹的《废都》及散文,陈忠实的《白鹿原》,等等。现在我能写点小短文,我认为与以上作家有很大关系。他们作品的深邃内涵对我的影响很大。一般人的理解,只有作家写的文章才叫创作,其他人写的文字只是记录了发生在自己身边的一些人和事。但我认为,作品写出来能否让读者喜欢是关键。作家们常说,创作的源泉来源于生活,一个人的经历也就是一个时代的缩影。如今的我,仿佛进入一个思绪奔涌、无法停下脚步的时期,内心澎湃仿佛聚满写作的激情,有股力量一直在督促我把自己的经历、把身边的人和事记录下来,否则,夜不能寐。我的经历和阅历可能比同龄人多一些,把它记录下来,或许是人生"唯一",但怎样才能把它写出来?这就要参照范本了。

我经常参照的范本有两个,一是贾平凹的散文,二是《冯骥才选集》。这两位作家风格迥异,各有千秋,在我国文学界享有极高的声望。

冯骥才以写知识分子生活和天津近代历史故事见长,注意选取新颖的视角,用多变的艺术手法,细致深入地描写,发掘生活的底蕴,咀嚼人生的况味。他的才气不仅表现在文学创作方面,也表现在绘画、书法、文艺理论、艺术鉴赏及收藏等诸多方面,堪称全才、通才。而贾平凹的文学作品极富想象力,通俗中有真情,平淡中见悲悯,寄托深远,笔力丰富,不仅在我国拥有广大的读者群,而且还超越了国界,得到不同民族文化背景的专家学者和广大读者的广泛认同。贾平凹的大部分散文都闪烁着哲理的火花。这种哲理多出自作家对生活的体验和感悟,而非前人言论的重复,哲理的诠释过程也就是文章的重心,极富情致和个性。

这两位作家是我写作的老师,更是我尊敬崇拜的偶像,他们作品中的好多篇章我读了后不能说过目不忘,但书里边描述的故事情节我会记得很清楚。看他们的作品越多,对他们的崇拜和崇敬之心就更甚了。

冯骥才在新浪博客《灵性》里有一句话:崇拜是最无私的感情。对于极具人格魅力的名家,尤其是我由衷崇拜和敬佩的人,我也会像如今的粉丝一样,非常想近距离的与他们交往,希望和他们交谈,希望拥有他们的签名……

一天,在翻看《太行摄影》刊物时,突然发现一篇图文并茂的文章——"冯骥才在晋城"。冯骥才不仅是著名作家,还担任中国民主促进会中央副主席,全国政协常委等职。我是民建晋城市委的主委,虽说我们不是一个党派的,一般情况下,只要从中央来的各民主党派领导,特别是知名人士,我都会听到一些消息的。不知什么原因,这次冯骥才来晋城,我却一点儿也不知道。

2002年12月时,我在北京出席民建中央第八次代表大会。当时山西团和天津团分在了同一个小组进行讨论,这样我作为山西的代表和我家乡天津团的代表在一起交流,非常融洽,相谈甚欢。会议期间,我有幸认识天津民建的朋友,其中有一位是我主动到他房间拜见的。我拜见的是南开大学创办人、中国奥运先驱张伯苓的孙子——天津市工商联会长张元龙。见面后,我向他简单介绍了一下自己是天津知青,而且以前在天津民建工商联合办的"两会一刊"上读过介绍他的文章,所以借此机会想认识一下。他人很和蔼,又平易近人,听了我的介绍和来意后,稍作交流后很客气地给了我他的名片,并说有机会回天津时,欢迎我到工商联做客。2008年夏季,为迎接奥运会,晋城举办了一次中日韩围棋比赛。三国的围棋高手会聚晋城,在观看大型儿童围棋节目表演时,我发现在主席台前排就座的棋圣聂卫平,我抓住时机从二排走到棋圣面前,顺手把他写的《围棋人生》递给了他,我说:"聂棋圣您好,麻烦您给签个名。"他看了看我,又看了看书,然后点了点头,在书上签了"聂卫平"三个字。

这回"大冯"来了,怎么会错过呢?"大冯"是天津人对冯骥才的昵称,可能是他个子高,文章写得好的缘故吧?一般人熟悉冯骥才是读过他的作品,而我是从两个方面了解和认识他的。一是少年时代看过他在天津篮球队打中锋,二是读过他的作品。再加上我从小生活在天津,他书中的故事,就发生在我身边,如《高女人和他的矮丈夫》《快手刘》《匈牙利脚踏车》……我能跑到棋圣面前请他为我签名留念,我还能找到中国奥运先驱后人向他送上橄榄枝,而冯骥才就在我身边,我确没有机会见上一面,错过可以近距离与自己崇拜的偶像进行交谈的机会,真是太遗憾了。

前不久,在市政协一次会议后的午餐上,我把发布"冯骥才在晋城"的图文信息的作者叫到了同一桌上,很严肃地问他:"前一段冯骥才到晋城怎么也不说一声?"

他回答说:"我和冯骥才说了,说市政协有一位副主席是你们天津知青。"

"你说了有什么用,关键是我没能亲自见到。平时你这个党派之音天天广播,怎么该广播的你却没了信号?"

尽管事情已经过去一段时间了,我还是有些愤愤不平,埋怨他没有及时通知我。但仔细想想,确实是不应该责怪他的。他怎么能知道我这么希望见到冯骥才呢?

如果见到冯骥才,我要向他介绍晋城文物古迹的布局、数量、品位及现状,因为他是这一方面的专家和保护神,不仅要向他描述神奇的太行山自然风光,向他讲人民作家赵树理的故事,还希望向他介绍中青年女作家葛水平的创作题材大部分都发生在晋城,总之让他更多地、更清晰地了解我们这座新兴城市的文化底蕴和现代文化的魅力。

虽然没见到冯骥才,感到遗憾万分,但丝毫不影响我对他作品的喜爱。现在我把他在新浪博客发的《日历》登录在此,与读者共享,并作为本文的"尾声",弥补遗憾。

我喜欢用日历,不用月历。为什么?

厚厚一本日历是整整一年的日子。每扯下一页,它新的一页——光亮而开阔的一天便笑嘻嘻地等着我去填满。我喜欢日历每一页后边的"明天"的未知,还隐含着一种希望。"明天"乃是人生中最富魅力的字眼儿。生命的定义就是拥有明天。它不像"未来"那么过於遥远与空洞。它就守候在门外。走出了今天便进入了全新的明天。白天和黑夜的界线是灯光;明天与今天的界线还是灯光。每一个明天都是从灯光熄灭时开始的。那么明天会怎样呢?当然,多半还要看你自己的。你快乐它就是快乐的一天,你无聊它就是无聊的一天,你匆忙它就是匆忙的一天;如果你静下心来就会发现,你不能改变昨天,但你可以决定明天。有时看起来你很被动,你被生活所选择,其实你也在选择生活,是不是?

每年1月1日,我都把一本新日历挂在墙上。随手一翻,光溜溜的纸页花花绿绿滑过手心,散发着油墨的芬芳。这一刹那我心头十分快活。

梧 桐 树

我读过作家丰子恺先生的同名文章《梧桐树》，堪称佳篇，里面是这样描述的：

寓楼的窗前有好几株梧桐树。这些都是邻家院子里的东西，但在形式上是我所有的。因为它们和我隔着适当的距离，好像是专门种给我看的。它们的主人，对于它们的局部状态也许比我看得清楚；但是对于它们的全体容貌，恐怕始终没看清楚呢。因为这必须隔着相当的距离方才看见。唐人诗云："山远始为容。"我以为树亦如此。自初夏至今，这几株梧桐树在我面前浓妆淡抹，显出了种种的容貌。

当春尽夏初，我眼看见新桐初乳的光景。那些嫩黄的小叶子一簇簇地顶在秃枝头上，好像一堂树灯，又好像小学生的剪贴团,布置均匀而带幼稚气。植物的生叶,也有种种技巧:有的新陈代谢,瞒过了人的眼睛而在暗中偷换青黄。有的微乎其微,渐乎其渐,使人不觉察其由秃枝变成绿叶,只有梧桐树的生叶,技巧最为拙劣,但态度最为坦白。它们的枝头疏而粗,它们的叶子平而大。叶子一生,全树显然变容。

也许是受几位大家的影响,我也喜欢梧桐树。不过,真对梧桐树有印象的,是在凤翔小区。我家是1988年搬进凤翔小区的,至今已住了20多个年头。今年上半年,经过三四个月的忙碌,新居已装修完工,定于秋末冬初搬到秀水苑住。我在这里生活了20多年,熟悉了小区的环境,对这里的一草一木产生了很深的感情。特别是小区中央路两旁高大整齐的梧桐树,更是给我和居住在这里的人们留下了很深的印象。

一开始不知道小区种植的是哪一类梧桐,后来才知道是法国梧桐。这种梧桐是从国外引进的树种,是世界上著名的行道树。它最初生长于法国,生命力极强,生长较快,寿命也长,能活百年以上,且可以吸收净化多种有毒气体。叶、花、根及种子均可入药,叶片亦呈三角星状,大如成年人的手。有趣的是,其花朵为球形,如毛蛋蛋般,似果子,而不像我们通常所见的花,内里包裹的果实非常小,叶子在秋天则变成褐黄色。小区在20多年前种下的两排树,至今没有一棵坏死,依旧郁郁葱葱,每棵树除了高低、粗细不同外,都长得巍然挺拔,枝繁叶茂。

春季里,梧桐树早早就绿芽吐蕊枝头满挂了。每到清晨,天刚蒙蒙亮时,随着参加晨练人们的脚步,枝头常常会有小鸟"吱吱喳喳"欢蹦乱跳,使小区呈现出一派生机盎然的景象,给人一种朝气蓬勃的感觉;等到夏季,每棵梧桐树的枝叉和树叶都极力伸展开,默默地为行人遮挡着烈日骄阳,即使遇到难熬酷热的伏暑,也能感觉到阵阵凉意袭来。偶遇细雨绵绵,又使行人可以在树下悠然漫步,品味雨中独有的情趣。特别是在夏季的夜晚,每当夜幕降临,华灯初上,小区的空地边总会成为纳凉聚集地。棵棵梧桐树下的石凳上,必定坐满聊天、休闲的居民,加上满地嬉戏玩耍的孩子,喧闹声总会响到很晚、很晚。

到了秋季,可就又是另一番景色了。"梧桐一叶落,天下皆知秋",随着阵阵秋风吹过,厚厚的树叶铺满道路两旁,行走在如地毯般的落叶上,看着随风摇摆的一片又一片的落叶,仿若身处异国他乡般,有一种孤独漂零的感觉。

一般的树木都是春季里发芽,夏季里开花,秋季里结果,到了冬季就只剩下光秃秃的树枝了,但这里的梧桐树却成了候鸟的保护神。喜鹊是很有人缘的鸟类之一,喜欢把巢筑在民宅旁,在居民点附近活动。喜鹊的巢常筑在高大的树木树冠的顶端,极其醒目。每到初冬11月到12月,喜鹊便开始衔枝营巢。它常年生长在北方,属留鸟的一种,黑白两色的那种最多,也最常见。生活在这里的喜鹊是不筑巢的,它们全部落在树杈上。冬季里,每当夜幕降临,漫步在小区两排梧桐树下,抬头仰望落满枝头的喜鹊,有一种身在闹市回归自然的感觉。如遇到雪天时,更有一番情趣,成群结队的喜鹊就像一朵朵喜鹊花随风摇摆,在飞雪中绽放。喜鹊与梧桐树自然的结合,形成了一幅美丽的画面,点缀着凤翔小区寒冬里的夜空,形成了一道独特靓丽的风景线。

三块手表

2011年冬,市政协组织全体委员在上海市委党校进行为期一周的学习培训。期间,专门安排学员们参观了"中共一大会址"。参观活动安排在下午,5点钟的时候,参观结束了,我看时间还早,便叫上司机小张陪我一同前去不远的淮海路逛街。

到上海的外地人,一般都会去南京路逛街购物,到淮海路的人相对要少一些,主要原因是消费水平上的差异。南京路上以销售中低档商品为主,淮海路以销售中高档商品为主,淮海路的档次要明显高于南京路。淮海路以前我就来过,这次来的目的主要是为了开开眼界。可能是因为我对手表有某种特殊的情结,所以,逛到一家手表店门口时,就不知不觉停了下来,直觉把我带了进去。

这家表店位于淮海路中段,店面不大。抬头一看,招牌上全是外文,里面灯光明亮,装修也很豪华。左手边柜台里摆着各种款式的男女手表,有些表的样子我还是第一次见到。

一位营业员小姐走过来说:"先生您想选一只表吗?"

我说:"我看一看。"随后我问,"你们这里卖的表都是什么牌子的?"

这时,营业员小姐叽里咕噜说了一长串,估计是英语,我一句也没听懂,就又接着问:"这种表是多少价位?"她回答说:"这边柜台里的都在10万元左右。"接着她用手指着另一个柜台说,"那边还有两款经典的您需要看一看吗?"我点了点头,跟着营业员小姐到那边柜台。

表店的右手边摆放着的是立式玻璃柜台,里面并排摆放着两款男表,一只配的是皮表带,另一只配的是钢表带。仔细观看,表壳、表盘、表蒙、刻度,连表的时针、分针、秒针设计的都很新颖,而且美观、大方。我看了一下表的价位,上面在阿拉伯数字2的后面又有一排,我心里想,这两只表怎么都应该在20万以上吧,就顺口问了一下营业员:"这两只表都是20多万吧?"营业员笑笑,说:"先生,您看错了,每只售价都在200多万。"我听后非常诧异,一块表竟然要价200多万?这表的价位真是天价了,实在叫我这个已经落伍的人心里无法承受。我转身离开了手表店,不知为什么?天价的手表使我联想起几十年前曾经发生在我身边几个关于手表的小故事。

第一个小故事,是改革开放前。20世纪五六十年代,手表还是一种奢侈品。它是中国人的老三件:手表、自行车、缝纫机其中的一件。那时,每个家庭想置办齐这三样东西,都是一件非常不容易的事情。尤其对于生活在大城市的人来说,都渴望拥有这三样东西,就像现在人们关注房子、汽车和股票一样。那时候女方结婚对男方的要求,就是置办齐这三样,否则,结婚免谈。1973年时,我还在山西大学读书,我们体育系宿舍楼里经常有一些学校子弟来玩。有一天来了一位常客,没事时经常过来天南地北和我们瞎侃。那天,他说着说着就说到他手上戴的那块表。常客的父亲是位爬过雪山、走过草地的老红军,奇遇也比较多。他说他父亲从小没上过学,长征时曾为邓小平挑过书,等到新中国成立后军队授衔时,因分不清军衔的大小,把原先给他定少校退了,非要上尉。他认为带"上"字的官一定比带"少"字的官大。后来发军装时,出问题了。原来部队里给少校发的是将校呢军装,给上尉发的是人字呢军装,这时他才发现少校比上尉的官大。由于他是老资格,在他的要求下部队里重新将他调成少校。这个故事在山大好多人都知道,后来老红军还当上了山大名誉校长。常客在说到手上戴的表时,还挽起洗白了的旧军装袖子让我们看。那是块罗马大金表,表壳和表带都是镀金的,还是当时很少见的双日历全自动。我从没见过这种表。他说这只表是他父亲的,今天戴出来让我们开开眼。那是20世纪70年代呀,绝大多数同学是买不起表的,只有少数几个能够戴上表,也差不多都是国产的,进口的极少。这下我们可开了眼,常客还说这块手表可以经受24个大气压,它是罗马表系列里最高级的,叫"罗马王"。

第二个小故事,是我大学毕业后,也就是1976年吧!那年,我被分配到高平县蔬菜公司工作,同在一起站柜的有一位将近50岁的女同事。她姓高,大家都叫她小高,她的爱人是某坦克团的团长,姓丁。小高的老家是保定的,和我也算是半个老乡。有一天她跟我讲:上级给坦克团分配了两块进口手表,团长一块,政委一块,一块手表的价格是550元,这一下可把我们家的积蓄用了不少。当时我的月工资才40元,这块表比我一年的收入还高。打那以后,我这个喜欢表的人一直想找机会看看丁团长的手表。当时丁团长还担任高平县核心小组成员,经常到县里开会,有时顺便也到蔬菜门市部坐坐。有一天丁团长坐着212吉普车又来了,我赶紧凑上前去主动和他打招呼,还提出想看他手表的要求。丁团长是个很威武的军人,但他没什么官架子,一听我说想看看表,立马从手上摘下来让我看。我接过手表,仔细观看,原来这是一块梅花牌的双日历全自动手表。井字格表蒙设计得很新颖,表的整体让人感觉大气、厚重、结实。当我把表还给丁团长时,他告诉我说,这种表还有一个特殊功能,有很强的防震性,非常适应战场使用。

第三个小故事,就到了20世纪90年代中期。那时,我住在凤翔小区19号楼。那几年,小区经常打麻将,特别是公休日,邻居总凑到一起打两庄。有一次在三单元的市协作办华主任家里玩,我突然发现他手上戴了一只皮带金表。凭我的直觉,觉得这只表不是一块普通的手表。有一次打牌我去得早了些,在和华主任闲聊时,专门问到了他那只手表。华主任说,这只表是他岳父送他的。华主任和他的爱人都是南方人,他的老家在无锡,他爱人的老家在上海。他说那只表是新中国成立以前岳父在上海买的,这只欧米茄全自动、单日历18k天文星座金表,当时也是限量发行,只有少数有钱人才能买得起。听他讲完,我又拿过表来仔细看了看,这种表的表体要比普通表大,表套是18k金的,拿在手上沉甸甸的,原装咖啡色牛皮表带,一看就是手工做的。这只手表已经戴了半个多世纪,看上去仍然漂亮、大方、时尚,没有一点要下岗的意思。我当时就感叹:真是好表啊!

一副鱼竿

　　我从小就喜欢钓鱼，五六岁时，一到星期天父亲就骑自行车带上我，到离家不远的西湖村、南开文化宫、八里台一带的水坑或小河边去钓鱼。每当钓到鱼后回家时，那种说不出的喜悦就挂在脸上了。后来，我慢慢长大了，上学了，插队了，工作了，但钓鱼这种爱好却始终伴随着我。

　　钓鱼最主要的工具是鱼竿。20世纪五六十年代，所使用的鱼竿都是用江苇和竹子手工制作的。特别是我们这些没有多少钱的青少年，使用的鱼竿与如今的精致鱼竿相比，显得粗糙多了。那时候真正上档次的鱼竿也有。打我学会钓鱼起，鱼竿就分许多档次，比如一副大漆的通缠竿或花缠竿，不论四节五节或六节的，也需要几十元，不过只有少数有钱的人才能买得起。大部分钓鱼爱好者都是买几元钱的，也有买来江苇和竹子自己做的。做鱼竿非常烦琐，需要很多工序。那时的小孩子大多动手能力强，需要什么玩具的时候,大多是不去和父母要,因为要是肯定要不到的,做就成了他们的乐趣。

在我11岁时,父亲去世了,家里的生活状况一下就陷入窘迫之中。那时的我已比较懂事,一般不去轻易找母亲要钱买东西。玩的时候需要什么,我大多自己做,比如风筝,打鸟的弹弓,包括工序较复杂的鱼竿,都是自己做的。

当然,做鱼竿是有个过程的。一开始,我们小伙伴不太会做,就在大人们做鱼竿的时候去"偷师"。也许我天生就有模仿能力,只看了一遍,回来就和小伙伴们立马忙活了起来,先准备好制作鱼竿的材料,如江苇、竹竿、缠口用的缝纫机线、刷竿用的清漆、钻竿用的铁丝、打磨用的砂纸等。买江苇和竹竿可不简单,需要有心计。因为鱼竿最后要一节一节套接在一起,所以,要对买的材料粗细、长短心中有数,否则会浪费材料。做鱼竿一个人做比较费事,一般是两三个小伙伴一起,互相帮衬着做。记得当时一根竹竿只有几分钱,没有上漆的鱼梢一根只卖三分钱,江苇一般很难买到,只能用水竹代替,经过细心挑选,粗细才能搭配好。材料选好后,开始制作的第一步,先要把竹竿弯的部位烤直。烤时必须要有耐心,火稍微大一点竹子就会烤焦,所以要不停地转动,然后再把竹竿截成需要的长短。下面就是缠口、掏竹竿内胆、用砂纸打磨、刷清漆……任何一个步骤都不能少。最后,就是把竹竿一节一节连接在一起,再配上合适的鱼梢。这样,一根手工做的鱼竿就基本完成了。

这种自己做的鱼竿只需几角钱就够了。这种传统的鱼竿一直延续到20世纪70年代。改革开放初期,外国的一些商品逐渐涌入了大陆,其中就有渔具。刚一开始,我只是听一些出国归来的海员讲,国外的渔具很先进,国内一节插一节的江苇和竹子做的鱼竿早已淘汰,说现在日本发明了一种用玻璃纤维做的鱼竿,就像天线能一节一节拉出来,又方便、又美观还耐用,而且玻璃纤维钓竿韧性强、拉力大、防水性好,不易变形。从那时起我就想,一但市场上销售这种鱼竿,我一定要买一副。

20世纪80年代初的一天,我收到哥哥的来信。他信中提到天津南市一家渔具店正在卖日本进口的玻璃钢鱼竿(玻璃纤维),问我要不要。哥哥知道我喜欢钓鱼,还知道我一直想买一副这样的鱼竿,所以,他一直帮我留意这方面的信息。我听了很高兴,转天就把买鱼竿的钱汇了过去。半个月后,我收到了鱼竿,打开包装一看,正是我梦寐以求的那种。当时哥哥在信中很详细地介绍了鱼竿的牌子、长度、颜色及价格。我选的是4.5米长、价钱适中的大珠牌的紫红色鱼竿。鱼竿一共9节,分量比以前用竹子和江苇做的轻多了,而且就是像天线一样能抽拉的,使用和携带都非常方便。有了这副鱼竿以后,我彻底告别了传统的鱼竿,就等周日去一显身手了。

星期天一早,我骑着自行车,带着这副新买的鱼竿直奔位于高平城北的"五七水池"。"五七水池"是"文革"时期学大寨的产物,后来成了糠荃厂的蓄水池,这个水池长约100米,宽约30米,里面常年有水,池里有野生的鲫鱼,也有放养的鲤鱼、草鱼和鲢鱼。每到周日,这里总会吸引一些钓鱼爱好者来垂钓。

等我到时,已经有不少钓友先到了,一看,都是老熟人,照例寒暄一番。当我亮出这副新鱼竿时,一下就吸引了钓友们的眼球。我呢,也有意向他们展示了一下渔竿的新功能。他们的那个新鲜劲儿,好像战场上刚发了从未见过的新式武器似的,这个看看,那个摸摸,有的问多少钱买的,有的问一共几节,分量重不重。钓友们七嘴八舌地钓着、聊着、乐着。在愉快中度过了兴奋的一天。大家钓着、聊着、乐着。我用这副鱼竿钓到的都是差不多一两的鲫鱼,虽然没钓到什么大鱼,但还是体会到了这副鱼竿的特别之处。第一是重量轻;第二是软硬度适中;第三是中鱼率高,还不怎么跑鱼。钓上鱼的一刹那,是钓者最过瘾的时候,用这副鱼竿钓鱼,上鱼时的喜悦之情更是溢于言表。后来,我带着这副鱼竿到很多地方垂钓过,也钓过不少二三斤重的鲤鱼。一般的钓友都有过这样的经历,就是钓到大个儿鲤鱼时,经常会把鱼竿拉断。但是,自从我用上这副鱼竿后,就没出现这种现象了。只要使用正确,它是从不会被折断的。

慢慢地,随着人民的生活水平不断提高,国内的钓鱼爱好者也逐步进入国际化钓鱼行列,使用的渔具又有了新的飞跃。进入20世纪90年代后,随着海峡两岸经济、文化的频繁交流,体育比赛活动也逐渐增多,钓鱼比赛也趋于活跃。台湾钓手在这方面表现突出,多次比赛中连连获胜。他们在钓具的使用等方面优于我们。特别是对于台弯钓手而言,他们分休闲钓和竞技钓两种。休闲钓提倡的是简单的钓具,轻松上阵,人与自然融为一体。这一切,令内陆的钓手刮目相看,随后内陆开始兴起台钓。这个阶段,所使用的鱼竿全是炭塑竿,玻璃钢鱼竿似乎没有人使用了。于是,我也跟着买了两副炭塑鱼竿。这种竿更具有拉力强度大、受力均匀、分量轻的特点,很适合钓鱼比赛。我虽然从来没参加过钓鱼比赛,但对于钓鱼的兴趣不但一点没减,而且越来越浓。

转眼到了2003年,春季的"非典"给人们带来了不小的恐慌。按照上级要求,我们都坚守在自己的岗位上,休息日也不能回家。外出时各种交通要道都会被严查,发烧感冒都会被视为"非典"疑似病例,以至于人们哪里也不能去,哪里也不敢去。三天两天还好说,但时间一长,窝在那里的感觉就不好受了,实在让人闷得慌。这时有人提议,明天咱们去钓鱼吧? 一下使得几个喜爱垂钓的人手心发痒。我自打1998年到陵川县政府工作后,因为工作忙,很少有时间去休闲一下,至于钓鱼什么的,更是难得有空儿,所以很想去。转天,几个县里熟悉的同事相约,直奔丈河乡台南村了。

这是我头一次同他们几位一起钓鱼,真让我长了见识。先说说他们使用的渔具,那可够专业级别了。长节的炭塑鱼竿、轻便的钓箱、鱼库、竿架、鱼鳔、鱼线、鱼钩,连所用的饵料都是台湾钓鱼选手们比赛专用的。我心里想,光是这些装备就把我这个老钓鱼迷震住了。一会儿开始钓鱼了,看着左右同事们娴熟的钓鱼动作和专注的神情,我觉得简直不亚于一场钓鱼比赛。大约钓了两个小时后,其中两个各自钓到几十条,而我和另一个也钓到10来条。这个水塘远离城市,环境优美,但里面都是野生的小鲫鱼,钓得再多也觉得不太过瘾。可大家钓趣仍然很高,怎么办? 最后决定马上去高平,那里上玉井村的鱼池有专为鱼迷投放的鲤鱼、草鱼和鲫鱼。于是,我们收好渔具,马上启程。

上玉井村有长50米、宽20米大小一样的两个鱼池。一个池子投放的鱼多,钓上来的鱼是按重量收费;另一个鱼池投放的鱼少,是按时间收费,一个小时10元。第一个池子提供的是休闲娱乐,第二个池子就是看钓手的水平了。一般会钓鱼的,都到计时收费的池里去钓,为的是显显身手,找个乐趣。我们当然属这一类,就又重新换了鱼竿。上午在丈河钓的是小鲫鱼,用的是鲫竿,用的饵料是拉饵,也就是台湾钓法。下午在这里就换成了鲤竿和颗粒饵料,是钓鲤鱼用的。这种钓法,专业的讲,就是竞技钓。

今天的台湾钓法和竞技钓我都是第一次尝试,不如同来的钓友,只有甘拜下风了。各自选好钓位,紧接着就开始垂钓了。看来,这种钓法我确实有些不适应,钓了半个多钟头了,看着鱼鳔一动也不动,我就有些不耐烦了,和同伴说:

"你们钓吧!我不在这钓了,去那边休闲池玩一会儿。"说完,便离开了此地。

不知休闲池的鱼饿了多久,我刚一下竿,就钓上鱼了,还是一条两斤多重的鲤鱼。你想,我能不兴奋吗?不一会儿功夫,我就又钓到八九条鲤鱼和鲫鱼,这回可真过了瘾。再一看时间,已到下午4点半钟了,也许是钓得太容易了,我也不想再钓了。这个休闲池钓的鱼是按重量计算的,价格比市场卖的鱼贵多了,鱼池老板希望你把池里的鱼全钓走他才高兴。

提着渔具又返回原来的鱼池看他们3个钓鱼。他们在这里已钓了一个多小时,但没有一个钓上鱼的。此时,有一个同事已经开始收拾渔具,还有一个很专注的坐在池子南边的钓箱上,目不转睛地盯着鱼鳔随时准备提竿。这时,我蹲到另一个同事身边看他钓。他是一个垂钓高手,还参加过多次钓鱼比赛。我一边听他给我讲竞技钓的要领,一边看他挂饵、抛竿、按竿、提竿的动作,像观摩一场竞技钓鱼比赛一样,很用心。果然,没过多长时间他开始钓上鱼了,在短短的半个小时,他就连中了五尾鲤鱼。

经过这次垂钓经历,我们几个走得较近。此后,在闲暇的时候,我多次与他们相约,一起钓鱼,还探讨过钓技、使用的渔具及饵料等问题。通过不断的切磋、交流与实践,我的钓技也有了明显地提高,渔具也添置了不少,如钩箱、鱼库、竿架、鱼鳔、鱼线、鱼钩……当然投资最大的还是鱼竿,其中3.6米、4.5米、5.4米的竿最多,钓鲤鱼的硬调,钓鲫鱼的软调,还有一种鲤鱼和鲫鱼全能钓的兼调都有。我使用的鱼竿大部分是日本产的喜玛诺和国产的迪佳。这些鱼竿都是炭塑材质的长节竿,重量轻,很适合用于台钓或竞技钓的比赛。它的缺点是易折断,特别是初学钓鱼者经常会因使用不当而折断。还有,下雨打雷时不能使用,炭塑鱼竿会导电致人伤亡。

50年垂钓的经历,熟练使用了自制鱼竿、玻璃钢竿和炭塑竿,也算"与时俱进"了。但写到这里,我倒想给钓友们提个建议:我建议一下钓友们可以添置一两副玻璃钢鱼竿玩玩。如果你手里能有一副质地优良的玻璃钢鱼竿,不管你钓什么鱼都能使用。它的优点一是经久耐用,二是不怕下雨打雷,三是钓性极好。不论你钓到一两大小的鲫鱼,还是钓到二三斤的鲤鱼,都很过瘾,而且耐用。

我的那副日本大珠牌玻璃钢鱼竿,已经随我30多年了,用它钓到的大鱼小鱼不计其数。但这副鱼竿至今仍然完好如初,一直被我珍藏着。因为,它记载着许多我对垂钓的美好回忆。

金牌包子

天津市在全国有三种食品很出名：十八街的麻花，耳朵眼炸糕，狗不理包子。

狗不理包子铺是个百年老店，相传西太后老佛爷吃了都说好。我是在天津出生长大的，不用问肯定吃过狗不理包子。但要说正宗，我认为还数靠滨江道山东路上的那家。在这家狗不理，我吃过多次。

记得1984年，单位的两个同事到天津搞外调，我请他们到"狗不理"吃过包子。"狗不理"包子在天津负有盛名，已有100多年历史。相传该包子因创制人天津德聚号包子铺店主高贵友的乳名狗不理而得名。狗不理包子以上好的猪肉，加葱、姜、酱油、香油、味精、排骨汤等拌馅，用精面粉发成半发面做皮，包出的包子不走形，不掉底，不漏油，且每个包子都要有十八九个摺，个个呈菊花形状。其风味特点是选料精良、薄皮大馅、口味醇香、鲜嫩适口、肥而不腻。1956年春天,被定名为"天津包子",在长期的流传过程中,经营者制作技术不断改进,现已成津门一绝,声誉远扬海外。我们当时大概花了不到20元,要了一斤半包子,4个炒菜,一个汤,两瓶啤酒。就这,三个人都吃不了,吃完后他俩都夸包子味道好,价钱不贵,"狗不理"真是名不虚传。

2000年以后,我又回津探亲。在劝业场滨江道购完物正赶上饭点,附近就是狗不理包子铺,我心想,进去顺便吃点包子也不错,既省事花费也不高。不过,这时的包子铺就有些像快餐店了。店铺里人很多,挤挤攘攘的需要排队。从食客的口音分辨,我知道大部分都是外地人,问之,大多又是慕名而来的。在狗不理吃包子有好几种吃法,点菜喝酒吃包子要上二楼,普通的是16元一份,另加一碗小米粥,价格虽然稍微有点贵,但吃起来感觉还不错。一般客人都选二楼。

我们全家在上海也吃过一次蟹黄包子,印象很深刻。那是2005年春天,我去上海看望大女儿,她带我们去了豫园——南翔馒头店。一进门,食客们都可以看到收银台上方写着"每位顾客最低消费60元"的提示牌。真是大上海呀,消费都是明码标价。我和爱人还有大女儿、小女儿一家四口先找了个空桌坐下,由大女儿点菜。在等着上菜时,大女儿给我介绍了一下这里的名气与特色,她说这家卖的蟹黄包子是非常有名的,味道鲜美,而且制作包子的过程全是透明的。几位师傅在用玻璃隔开的制作室里的操作一目了然,用的什么面、包的什么馅,食客们看得一清二楚,吃的明明白白。南翔馒头店,也就是北方的包子铺,只是南北方的叫法不同而已。女儿介绍着,包子和几样时令小菜就上来了。我先品尝了一个,味道口感还真不错。大女儿特意给我要了一个大汤包,这种包子要先用吸管把包子里面的汤吸了然后再吃,这种吃法很新鲜,当然汤包味道也很好。那次,我们一家四口共花了200多元,刚刚达到了最低消费标准。

今年8月下旬,天津哥哥家中有急事。我叫上朋友老褚让司机开上车直奔天津,到津后先把哥哥家中的事情处理完,就想带他们出去转转。他俩都是第一次来天津,我先领他俩去了民建天津市委所在地花园路,看了看那里的英式建筑典型的小洋楼,然后去繁华的商业区劝业场和滨江道溜了溜,差不多转了3个多小时。晚饭时,我带他们去了紧挨着滨江道山东路上的包子铺,自豪地说让他们品尝一下久负盛名的"狗不理"包子。我按以往的经验,先带他们上了二楼坐下,点了3个普通的凉菜,又要了两瓶啤酒,随后要包子。这时,服务员介绍:"有一种套包,是用7种馅做的,每位来一套就够吃了"。我说:"可以,他们俩是外地来的,就想品尝品尝咱天津多种馅的包子,再加一个汤"。服务员说:"不用了,每份套包都带一小碗汤,"我说:"那更好,连汤钱也省了。"不一会儿,3个套包上来了。每个小笼里一个包子,一个包子一种馅,一共7笼。这种套包的个头比平常的包子大些,吃起来味道的确不错,每人一套足够吃了。买单时,服务员向我要了400多元,把我吓了一跳。按平时的正常消费,特别是在天津,这个吃喝消费便宜的地方,要3个凉菜,两瓶啤酒,3个人的包子应该200多元就够了,就是两年前在上海南翔馒头店4个人吃的蟹黄包子,消费也不会有这么高。

这时我才想起问服务员套餐包子的价格,她说每套包子98元。我说:"为什么卖这么贵?"她说:"这是狗不理的金牌包子。"我说:"你拿菜单给我看看。"在包子的一栏里,有好几种套包,价格从60多元到90多元不等。我又半开玩笑地说："刚才你推荐的包子是价位最高的那种,其他几种价位低的套包你就没介绍,所以金牌包子就要卖出金牌的价钱。"她笑着说"现在都这么卖。"然后一边收钱,一边利落地顺手把零钱找给了我。

在回南开二马路双鹿酒店的路上,我一直在想,为什么上海的南翔馒头店能提示顾客最低消费的价格？这主要是让顾客心中有数,清楚消费标准。而天津"狗不理",只向顾客介绍金牌包子,没有介绍价位较低的其他几种包子,是服务员想要卖个"金牌"价钱。我的百年老店啊,千万不要因为这点"瑕疵",影响了你的金字招牌！

做　　饭

　　我是1998年底到陵川县政府工作的,共在那里工作生活了10个年头。在政府任职时,我分管过民政、公安、司法、残联、老龄委、县志、档案及民族宗教工作。除了做好以上本职工作外,我还一直有一项业余工作,管理机关小灶的伙食。

　　陵川县是全市六县区唯一的贫困县,财政收入远远低于其他县区,所以到这里工作的同志,工作和生活要艰苦一些。每天在机关小灶吃饭的全是家不在县里的领导,加上人武部的两位领导及法检两长,共十来个人。你别小看就十来个人吃饭,它可不是一件小事。为了把大家的生活搞好,让大家安心贫困县里的工作,我动过许多脑筋,倾注了一些心血。

　　小灶前后有两个厨师,一个叫小四,一个叫小宋。小四我刚去陵川时他就在,小宋是后来去的。两个厨师都是当地人,从来也没接受过厨师专业方面的培训,只能做一些当地的家常饭。他俩做饭很卖力,也很辛苦,可不论怎样努力,饭菜总让领导们不太满意,有的说咸,有的说淡,有的说硬,有的说软,还有的说饭菜太单调,总之是众口难调。

看到这种情况,我就毛遂自荐,主动负责起了小灶的伙食。在小灶吃饭的人,全是县里的主要领导。人每天都要吃饭,一日三餐,一顿也少不了。别看吃饭是一件最普通的小事,但吃得好坏,口味如何,舒服不舒服,都直接影响人的情绪。我倒不是说天天吃山珍海味,就是吃得好。我认为,只要把现有的食材利用好,做出来的饭菜可口,大家吃了之后感觉舒服就可以了。

在其他方面,我真心地钦佩我身边的领导,比如他们的道德修养、文化水平、工作能力、为人处事、个人魄力等,始终是我学习和效仿的榜样。但在吃喝和做饭菜方面,我肯定比他们都强,因为这是我的特长。

京津两地在北方饮食方面,文化底蕴深厚,非常讲究。有一句老话说:会吃就会做,要真正做到既会吃又会做,需要经过五代人的培养。我父母是城市人,我也是城市人,论会吃会做也只能算是第二代。但十几年的单身生活,加上我平时接触的人,特别是外地人较多,又常和他们在一起研究如何烧菜,使我在吃和做的方面很有"长进"。1986年我在市工商联当秘书长期间,驻会副主委邢连鑫是个美食家,这一点我俩兴趣相投。他有一句口头禅,说"吃饭就是加油,睡觉就是充电,身体要想健康一定要吃好睡好"。1986年秋季,为了在晋城搞培训,我俩一起到北京,通过北京市工商联,请了一位叫郭存义的老厨师。他曾是北京御膳的厨师,也当过几位四川籍部长的私人厨师。他做的川菜色、香、味、形具全,让你百吃不厌。在太行宾馆我们举办了晋城市工商联第一期厨师培训班,那次培训共有各县区招待所二十几名学员参加,通过一周的培训,学员们学到了40种菜的烹饪方法,还掌握了一些做菜的基本常识,厨技也有了明显地提高。邢连鑫是北京人,受家庭影响,他从小就很讲究吃。他曾经给我讲过一个小故事,说他哥哥新中国成立前毕业于辅仁大学,娶的太太是国民政府实业部长吴鼎昌之女。他还和我说到当年吴家的厨师做一个汤的讲究:先要杀一只母鸡熬汤,然后放入排骨,再放入精肉垛成的肉溶,三种东西一起熬;等汤熬好了后,再杀一只公鸡,把鸡血直接滴到汤内,鸡血马上凝固;把汤中的渣质全部收住捞出,不放任何调味品,只少放一点盐,再加几棵青菜,汤内鸡、骨头、肉溶三种味全部出来。此汤看似清澈见底,但喝时鲜美无比妙不可言。由于我们经常在一起交流饮食方面的知识,使我受益匪浅。

自打我分管了机关小灶,先后对两个厨师进行了手把手的指导,按当时的条件和大多数人的口味,研究商定了每天的食谱。严把粮食、蔬菜关,吃的粮食全部是当地产的,要求不要使用化肥,全部施农家肥;吃的蔬菜不能打农药,全是安全绿色的食品。不像现在市场上卖的转基因与非转基因的食品,谁也闹不清是真是假。小灶从不吃山珍海味,平时最多的还是吃家常便饭,但这种家常便饭包含了津晋两地的饮食文化。比如说,山西人爱吃的面食要保留,天津人爱吃的食物要引进,两个地域的饮食习惯溶入到一起,举一反三,再有所创新。这样,陵川机关小灶的生活水平就不同以前了,既不浪费又使大家满意,还提高了两个厨师的做饭水平。

我对两个厨师要求也很严格,一是要讲卫生,严防病从口入;二是要动脑筋,比如有些领导喜欢吃火候大一点的菜,有些领导喜欢吃火候小点的菜,这一软一硬怎样解决,我教他们做烩菜时烧到七八分时先盛出一半,余下的烧到十分出锅,这样软硬问题就解决了。那几年陵川的旅游业做的不错,特别是边远山区的农家乐也越来越火。一般农家乐除了美丽的自然风光外,主要有两项业务,一是吃,二是住。住就住在老百姓的家里,吃就吃当地的农家饭。我和俩厨师开玩笑说:"受农家乐的启发,咱们也发明一种粥,以后有机会推荐给农家乐,肯定受欢迎。听人讲过宋朝的苏东坡发明了'东坡肉',明朝的大臣宫保发明了'宫保鸡丁',一直流传至今。今天我也发明一个'陵川粥'。用小米、南瓜、五花参(党参)、豆子再加枸杞,做一种粥。"以上的五种食材有四种是当地产的,只有枸杞是外地的。做好的粥比只用小米做的颜色更黄、更红、更浓,又好看又好吃,而且营养丰富,老少皆宜。

回到市里以后,每每遇到在一个锅里吃过饭的领导和同志,他们总会提起陵川的机关小灶,有些还经常说老金你做得饭真好吃,哪次抽空再给我们做一回。

蛋　　蛋

　　我家小狗叫蛋蛋,今年已经12岁了。它应该是吉娃娃,沙皮,八哥狗的后代,是个杂交狗。那是2003年冬天,我大女儿在天津狗市花了800元钱买回了它。回家后大女儿讲,当时看它有点弱不禁风,瘦瘦的身体使得它眼睛很大。看见卖狗的人拿馒头正在喂小狗,一窝儿的小狗都过来争抢,只有它抢不,所以看它可怜就选择了它。回家后,我爱人和二女儿发现这小东西满身都是虱子,娘儿俩就天天用梳子给它清理,一直清理了十多天,才算干净了。

　　狗狗是通人性的,它对主人家里的人主次分得一清二楚。尤其是第一次把它抱回来的人,它就认定是它终生的主人,始终无比忠诚,这一点大概是它的天性。蛋蛋从小到大见多识广,它从天津去过一次上海,又从天津来过两次山西晋城,现在它就和我们全家人一起生活在晋城。因为蛋蛋是大女儿买回来的,所以它一直把大女儿当成第一主人。那时大女儿在外地工作，几个月或半年才回家一次，蛋蛋就由我爱人和小女儿喂养。可是每次大女儿一回家，蛋蛋都会极其殷勤，和她的亲密程度，远远超过每天伺候它吃喝拉撒的我爱人和小女儿。蛋蛋这种始终忠于第一主人的品质，从来没有改变过。每当我们从外边回来，它都是兴奋地扑过来，高兴的摇头尾巴，有时还嘴上叼着玩具，它都会准时地爬在窗台上，等着主人回来。在我们的眼里，蛋蛋是聪明可爱的，它什么都懂，只是不会说。家里不论谁生病，它总是在你身边守候着你，不肯离去。

蛋蛋有两大嗜好，一是爱吃肉，二是爱洗澡。每当它吃完肉或洗完澡都会跳到沙发和床上，一边抹嘴一边打滚，高兴的样子又可爱又好玩。看来狗狗和人一样有许多共同点，都是喜欢吃好东西，身上洗干净了感觉也爽也舒服。蛋蛋还有一个特点就是会给主人劝架，家里一旦有人发生争吵，它都会嘴里叼上玩具马上过来趴在两人之间摇头晃脑，不停地摇尾巴，好像在说"不要吵啦!"每逢遇到这种情况，主人只好偃旗息鼓。狗狗都知道和谐友善，人还争什么呢？当然，我们摸住了它的脾性，有时也假装吵架，它依然会做出调和的样子，看着它一本正经的样子，全家人都乐开了花。

蛋蛋这些年在我家，因家里人都宠它，所以吃的好养的太胖，因为体重超标也闹过两三次病，记忆最深的是有一次蛋蛋突然站不起来了，也不吃东西了，摸摸它的肚子很胀，当时吓坏了我们，不知道它这是怎么了，就赶紧带它去了宠物医院。大夫说蛋蛋是因为年纪大了再加上吃得太胖，腰部负荷太大压迫了神经导致后腿处于瘫痪状态。对于这样的病症目前也没有什么好办法，先输液看吧,至于将来能不能重新站立起来都是个未知数。我们听到大夫这样说也没了主意只能配合大夫尽力去治疗,企盼着蛋蛋能快些好起来。一周过去了,仍旧没有什么起色,不能进食,不能站立。蛋蛋大病牵动了全家人的心,看着它的身体一天天虚弱,我们一家人心里很着急,妻子和女儿并没有放弃它,二女儿开始在网上查找这类病的治疗方法,和网友交流家里得过类似病的狗是如何治疗的,把它们抄下来交给了宠物医院的大夫。接下来的两三周,大夫修改了治疗方案,每天输液再加上针灸和按摩,妻子和女儿还用针管吸进米粉喂它,用开塞露帮助它排便,通过一段时间的治疗后蛋蛋的病有了好转,它能够进食了,后腿也开始有了知觉,只是它仍旧站不起来,我们也接受了这个现实,一家人想着只要蛋蛋能活下来就算它从此不能站起来,我们也一定会陪着它,不离不弃。二女儿还专门为蛋蛋做了一副带子系在狗的两条腿上锻炼它站立,在我们精心的呵护下,有一天奇迹发生了,嘴馋的蛋蛋极力想够到碗里的肉,它一点一点地晃晃悠悠地竟然站了起来,那一刻,全家人流下了激动的泪水,慢慢的蛋蛋一天天恢复了,走得越来越稳,一个月后蛋蛋痊愈了。如今蛋蛋已经12岁了,相当于人类寿命的80岁。每当我在街上看到一些被主人遗弃的流浪狗时,我总会想起蛋蛋,我们的蛋蛋比它们幸福多了。一条狗自从你养了它的那一刻起,在它的眼中你就是它的全部,狗的寿命大概只有15年左右,你陪伴它十几年,而狗却是用它的一生来守护我们!狗是人类的朋友,我多么希望,所有养狗的人一定要始终如一的善待它们。

跳　　舞

　　我是 1993 年夏季开始学跳舞的。当时，全小区的中老年男女吃完晚饭没事时，主要的一项娱乐活动就是跳舞。那时大部分人都不会跳，但都想跟着学，逐渐形成了跳舞热。当时跳舞的地方特别多，有块儿空地放个录音机，音乐一响，就会招来一大圈人。

　　刚开始时，我是看得多跳得少。因为不会跳，舞曲也听不懂，步子也不会迈，只是跟着起了几天哄。到 1994 年夏季，家里太热，一到晚上一曲曲优美动听的舞曲就弥漫在小区上空。这又唤起了我想学跳舞的兴趣。这一年，我又跟着学了十来天，似乎掌握了一点要领，基本上能听懂舞曲了，步子也能跟着走几步了，但不熟练。到 1995 年夏季，我第三次学跳舞了。看着身边的邻居及我的爱人都已学会了跳舞，而且他们跳得都不错，我心里很着急。试着去跳了几次，爱人说我身体像电线杆那么僵硬，步子也迈不开，音乐听不懂，天生就不是学跳舞的胚子。我当然不服气，就下功夫学。俗话说,事不过三。这一年我真地学会了跳舞。这次我坚持跳了一个多月,一边跳一边不断向人请教。一位邻居还向我介绍他学跳舞总结出来的经验,说跳三步就是一个中心两个基本点,也就是"咚恰恰";跳恰恰舞就是敌进我退,敌退我进,踩准五个点;跳伦巴就像瘸子抬着屁股坐凳子,走路左右扭屁股。这位邻居是一个单位的领导,也是一位作家,他总结出来的经验和说出来的话,总是那么富有哲理和幽默。照他的话去学,还真的学得很快。

通过三次学习,我终于学会了跳舞,真是功夫不负有心人。学会跳舞以后,对跳舞的兴趣更浓了,平时早晨和晚上跳,一天要跳两次,到星期天公休,也会跳三次,那就是早上、下午和晚上。当时跳舞的地方主要在运动场、晓光、物贸等商厦、广场的开阔地,后来又去省运舞厅。这个阶段我只能说是一个跳舞爱好者,可以跳一般的交谊舞了。

1996年夏天,我在省运舞厅第一次参加舞蹈培训班。培训班的辅导老师是从长治来的王老师和他的舞伴,他们教的是国标舞。通过半个月的培训,我学会了规范的站立姿势,握抱姿态,运步方法,怎样控制重心和如何放松身体。自从参加那次培训后,我的跳舞水平确实有了明显提高,从此就更喜欢跳舞了。

从那时开始,我业余时间一直在省运舞厅跳舞,直到它因改造2008年拆了为止。我在那里跳了十多年的舞,那里也是晋城跳舞爱好者最喜欢去的地方。为什么这么说呢? 总结起来有这么几点:一是舞厅是由原来一个职工俱乐部改造的,它的地理位置正在市中心;二是舞厅管理很规范,还被省文化厅评为"省级文化娱乐文明单位";三是晋城那时娱乐场所少;四是适应了市场,正逢跳舞热。一年四季到省运跳舞的人非常多,特别是到了星期天或节假日,可以说场场爆满。

1996年秋季是我跳舞和学舞的一个非常重要的阶段,这期间我还结交了一些朋友,如20世纪90年代中期晋城国标舞新秀姚宏。当时姚宏在晋城舞蹈界崭露头角,通过个人刻苦训练和不断出外学习请教,水平有了显著提高,在省内外各种舞蹈比赛中名列前茅,为晋城争得了很多荣誉。那年的初冬,姚宏系统规范地给我们一批学员辅导过华尔兹的基本套路。从那次培训后我对于跳舞特别是国标舞又有了新的理解。1997年夏季我又参加了一次国标舞培训班,教舞的老师还是长治来的那位王老师。通过几次的培训,我的跳舞水平有了明显提高,对舞蹈有了更深刻地认识和理解,也就更加热爱跳舞了。

晋城国标舞的整体提高应该在1998年以后,当时的辅导老师是姚宏和张茹。那一年,他们刚从省里参加完省运会,他们在这次比赛中夺取了省运会拉丁舞金牌。回来后,他俩办了国标舞培训班,从此奠定了我市开展普及体育舞蹈运动的基础。我因1998年底到了陵川工作,没能参加他们的培训班,至今想起来还有点遗憾。那时我真想再学学,只是身不由己,偶尔抽空去看过几次,同时也向姚宏和张茹请教过一些基本的国标舞要领。后来的几年里,姚宏担任了市舞蹈协会主席,因本职工作忙,参加训练和比赛就少了。张茹呢,从事了专业舞蹈,并取得了辉煌的成就。2004年5月,她和新舞伴栾江荣获"英国第78届黑池舞蹈节拉丁舞新星"冠军。他们以出神入化的舞技征服了挑剔的欧美裁判,在职业新星拉丁舞比赛中取得了第一名的好成绩,这也是中国及东南亚选手在国标舞历史上取得的最好成绩。由于这些"领跑者"的努力和示范,20世纪90年代以来,晋城的舞蹈爱好者整体水平有了长足的发展和进步,在不断提高自己舞技的同时,还培养出一批又一批青少年选手,为晋城的体育舞蹈事业做出了突出的贡献。

自打2008年省运舞厅拆了以后,我就很少跳舞了,但跳舞的兴趣和诱惑始终在我的心里挥之不去。偶尔遇到当年跳舞圈里的熟人,总爱过问或聊聊跳舞方面的人和事。

2013年夏季,不知什么原因天气非常炎热,持续两个月的高温让每一个生活在这里的人都尝到了酷暑的滋味,所以,夏季外出纳凉的人也多了起来。一天晚上,我经过凤西广场,这里有好几群人在跳舞,文化广场前有跳健身舞的,广场的南边还有两群人在跳交谊舞。我走到了西南边那个跳舞人多的地方驻足观看起来,一曲曲优美熟悉的舞曲好像在不停地刺激着我的脑神经,眼前仿佛有一种我也在其中翩翩起舞的感觉。这时,在舞者当中我突然发现了熟悉的身影——侯老师。记得1993年我刚刚学跳舞时,侯老师已经是舞林老手了。那时他大概有五十五六岁,一晃已过去了20年,七十五六岁的他还能坚持跳舞,真是令我佩服。在省运跳舞时一些舞友就和我多次提到过侯老师,说他跳舞很痴迷,还多次参加过培训和比赛,只是舞姿有点那个,很难取得名次。你别看他年龄大,跳舞方面可一直在与时俱进,就连最近三五年兴起的"三步踩"和"莎莎舞"他都会跳。他对跳舞有深刻地理解,说一是锻炼健身;二是广交朋友;三是陶冶情操。侯老师大概是为了这三点在不断地坚持着。不过,20年前不敢恭维的舞姿至今仍是老样子。但侯老师的身体很好,一点没有老态龙钟的样子,他最大的受益就是跳舞给他带来了健康。

我今年整61岁了，已经进入了老年人群的行列。这个年龄段的人，除了学习、工作外，最重要的就是健康，要想健康必须加强锻炼，这是每个人都知道的简单道理。我十年前诊断为冠状动脉硬化也就是冠心病，目前靠药控制得不错，没有不适的感觉。五年前又诊断为二型糖尿病，现在也在医生的指导下吃药治疗。但糖尿病这种病很讨厌，饮食一不注意血糖马上增高，可这也不让吃那也不能吃，肯定体质会下降，真是又苦恼又矛盾。因此，我坚持每两天游一次泳，吃完晚饭走一个小时的路。说实在的，走路这种锻炼方式既单调又乏味，走多了谁也不想走，因怕血糖升高不走又不行，属于无奈之举。自从见侯老师那么大年龄还在常年坚持跳舞，而且身体非常健康，我又萌发了跳舞的念头，现已跳了半个多月，效果还不错。每天晚上五六曲舞跳完时，我全身大汗淋漓。早上爱人给我测血糖，从空腹的九点多一下子降到了七点多。看来，跳舞还真是一项锻炼健身的好项目，以后我还要一直坚持跳下去……

画　　画

2011年6月下旬，民建晋城画院举办了第一届"庆祝中国共产党建党九十周年"书画展。这次书画展成功举办之后，大概是由于在办这次画展的筹备过程中，我亲自到各地征集书画作品，并和一些画家有过多次接触受到他们一些影响的缘故，加之我刚搬到新居，房间比较宽敞，环境也好了许多，我这个从未画过画的人，竟也拿起画笔开始学画画了。

记得小学上图画课时，美术老师教我们用水彩蜡笔画过一些简单的图画，那时候谈不上兴趣，只是应付作业而已。后来，"文革"开始直至现在，从十几岁的少年一下到了60多岁的老人，在跨度50年的岁月里，我的大脑中从没动过画画的念头，甚至连想都没想过。改革开放以后，我国经济的迅速发展，也促进了文化市场的繁荣昌盛，特别是近年来，中央提出文化大发展大繁荣之后，全国各地的大中城市都开办了许多文化市场。我也和大多数人一样,在解决了吃穿问题以后,对文化的需求油然而生。中华5000年积淀的文化博大精深,内容广泛。首先进入我视野的就是久违的书画,而且对画尤为偏爱。

回顾我这辈子喜欢去的地方,改革开放后的前十多年里,无论在当地还是到外地,我去得最多的地方就是商店,主要买的东西都是穿的戴的用的商品;近十多年来在不知不觉中,购物的需求有了明显的改变。现在我不论到什么地方,必到必看的就是文化市场的书画了,当然,老家天津的文化市场我去得最多。可以说,每次回津时,我都要到那里逛逛。2000年前后,书画的价格还不太高,买一幅一般的字画只需几十元,一两百元就能买一幅很不错的作品。在那个阶段我买过一批画,大概有三五十幅。后来,字画一年比一年贵了,少则几百元,多则几千元,甚至上万。同样的作品一下涨了十几倍,因财力有限我就买得少了,但对字画喜爱的程度一点也没有减少,闲逛时,仍然非常喜欢去书画市场,尤其对大写意的花鸟画情有独钟。有些画廊和书店还专门卖一些拍卖公司拍卖作品的画册。这种画册装裱精美,内容丰富,每幅作品都是出自大家之手,而且价格很便宜。自然,我把买这样的画册作为首选。

2010年8月,我在天津鼓楼北街一家画廊看到了一幅四尺的大写意牡丹,画得很大气,我也很喜欢。画廊里一个看店的大姐说,这幅画的画家回家吃饭去了,马上就会回来。我大约等了15分钟,画家果然回来了。通过和他交谈,得知他叫金石,也是满族人。这样,我们俩之间又有了同姓同族的一层关系。金石出身书画门第之家,少年时代跟随天津老画家梁崎学画。他是梁崎的入室弟子,在梁崎身边学画16载。金石的大写意花鸟,继承了梁崎的画风。那次,我向金石要了两幅画,一幅是兰草,一幅是菊黄蟹肥。他大概看出了我对他的画喜欢,用很关照的价格给了我。

晋城文体宫古玩城,有一家画廊叫三兰堂,经一位民建会员小何介绍,我去店里裱画,认识了画廊的小王和刘师傅,一来二去通过裱画我们成了朋友。后来才知道,小王的姐姐是中国林业美协主席王剑兰女士,她的多幅作品被故宫博物院、人民大会堂、党和国家领导人及国外友人收藏。她还是民建中央画院的院士,我国杰出的山水女画家。

为了办好民建晋城画院的首届画展,我在京津两地、西安、山东、河南及本省征集了100余幅书画作品。画展的举办时间定在2011年6月下旬,届时我们邀请了民建山西省画院的领导和几位画家,还有天津的画家金石、书法家臧克琪、北京的画家王剑兰等,由于名人捧场,画展举办得非常成功。

画展期间,我有幸亲眼观看了画家们的现场作画,在观摩和交谈中也得到了一些潜移默化的启发。加之在征集书画作品中,我去过许多画廊,看了不少作品,我想作画的欲望与日俱增。在与金石交往中,得知他当年学画的经历。那时金石还是一个十多岁的少年,初到老师家主要干两件事,一是帮助做家务,二是看老师画画。几年后他主动要求老师教他画画,梁崎说不用教了,你已经会画了。金石不信,可拿起笔一画,果然就会画了。

画展结束后,我也准备了一些笔、墨、纸、颜料开始画画了。我一开始画竹子、虾还有蟹,两个月下来,通过临摹揣摩,似乎画的有点"意思"了,但画的东西,只限自娱自乐,自我欣赏。突然有一天,我临了一幅天津画家靳吉顺画的枇杷,真没想到我画完后拿给爱人和两个女儿看时,他们都说画得不错。大女儿还说:"这个枇杷画得已经成画了。"我拿上这幅画去了三兰堂，叫刘师傅给我裱。刘师傅说："不论什么画，都是三分画七分裱，等裱出来效果会更好。"过了十几天，我看到了裱好的画，就是比没裱之前漂亮多了，这是我有生以来第一幅作品。从那以后我又临了一些齐白石的白菜、柿子、牵牛花，娄师白的君子兰、忘忧草、寿桃，肃郎的公鸡，李财旺的丝瓜，金石的葫芦，等等。一年以后，民建晋城画院举办了"庆国庆，喜迎十八大"第二届书画展，我画的君子兰、忘忧草、葫芦三幅作品也入选参展。

今年的国庆前夕，民建晋城画院又举办了"庆国庆，同心共筑中国梦"第三界书画展，又有我的向日葵、丝瓜、荷花三幅作品参展。画展上一些朋友和会员对我的画进行了品头论足，还有的问我："是和谁学的，画了多少年了。"还有几位说："我们从来不知道，也没听说过你还会画画，是不是无师自通啊？"我的回答很简单，一是我喜欢欣赏画，二是我喜欢收集画，三是在办画展的过程中，我不但欣赏水平有了提高，思想境界也得到了明显升华。

中华民族五千年文化源远流长、博大精深，绘画只是其中一项，但它却给我带来了无限的快乐和享受。因为喜欢，看得多了，听得多了，自然也就敢照葫芦画瓢了。我画画，只是作为修身养性、陶冶情操的一种方式，并非要当什么画家，所以很放得开，看来，今后还会一直画下去的。

后记

　　人生莫测。细细想来，我这一生很奇妙。每前进一步，不管是踉跄还是坦途，仿佛都被一股无形的力量左右着，时刻修正着自己的走向。就如，远赴山西的知青生涯，踏入大学的求知岁月，政协之家的建言献策，以及后来与水墨丹青、书写文章的结缘，等等，都让人感慨万分。也许这就是"缘"吧？

　　我的处女作《围棋缘》，发表于2003年8月的《太行日报》和《太行文学》杂志上。起因是这样的。那年，我的一位好友为了扩大宣传晋城对外开放的影响力，打造陵川的围棋文化，筹办了晋城世界围棋名人战。当时举办的规模是空前的，中、韩、日的围棋高手全来了，中外一些有关媒体也来"助阵"，还专门搞了一个有奖征文。我当时在县里工作，他希望我能为其写一篇有关围棋方面的文章。起初我没什么把握，也不清楚自己是否能够写成。但这个"任务"还是使我感慨良多、夜不能寐。我学的是体育专业，从小又喜爱围棋，从政后又关心这项工作，思前想后就拿起了笔。谁知从不爱写文章的我，这次写来竟很顺利，且一挥而就。文章发表后，一些熟知我的人打电话或见面时都爱就文章寒暄几句。看来这篇文章是有一定反响的，这大大增强了我写作的信心。不过，说来也怪，自打这篇文章发表以后，使我悟出了个理儿，就是生活是写作的源泉，只要有生活，写起来还是很顺手的，也激发了我想写点东西的欲望。我坚信，一个人的人生经历，所见所闻，所想所思，记录下来就是一本书。

以后的几年里，我又在不同的刊物上发表了五六篇文章，如，与全国卫生模范村东四义有关的《榜样新农村》、自己与书画结缘的《山水有情润兰心》以及《上海留给我的记忆》、《文化品牌的打造》、《感受西部》，等等，用记实的方法表达了自己的所见所闻所感，倒是一种乐趣。从此，我对文章、文化，甚至与之有关的事情就都产生了兴趣。2006年，我出任晋城市政协副主席，具体分管文史委工作。文史工作主要是对本市文化历史方面资料的收集和整理，以史鉴今，这又比较合我的口味儿。加之，后来多次参加了省政协文史委组织的全省文史工作会议，进一步了解了文史工作的重要意义，通过与各地市多次交流和学习，使我在这方面受益匪浅。

记得上小学时，语文老师教我们写作文。他说写记叙文首先要写清楚时间、地点、人物、事件。但那时年龄小，经历少，就是完完全全按照老师的要求去写，总觉得写出来的文章既空洞又乏味，始终寻找不到如何提高写作能力的方法。老师又说，要大量阅读，能够帮助和提高写作能力。于是，我就到处寻找各种读物来读，但写出来的东西还是枯燥乏味，不论怎么模仿，仍是写不出像样的东西来。

我是1952年出生的，属龙。那个时代除了课堂上老师教的文化知识外，可读的书籍非常少，只有一些有插图的小儿书，如《哪吒闹海》、《大闹天宫》、《三侠五义》、《黄天霸》、《三盗九龙杯》之类的书。随着年龄的增长，我就开始收听收音机里连续播讲的《青春之歌》、《林海雪原》、《红旗谱》等长篇小说和广播剧《三月雪》。再后来，我又读了苏联小说《卓娅和舒拉》、《钢铁是怎样炼成的》。1966年"文化大革命"开始，我读的书就只有毛泽东主席的《愚公移山》、《为人民服务》、《纪念白求恩》了，好多篇目和语录我通篇全能背下来。后来，作家浩然写的《金光大道》和《艳阳天》两部小说出版了。我又借来阅读。由于读物少，看的遍数多，书中人物给我的印象十分深刻。改革开放以后，全国各地的新华书店里，各类书籍如雨后春笋般多了起来。那几年，我也如饥似渴地买了一些，比如中国的四大名著，外国的《红与黑》、《茶花女》、《巴黎圣母院》等，这些书我都读过，而且觉得好读。时下，新华书店简直成了书的海洋。但不知何因，我读书的兴趣却越来越少了，而且有些书买回来后，只是看了书的作者简介，或者随便翻一翻就放在一边了。可能是因为书杂书滥质量不高的原因吧？

不过，我最喜欢的作家写的书我还是爱看的，如钱钟书、沈从文、冯骥才、贾平凹和陈忠实，对他们的作品我是读了又读，且随着年龄和阅历的增长，每读一次，都有不同的感受。像钱钟书的《围城》、沈从文的《边城》、冯骥才的《冯骥才文选》、贾平凹的《废都》、陈忠实的《白鹿原》，我都看过好几遍。通过读这些书，不仅对我的启发很大，而且也使我的写作能力有了明显提高。每逢文思泉涌之时，我都会将感悟随手写下来。陆陆续续的，时间一长，积累的文字就有了一定数量。这时，身边的一些同志和朋友就一边鼓励一边建议：你已经陆续写了好多篇文章，我们看差不多能编一本书了。还是整理一下吧！

我同意朋友的意见。经过几年地准备，就编成了这个小集子。由于书中内容主要是我这几十年的人生经历，有青少年时期的天津生活，有十八岁后来山西插队，还有几十年到山西的各方面经历。在我的文章里，既记录了故乡天津的人和事，也有第二故乡山西的山山水水和担任领导后合作共事的点点滴滴。所有内容都是自己对人生的感悟,所以我就把书名定为《两地随笔》,并希望书的封面上面一定要设计故乡的海河水和哺育我成长的太行山,这是我一生的情感。

《两地随笔》即将付梓,在这里我真诚地感谢成茂林、靳虎松、杨林荣、裴池善和秦保龙五位同志。他们在《两地随笔》成书的过程中,从文稿的编辑到修改,花费了很多心血,为书稿增色不少。

人们都说作家是社会的头脑,是记录历史发展的智者。其实,每个人都是作家,区别只在于文笔是否精彩而已,因为每个人、每个家庭的历史,其实就是整个国家历史的缩影。希望这本《两地随笔》中所记录的多彩岁月、感慨感悟,也汇入历史长河,成为其中一朵翻卷的浪花!

2014年5月1日于秀水苑沽玩轩